# 奇計の村

平[illegible]彦

目次

# 主な登場人物

音川 家

芳夫《よしお》　東都薬学専門学校教授
宗夫　芳夫の父
春　芳夫の母

羽毛田《はけた》 家　天堂家の煙草畑下請け

桜子　長女
長吉　桜子の父
正子　桜子の母
正太郎　桜子の弟

天堂《てんどう》 家　煙草畑元締め

龍三郎　当主
美根代　龍三郎の妻
壱郎　龍三郎の長男
龍介　同次男
菅谷源蔵　使用人

藤生《ふじう》 家　煙草畑農家

邦男　当主
郁子　邦夫の妻

リビングストン　墜落したB29の乗員
桑原　烏山町駐在所巡査
中西　同右
物乞いの老婆

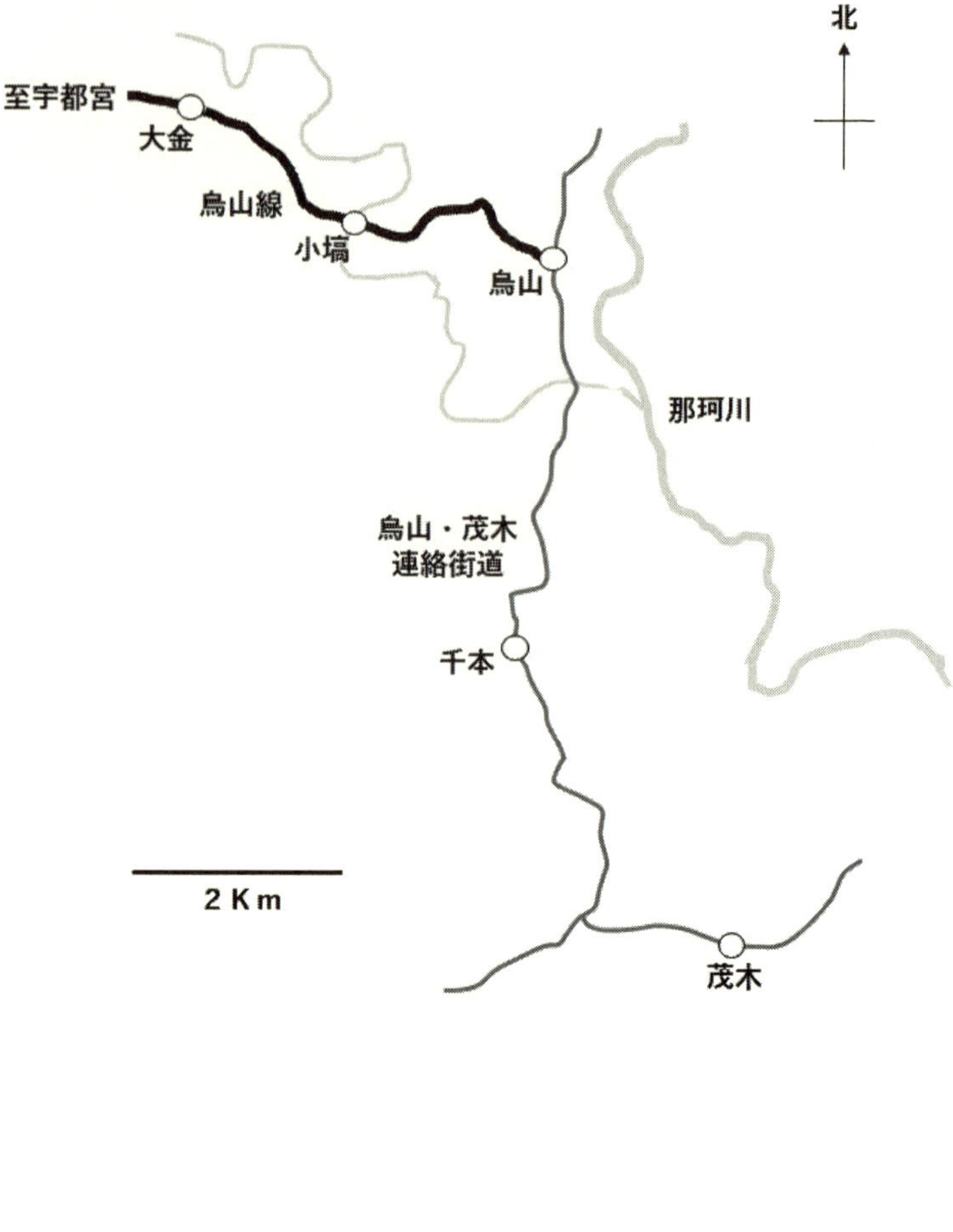
北
至宇都宮
大金
烏山線
小塙
烏山
那珂川
烏山・茂木
連絡街道
千本
2 Km
茂木

# 第一章　戦雲怪しからず

## 一

東京鶯谷の小宅を早朝に出立した私は、国民服やもんぺ姿の老若男女がうごめく上野駅で、満員の東北本線仙台行きの汽車に乗った。

ずっと立ちっぱなしで、大型テンダー機関車のけん引する客車に揺られること二時間。宇都宮駅で、開いた扉から他の乗客と一緒に押し出されるように、乗車廊（プラットフォーム）に降りる。そこでさらに烏山線に乗り換え、終点の烏山へと向かうのだ。

宇都宮駅構内で、弁当屋が売りに来た二十銭の駅弁を買う。それをひっつかみながら慌てて烏山線の乗車廊へ駆け込むと、そこに停まっていた気車に飛び乗った。これを逃すと、明日まで烏山行きはない。

客車内はそこそこに混んでいたが、座れないほどではなかった。箱の席に進行方向を前にして座ると、すぐ後から手拭いのほっかむりを被りもんぺを穿いた同じような格好の老婆が二人、「ごめんなさいまし」と断って前の席に並んでかけた。それとほぼ同時に腹を揺るがすような蒸気機関車の大きな警笛が鳴り、車両はゆっくりと宇都宮駅を出た。

三一七〇形タンク式蒸気機関車が引っ張る烏山線の客車は、上り坂も何のその、シュッ、シュッ、シュッ、シュッという一定の力強い蒸気の律動に乗って、快適に街や山野を駆け抜ける。私は駅で買った弁当を広げた。中身は雑穀が入った握り飯二つと、たくあん二切れであった。

タンク式蒸気機関車はボイラーと水タンクが動力車両と一体となっているため、「汽罐車（きかんしゃ）」とも呼ばれる。ボイラーと水タンクを別車両に設けている大型テンダー機関車と比べるとやはり動力は落ちるが、それでも小さいながら粘り強く斜面を上がって行く。その雄姿は、無限の物資を擁する強大な米国に立ち向かって行く現在の我が国の姿と重なる。

下野花岡、仁井田、鴻野山、大金、小塙と機関車は進む。車窓に広がる紅葉は、絵画のように見事であった。灰色の家並みが延々と続く東京では見られぬ、色とりどりのあまりに美しい景色に心を奪われ、私は両手で窓を引き上げて思わず首を半分外に突き出した。するとはす向かいに腰掛けていた話好きそうな老婆が、

「もうすぐ森田トンネルだから、窓は閉めた方がいいよ」

と言う。慌てて立て付けの悪い窓を降ろす。トンネルの中で顔を外に出していたら、機関車が吐き出す煙のすすで顔から上半身までもが真っ黒になる。窓を引き下げたとほぼ同時に、間一髪客車はトンネルに入った。

その頃から私はふと、誰かの視線を感じるようになった。前方からか、それとも後ろの方の席からか……。客車内をざっと見渡してみるのだが、眠りこけていたり隣りと話に夢中になっていたりと、乗客の中で私と目を合わせる者はいない。前の席では、隣り合ったほっかむりの老婆達が方言を交えておしゃべりに興じている。

「気のせいか……」一人呟き、目を閉じた。

森田トンネルを抜けると、間もなく烏山であった。宇都宮を出てから約一時間半。ここまではまずまずの行程である。

この辺りは今、疎開地になっている。街の周囲には山と煙草畑、桑畑、かんぴょうを取る夕顔の畑などが

広がり、目にする民家はわずかであった。山野は清くどこまでも自然のままで、戦況の悪化にもかかわらず、迫りくる戦さの足音を全く感じさせなかった。

大東亜戦争末期、昭和十九年十月末のことである。

終点の烏山駅では相当数の人が降りた。しかしこの辺りに家を持つ者は少なく、皆ここからさらにバスや徒歩で数時間をかけてそれぞれの目的地へと向かうのだ。空気がひんやりとして心地よい。改札で駅員に切符を渡すと、私は青く澄み渡った空を仰ぎ見ながら木造の駅舎を出た。するとそこに一人の若い女性が立っていた。

他の乗客達は皆こちらに背を向け、駅舎から四散して行く。迎えの者が駅で待っているとの連絡を受けていたが、それが若い娘だとは思ってもみなかった私は、娘の方は見ずにきょろきょろと辺りを見回していた。しかし私を待っていそうな人物はその娘の他誰もいない。とうとう娘と目が合うと、それを合図とばかりに彼女はこちらへゆっくりと歩いて来た。そして話ができる距離にまで近づくと、鈴が鳴るような澄んだ声で私に訊ねた。

「東京から来られた帝大の先生様ですか」

年齢は十代後半か。身長は察するに百六十センチ弱と、当世の成人女子としては大きい方だ。長い髪を左右両側で三つ編みに結って、お下げ髪にしている。純白のブラウスの襟を覗かせた灰色のセーターを着て、下は淡い花柄のもんぺを穿いていた。白桃のような肌に大きく黒く澄んだ瞳はどこか初々しく、その姿は少なからず私をはっとさせた。失礼な言い方ではあるが、こんな田舎にこれほどの美人がいるものだろうかと、内心呟いた。

「そうです。ただし今は帝大ではなく、東都薬学専門学校の教授をしています」

訊かれたことに答えると、娘はうれしそうに大らかな笑顔を作った。そして上半身と下半身が互いに重なるほど腰を折り、深く頭を下げた。

「ところで、君はどなたですか」

訊ね返すと娘はまた背を正し、はにかむように唇から八重歯を覗かせた。

「はい。わたし、羽毛田《はけた》桜子と申します」

ややこの地方のなまりがあるようだが、殆ど標準語である。彼女の自己紹介に、ようやく私は、この娘がこれから訪問する予定の羽毛田家の長女であることを知った。

やにわに桜子はさらに近寄り、そしてこちらに手を伸ばすと「お持ちします」と言って、私が右手に下げていた大きめのトランク鞄を取り上げた。

「ああ、それは自分で……」

言いかけた時にはもう遅く、桜子はトランク鞄を右手に持って踵を返すと歩き出した。華奢に見えるその体で重いトランク鞄を軽々と携えている。こちらも遅れまいと続く。

「あなたの家まで、ここからは歩いてどれくらいですか」

桜子の背に訊ねる。

「二時間はかかりません」

横顔を半分後ろに向けながら、桜子が平然と応じる。

「二時間……」

ため息を漏らしながら、なおも彼女の後を速足で追った。東京に住んでいたら日頃はそんなに歩くことはない。駅舎の周りには飲食店や民家がぽつりぽつりと散らばっていたが、目に入るものの殆どは色鮮やかに紅葉の進む錦秋の山野であった。空は晴れわたり、高い所に鳶が一翼ゆったりと輪を描いている。

戦火は大都市から徐々に地方中核都市、そして農村へと広がっているはずであった。だがこの辺りは東京から疎開して来る人も多いと聞く。自然だけを見ていると、大東亜戦争を総力挙げて戦っている我が国の現実を感じさせない。本土決戦ということになれば、それに先駆けてこの辺りにも米軍のＢ29や艦載機の来襲があるのだろうか。

ふと、行く手に二つの白いものが目に入った。山羊である。山羊は二頭いた。二頭とも成獣で丸々と太っている。それぞれ綱で駅舎の隅の灌木につながれていた。山羊達に近寄ると、桜子は代わるがわる頭を撫でた。

「立派な山羊ですね。君が飼っているの？」

「私の家で飼っています」

桜子は山羊を撫でながら、こちらを見ずに答えた。山羊はつがいらしい。二頭とも角があったが、一頭だけ乳が大きく腫れて腹から重そうにぶら下がっていた。

「乳を採るのですか」

「はい。毎朝、おいしい乳が出ます」

私は頷く。この辺りは農家が多いが、今は大東亜戦争のさ中でさすがに農産物も潤沢に手に入るわけではない。山羊の乳のような蛋白源は大豆と並んで貴重である。一方山羊は一面に生える雑草を主食としているので、ここでは飼料に事欠くことがない。

山羊の隣には、一台の使い古した二輪荷車（リヤカー）が置いてあった。荷車はみすぼらしく、板の継目や車輪の木製輻《や》のあっちこっちに、泥や雑草のきれっぱしが見える。桜子は、山羊の首や胴体に取り付けてあった綱を、荷車を引く金属製のパイプに結んだ。

「東京から来た先生様を、歩かせるわけにはいきません。これに乗ってください」

私を振り返ると、桜子は荷車への乗車を勧めた。今日の出張に際し私は普段着で来ていた。だがそれでも最近新調した背広を着て、さらにその上には、私にしてみれば上等の外套を羽織っている。あれに乗って山道をゴトゴト揺られたら、着衣の汚れることは必定。

荷車に乗るのを辞退し、山羊の手綱を引く桜子と並んで歩き出した。

## 二

私は東京帝国大学の助手を経て、現在東都薬学専門学校の教授という職にあった。今年でもう三十二才になるのだが、まだ嫁を貰っていない。両親が勧める縁談を次々と断って研究と学問に没頭しているうちに、いつの間にかこの年になっていた。父母はそのことを嘆くが、嫁がなくとも一向に不自由はしていなかった。

私の専門領域は衛生裁判化学である。依頼があれば、殺人事件などで使われた毒物、被害者の胃内容物、あるいは事件現場に残された血痕等の血液型の分析も手がけた。一方私は食品中の種々の含有成分や、煙草葉の主要含有成分であるニコチンの分析技能も有していた。そのため政府からの命で、葉煙草の品質検査と適正な管理さらには煙草の闇取引などの不正防止を目的に、栃木県芳賀郡茂木町千本地方に派遣されることになったのだ。

栃木県南東部は煙草の名産地で、この辺一帯の煙草畑からは良質な葉煙草が毎年一定量収穫できた。しかしこの時代、葉煙草の製造販売は政府大蔵省の専売局が執り行っており、それ以外の売買を目的とした煙草の取引は全て禁じられていたのである。

「桜子さん。君は今学生ですか」

山道をゆっくり上りながら、隣でうつむき加減に歩く娘に訊ねてみた。

「いいえ」桜子は首を横に振る。左右のおさげ髪が揺れた。

「先生様。私をいくつとお思いですか」

「さあ……十六、七……？」

「私、もうすぐ二十歳なんです」

やや驚いて、まだ幼さの残るその横顔を見る。桜子は続けた。

「実業学校にも行きたかったのですが、何せ家が貧乏で……」

「そうでしたか。君の家は、煙草の栽培の他にも何か家業をやっているのですか」

「いろいろ……。そうじゃなきゃ食べていけませんから。私も父さんと母さんの仕事を手伝っています」

桜子が手綱を取る空の荷車を引いていた牡の山羊が、メヘヘエ…と鳴いた。

「君の家の葉煙草栽培元締めは、天堂家でしたね」

「はい」

桜子は相変わらずこちらを見ずに返す。

私は芳賀郡茂木町千本の一帯を占める天堂家の煙草畑と、そこからの収穫物を視察に行くよう時の政府から命じられていた。視察の初日に当たり、私の接待役を天堂家から言いつけられたのが羽毛田家であった。天堂はもともとこの辺りの地主であったが、羽毛田家に広大な畑を貸して煙草の栽培を行わせていたのだ。

天堂家のような煙草栽培の豪農は、時折政府から派遣されて来る私ごとき査察官を煙たい存在に思っている。査察官の政府への報告いかんでは、煙草の買い値が引き下げられたり、製品納付に当たってのより厳しい要求を突き付けられたりしかねないからだ。そのため元締め農家は査察官に接待役を付け、彼らが気分良く仕事を終えて早く帰ってくれるよう画策するのが習いだ。多少それに金をかけても、自分達が栽培した煙草の品質に対して良い評価をしてもらえれば十分に釣りが来るのだ。そんな事情から、逆にあれやこれやと接待事を細かく言いつけたり、袖の下を要求したりする悪徳査察官もいるようだ。この度の任務では決して自分がそうであってはならぬと肝に銘じ、東京を出て来たのであった。

日露戦争開戦の年すなわち一九〇四年に煙草の製造販売が専売となり、その益金が全額国庫に納付されるようになった。そしてそれ以来、煙草の栽培も専売局の管理下に置かれることになったのだ。栽培された葉煙草は全て国が買い上げていたため、煙草畑の地主である天堂家には一定の収入があり、当家は地元では名士であった。一方桜子の羽毛田家は、天堂家から畑を借り煙草の栽培を引き受けているいわば下請けであった。

羽毛田家が栽培、収穫した葉煙草は、全て天堂家に搬入される。それを天堂家が国へ納付する。そして葉煙草を国に売って得た収入は、全て天堂家に入る。下請けの羽毛田家が得るものは、天堂家から支払われるわずかな賃金ばかりであった。

「羽毛田家の人達は、普段天堂家と交流があるのですか」

両家の主従関係がうまくいっているのかどうか気になったのでさらに訊ねると、桜子はまた首を振って否定した。

「天堂様は私達にとってご主人様ですから、交流などということはめっそうもございません」

もっともな話である。だがもし両家の主従関係が円滑に進んでいるなら、たとえば「天堂様はいつも私達のことを気にかけてくださいます」とか、「農産物を分け与えてくださいます」というように、誉め言葉が先に出るものだ。桜子の言葉をそのまま取ると、両家はただ厳格な上下関係のもとに成り立っている主人と使用人であり、それ以外の何物でもないように思われた。

ふと桜子を見やると、その肩の辺りに赤とんぼが一匹留まっていた。彼女が歩を進めるたびに肩は上下したが、とんぼはしばらく逃げずにいた。ようやく気付いた桜子がそちら側に顔を向けると、赤とんぼはさっと飛び立ってどこかへ消えた。

辺りには白い穂を付けたすすきが群生し、さらに道を外れると灌木の林、そしてその先は真っ赤な紅葉の山である。今まで気が付かなかったが、よく見ると赤とんぼが私達の周りを無数に飛んでいる。振り返ると、揺れる山羊の背にも一、二匹留まっていた。

「葉煙草の栽培元締めは、確かこの辺りには天堂家の他にもう一軒ありましたね」

ここに来るまでに下調べをしておいたので、私もその辺の若干の事情は知っていた。

「はい。藤生様といいます」

「立ち入ったことを訊くようですが、もともとこの辺りで煙草栽培を始めたのは、天堂家とその藤生家のうちどちらが先だったのですか」

「天堂様の方がずっと古いのです。藤生様は、こちらのご出身ではないそうです」

「ということは、藤生さんがこの辺りで煙草栽培を始めたのは、煙草が国の専売制になった後ですか」

「ええ。大体その頃だと、私も父母から聞いております」

明治政府は一八七六年に煙草に課税したが、あまりにも脱税者が多かったために、一八九八年に葉煙草を専売とした。しかしその後、村井兄弟商会という商社が外国の煙草資本と合同し、日本の煙草市場を独占する動きが生じた。そこで政府は煙草の製造と販売を行う施設を政府の企業とし、その販売で得た利益を国庫に収める専売制とした。こうしてできたのが煙草専売局である。

このような煙草専売制が始まったのを機に、政府の命による煙草栽培が開始され、新たな煙草畑とその栽培や煙草製造および販売に従事する雇用が生まれた。専売制が敷かれる以前は、この地方にもいくつかの煙草製造・販売会社があって、独自の製品で商売をしていたらしい。天堂家はその時代からずっと煙草栽培を続けて来たのであろう。それに対して藤生家は、専売制が開始された後にこの地方に入って来たいわば新参者である。

「すると天堂家と藤生家はあまり仲が良くないのではないですか?」

失礼とは思ったが、踏み込んで訊ねてみた。桜子はつとそこで立ち止まった。上目遣いに気まずそうな顔でこちらを見ている。だがまたすぐに彼女は歩き出した。

「私の口からは、めったなことは申せません。私どもにとって天堂様はご主人様のお家柄ですから」

そうであったと反省した。主従関係の下にある者が、主と他家の力関係などを軽々しく口にできる道理はない。恐らくは、天堂家が藤生家のことを面白く思っていないのであろうが、そのことをこれ以上桜子に訊いても無駄である。一方でその時私は、桜子の生真面目な性格を垣間見たような気がした。私は話題を変えた。

「ところで、桜子さんの家は何人家族ですか」

「父母に私、それに弟が一人います」

「弟さんはいくつ？」

「私より三つ下で、今十六歳です。名を正太郎と言い、実業学校に通っています」

自慢の弟なのか、桜子は今度は明るい口調で答えた。十六才で実業学校生といえば、現在最終学年の五年生のはずである。

「では、将来は弟さんが羽毛田家の家業を継ぐのでしょうか」

「父はそのつもりで弟を実業学校に通わせています。でも……」

「何か……？」

桜子はしばらく黙ったまま歩き続けた。私が答えを待っていると、ゆっくりと顔をこちらにもたげながら
「弟はとても頭のいい子なんです。将来は貧乏な羽毛田家の家業を継ぐより、東京の学校に通って偉い人になってもらいたいと思っています」

弟思いのけなげな姉。そんな桜子の姿が表出される。彼女の心中を思うと、戦争さえなければ、「では、私が力になるから、是非東京へ勉強に来るよう伝えてください」と勧めていたことだろう。その言葉を飲み込むと、まだ少女の片鱗の残る桜子の愛らしい横顔を黙って見つめた。

ふとその時私は、背後に誰かの視線を感じた。桜子は前方の地面を見ながら歩き続けている。私はゆっくりと後ろを振り返ってみた。だが私達がやって来た道には、二匹の山羊以外に誰の姿もなかった。「やはり

気のせいか……」

そういえば、烏山線の車中でも誰かの視線を感じたものだ。見知らぬ土地への初めての訪問なので、神経質になりすぎているのかもしれない。夕べの寝不足がたたったか。

まだ後ろを気にしていると、「どうかしましたか?」と桜子が訊いてきた。私は慌ててかぶりを振った。

「あ、いや何でもないんです……」

三

昭和十九年七月にはマリアナ諸島での連戦で日本軍は次々に敗退し、敵に占領されたサイパン、テニアン、グアムの各島では既に米軍がB29の発着基地を建設し始めていた。マリアナ諸島にB29の基地ができれば、そこから飛び立ったB29の大編隊が東京を始めとする日本各地の大都市に対して本格的な空襲を始めるのは必定であった。実際私が千本村に出張してからわずか数日後には、東京に初めてのB29が飛来することになる。そしてそれから約三週間後の十一月二十四日には、B29の編隊による初の大規模な東京空襲が敢行されるのである。しかし、こののどかな風景の中を、絵本から抜け出てきたような女性と歩いていた私にとって、迫りくる戦禍のことなどその時はついぞ頭の中になかった。

大東亜戦争を戦っていた我が国では、男子二十歳になると徴兵検査を受ける義務があった。私は既に現兵役期間を終え予備兵役となっていたため、その時まで召集はなかった。衛生裁判化学という特殊な分野の研究者として薬学専門学校の教授職にあったことが、私が兵役から遠ざけられていた理由の一つかもしれない。大東亜戦争末期にはいわゆる赤紙という臨時召集令状によって、国中から召集される兵員数は現役兵二百二十四万人余、召集兵三百五十万人余に膨れ上がるのだが、結果として私は終戦まで召集を免れることになる。だが周囲では、たくさんの若者が戦争に駆り出されていった。そして彼らの多くが二度と帰っては来なかった。

私と桜子は、人気のない静かな山野を、二頭の山羊と荷車を引き連れながら二時間ばかり歩いた。そうして烏山を出てから山を二つほど越えると、道幅は広くなり眺望が開けて来た。「もう少しです」という桜子の言葉を頼りになおも歩き続ける。いよいよ熱を帯びてきた体から外套をはぐと手に持った。荷車は相変わらず空のままで、それを引っ張る山羊も私達の足並みに合わせてのんびりついて来る。桜子の右手には、烏山駅からこのかたずっと私のトランク鞄が下がっていたが、彼女には全く疲れた様子が見られなかった。

ふと前を見ると、まっすぐな一本道の遥か遠方から、自転車に乗った人物が三人こちらに向かって来る姿が目に入った。そして三台の自転車が近づくにつれ、三人がいずれも成人男性であること、および彼らの様子に何かただならぬものが現れていることが分かった。案の定、先頭を切って来た壮年の立派な口髭の男が私と桜子の前で自転車を急停車させると、桜子を睨みながら緊迫した口調で訊ねた。

「羽毛田の娘だな。うちの龍介を見なかったか」

その言葉から、この男が天堂家の当主天堂龍三郎であることが窺える。龍介は天堂家の次男と、私は聞き及んでいる。男は、身長が私と同じ五尺五寸（約百六十五センチメートル）位。歳は四十代半ばといったところか。中肉中背の特徴のない体つきをしている。しかし眼光は鋭く、そして何といっても八の字に両わきへ跳ね上がった黒い口髭が印象的だ。黒く大きめの丸縁眼鏡をかけており、また鳥打帽を深く被っていたため頭や顔の正確な形状は捉えにくかったが、この男のどことなく威圧的な態度が私の性には合わなかった。

桜子はおびえた目で男をちらと見やったが、またすぐに目線を落とすと、黙ってかぶりを振ることで男の問いに答えていた。その何気ない仕草から、両家の上下関係は絶対で、あるじの立場になる天堂家当主に対し使用人の家にあたる羽毛田家の者としては、面と向かって言葉を交わすのもはばかられるであろうことが推察された。

後ろの二人も追いついて自転車を停めると、しばし道の真ん中で私達と対峙した。髭の男の後から来た二人は従者らしく、男に対して丁寧な言葉使いをしていた。従者達の年齢はいずれも五〜六十才といったところか。

「こちらの御仁は？」

髭の男が桜子に向かって訊いた。

「東都薬学専門学校の音川という者です」

桜子に紹介される前に自分で名乗ると、突然髭の男の顔つきが変わった。手早く自転車のスタンドをけり降ろし自転車を道の真ん中に立たせると、男はつかつかと私の方に歩み寄って来た。そしていきなり背筋を伸ばして深く頭を下げると、作り笑いをしながら再び私に向き直った。

「これはこれは、帝大の先生。ようこそこんなど田舎にまでおいでくださりまして、ありがとうございます。羽毛田の者を使わして失礼のないようお迎えせよと申し付けてあったのですが、何か粗相はございませんでしたか」

打って変わって慇懃な態度を見せた髭の男を冷笑すると、私はもう一度男と従者らしき二人を代わるがわる見た。

「あなた方はどなたですか」

大方見当はついていたが、相手の無礼を咎める意味もあり、あえて毅然とした態度で訊ねた。

「これは申し遅れました。私が天堂家の当主、天堂龍三郎です。この者達は、当家の使用人です」

天堂と名乗る髭の男は、ちらと後ろを見て従者達を紹介した。彼らもあるじに倣って深々と頭を下げた。

私はそちらへ小さく返礼した。そのうちの一人、胡麻塩頭でがっしりとした体つきに紺色の法被を羽織った従者が、上目遣いに鋭い視線を私に向けた。

「こちらのお嬢さんが手厚く出迎えてくれましたよ」

先ほどの天堂の質問に対して答えると、彼はまた破顔して頷き、続いて一転、桜子の方を強面に睨んだ。

「しっかりおもてなしするんだぞ」

桜子はびくびくした様子で頭を下げると、「はい」と小さな声で答えた。

「それでは先生。また明日以降、私どもの煙草畑においでなさるのをお待ちしております。今日は少々立て込んでおりまして、これで失礼します」

早口にそう申し述べると、天堂はまた慌しく自転車に蹴上がり、私達が今やって来た烏山方面へと、従者達を率いて一本道を去って行った。

「あれが天堂家の当主ですか」

三台の自転車の後姿が小さくなって行くのを見つめながら、桜子に訊ねた。

「はい。でも一体何があったのでしょうか……」

私から一歩引いて彼らの後姿に目を向けながら、桜子は呟いた。

「『龍介を見なかったか？』と君に訊ねていたけれど」

「お坊ちゃんです。天堂様の」

私は頷いた。

「その方の年齢は？」

「中学五年生です」

旧制中学校の五年生だから、つまり年は十六才ということになる。そういえば桜子は、自分の弟も同じ十六才と言っていた。だが羽毛田正太郎は実業学校生だから、天堂の息子とは別の学校のはずだ。

学生ではあるが十六才の息子の姿がちょっと見えぬからと言って、家の当主である父親が目の色を変え、従者を引き連れて山野にまで捜索に繰り出して来るものだろうか。だが桜子はそんなことに関心もない様子で、すぐに踵を返すと山羊の手綱を引き目的地の方に向かってまた歩き出した。去って行った者達を訝しく思いながらも、私も桜子に続いた。

その頃にはもう、西の空の色が青から茜色に変わりつつあった。沈みかけた夕日がいわし雲のひだを立体的に朱に染めて、まるで脂肉の付いた豚のあばらが空一面に並んでいるような錯覚を見る。めったに遭遇できぬ大自然の壮大な天体劇を目の当たりにしながら、何と風情のないことよと自身を戒めつつ、ぐうと一つ腹の虫が鳴く音を聞いた。

四

羽毛田家は、鎌倉時代の武将千本十郎為隆が築いたと言われる千本城の城跡近く、起伏の多い谷合の村落奥にあった。私達が集落に入る頃にはもうとっぷりと日も暮れ、辺りは漆黒の闇に包まれていた。ずっと先に、ぽつりぽつりと民家の明かりが見え隠れしている。

ふと隣りを歩く桜子やその周囲を見やると、彼女の肌とさらにその後ろからおとなしくついてくる二匹の山羊の姿だけが、闇の中に白く浮かび上がっていた。夜気の寒さが身に沁み、私は一つ身震いすると、手に持っていた外套を羽織った。

するとその時、不意に暗闇の中から若い男の声がした。

「あんたが、東京から来た帝大の先生か」

道を歩く私達の左側にある古い納屋の陰から、その声は聞こえた。

立ち止まってそちらを見やると、ぼうっと人影が見える。その人物を良く見極めようと、黙ってそちらに目を凝らしていると、隣で桜子が言った。

「正太郎。今頃外で何してるの。今先生様をお迎えしたところだよ。早く家に戻って、父さん達に伝えて」

しかし正太郎と呼ばれたその青年は桜子の呼びかけには応じず、私の方を見ながら再び罵るように言い放った。

「ここはあんたらが来る所ではねえ。早く帰ってくれっ」

すると桜子が、今度は山羊の手綱を手から振りほどき、血相変えて私の前に躍り出た。

「お前、なんて失礼なこと言うの。先生様に謝りなさい」

「姉ちゃんこそ、帝大出の先生なんかにぺこぺこすることはねえ。貧乏な俺のうちに来たって、ここには何もねえんだ」

青年の顔は暗闇ではっきりしなかったが、国民服を着て着帽し立派な体格をしていた。彼はもうそれ以上て行った。

何も言わず、私と桜子を代わるがわる睨んだ。そしてさっと踵を返すと、暗がりを納屋の裏の方角へ走り去った。

「先生様。御免なさいまし。正太郎は私の弟です。あんな失礼なことを……。本当に申し訳ございません」

桜子は腰を折って頭を上げぬまま、必死に謝っている様子であった。私はまだ面食らって何も言えずにいた。だがどんな事情があるにせよ、あの青年が私の来訪を歓迎していないことだけは分かった。

それから間もなく羽毛田家に着いた。この戦時下で、山村の農家に接待など求めてはいなかった。私はただ政府から命令が下った自分の仕事を全うし、無事東京に帰れれば良いと思っていた。そのことは元締めの天堂家にあらかじめ手紙で伝えてあった。だが、下請けにあたる羽毛田家の長吉とその妻正子は、それはたいそうなもてなしをしてくれた。

天堂家から圧力がかかっているのだろうと、私は勘繰った。そういう意味ではかえって迷惑であり、また羽毛田家には申し訳ないという思いにかられた。

羽毛田家は確かに裕福ではなかった。藁ぶき屋根の家は平屋で古く、一階は囲炉裏のある畳十二畳ほどの部屋、そして土間の台所がそのすぐ脇にある。二階はないが粗末な屋根裏部屋が二部屋設けてあった。便所と風呂は、母屋を出て戸外にそれぞれ併設されている。

あるじの長吉は現在四十三才というが、頭髪が半分禿げ上がり、野良仕事に明け暮れている日常が日焼けをした赤ら顔によく出ている。深いしわが顔のそこここに表れ、自ら表情を作らなくても、この男が普段どのような顔つきをしているのかが、しわの走り方から読み取れる。

「こんな片田舎まで足をお運びいただき、お勤め誠にもってご苦労様にございます」

長吉は、殆ど私と目を合わせることなく畳にへばりつき、始終腰を低くしながら挨拶した。その後ろでは、妻の正子が同じように黙って額を畳に押し付けている。赤々と火が燃える囲炉裏の前の特等席に鎮座させられた私は、彼らのその姿に恐縮すると、二人に倣うように正座して歓待に対する礼を述べた。

茶を出すと二人はすぐに下がった。彼らの私に対する扱いは、客としてではなく自分達のあるじと同等、あるいはそれ以上のものなのであろう。家の者から、煙草栽培を含めたこの辺りの農業事情や戦争の影響などについていろいろと話を聞こうと思っていた私は、囲炉裏に手をかざしながら手持ちぶさたに一人出された茶をすすっていた。

しばらくすると、小柄な正子が頭を低くしながらまた私の前に現れた。

「先生様。風呂が沸いておりますので、よろしかったらお入りください」

正子の年齢が四十才であることは、先ほどの道すがら桜子から聞いて知っていた。だが頭には白いものが目立ち、また古い割烹着を着ていたので、正子は実際よりだいぶ老けて見えた。しかしその肌は白く目鼻立ちもはっきりしており、少し手を入れれば深川当たりの料亭の女将にも化けるかもしれない。そんな不埒な考えがちらと頭をよぎった。

桜子の話によれば、正子の性格は長吉と同様寡黙で辛抱強いという。愚痴を言わず、夫にしたがってきつい野良仕事を続けている。娘の桜子は、恐らく容姿も性格も母親似なのであろう。言われるまま、私は外風呂に案内された。母屋を出ると、便所の隣にいきなり風呂桶があった。というより、それは酒樽そのものである。桶の上にはトタンの屋根だけが付いているが、他は野ざらしになっていた。

戦前、この辺りの風呂はいわゆる五右衛門風呂というやつで、大きな飯炊き釜のような恰好をしていた。

釜に水をはり、下から薪で火を焚く。釜は鉄でできており、薪を燃やしている時は中に入って釜に直接足が触れると熱いので、風呂の中に木製のすのこが入っている。風呂釜の蓋をとると、釜の口径よりやや小さめの丸い形のすのこが湯の上に浮いている。それを取り去らず、その上に乗って風呂に入るのだ。すると体重ですのこが沈み、熱くなった釜の底に直接足を置かなくてすむようになっている。だがその年の八月に発令された金属類回収令で、国中から鉄がほぼ根こそぎ収集されることになり、五右衛門風呂は消えた。酒樽の即製風呂桶でも、まだ風呂があるだけましな方である。

甘くすえたような臭いのする酒樽のふちに両手を置き、満杯となった湯に体を沈めて満天の星を見やりながら疲れをいやす。深まった秋の夜の外気は冷え、酒樽の中の湯も徐々にぬるくなる。すると台所から、正子が沸かした湯をバケツに入れて持って来る。ほぼ熱湯だが、それをドドドと注ぎ足すとまた体が温まる。

「もうすぐ上がるから、もう湯の注ぎ足しは結構」とおかわりを断ると、正子は

「はいさようでございますか。どうぞお風邪を召されぬようごゆるりと」

と応じて台所の方に引き下がった。

天空の星のあまりの多さにめまいを覚えながら、「さてそろそろ上がるか」と呟いて頭にのせた手拭いを取り去ろうとした時であった。

ふと視界の片隅に、何か動くものを見た。闇に紛れてはいたが、目は暗がりに慣れていたので、星明かりの下にいろいろなものを識別することができた。それは、私がつかる湯桶から一町（約百九メートル）は離れていたが、確かに人であった。灌木や林の茂みが視界を遮ってはいたが、それらの隙間からはっきりとその人影は見えた。

そして間もなくそれは、白い女の姿となって視界に現れた。

女は集落の北側にある神社の方角から、こちらに向かって小走りにどんどん近づいて来る。時折後ろを振り返りながら、しきりに何かを気にしている様子だ。

やがて緊迫したようなその表情も、はっきり捉えることができた。そして私が顔をのぞかせている風呂桶からわずか六間（約十・一メートル）程先の小道を、女は蒼白な顔をして通り過ぎた。こちらには気付いていないようであった。後姿を目で追うと、やがて女は人目を忍ぶようにして羽毛田家の裏口の方へ消えて行った。桜子だった。

五

風呂から上がると、私用に特別に設けられた囲炉裏端の座布団席の前に、酒と料理が並べられていた。料理の内容はこの辺りで採れたと思われる山菜が主だが、鮎の塩焼きが一匹、それに何やらうまそうな肉の臭いのする鍋が、囲炉裏の火にかかっていた。

鮎は那珂川の簗で獲れたものだというが、肉の説明は夫婦からはなかった。

「何もありませんが、どうぞお召し上がりください」

あるじ夫婦は、私の方を向き畳に両手と頭を付けて礼意を示すと、そのままそそくさと引き下がって行った。家の者とゆっくり話ができると思っていた私は、囲炉裏だけのがらんとした部屋に一人取り残され、いささか拍子抜けしていた。

身分の高い客と食事を一緒にするなど、この家の者の習慣にはないのだろう。もっとも私は身分が高いなどとは、自分では少しも思っていないのだが。仕方なく、燗にした酒を手酌であおると、一人食事に箸をつけ出した。後から思えばこれだけの食材をこの時世に集めるのは大変なことであったに違いない。だがその時の私は、

「まだ田舎には、食べものがいくらかはあるのだろう。出されたものを残しては良くない」などと一人で納得し、羽毛田家の貧しい家の事情には無頓着であった。

料理はどれもうまかったが、特に気に入ったのがきのこや白菜と一緒に煮込んだ動物の肉であった。東京の方では肉などめったにお目にかかれるものではない。ましてやこの肉は新鮮で柔らかく、独特の臭いは少々あるものの厭な臭みがない。

「猪か……。いや猪肉は昔食べた覚えがあるが、もっと硬かった。牛肉とは違うし、もちろん鳥でもない。ではうさぎ……?」

舌鼓を打ちながら独り言を呟いていると、

「失礼します」と障子の向こう側から女の声がした。

「どうぞ」

そちらに向かって声をかけると、すっと障子が開いて、入って来たのは桜子であった。セーターにもんぺと、昼間のままの姿である。さっき風呂の中から覗き見た桜子の表情にはどこかひっ迫したものがあった。だが今は何事もなかったかのように、昼間私と会っていた時の桜子そのものであった。

先刻外の暗がりで見た女は、もしかしたら桜子ではなかったのではないかと訝るほど、その表情は別人であった。それだけに私がそのことを訊ねようかどうか迷っていると、桜子は両手をそろえて障子を閉め、こ

ちらを向き直った。そしてすり足ですすっと部屋を横切り、私の元にやって来た。

「先生様。食事はお口に合いますか」

私の横に正座すると、桜子は両手で銚子を持ってこちらに差し出した。

「久しぶりにこんなおいしいものをいただいた。このご時世、このようなご馳走は東京ではめったに口にできません」

言いながら盃を取ると、桜子はそれにそっと二度銚子を傾けた。その盃を一気に空けた後、ほろ酔い気分で桜子の顔を見る。囲炉裏の火がその頬を照らす。白い肌が、恥じらうようにほんのり赤みを帯びていた。

「あの、これは何の肉ですか」

桜子の美しい顔から目を背け、私はややどぎまぎしながら訊ねた。

「お気に召しましたか？」

「うまい。柔らかさといい、脂の付き具合といい、ついぞ味わったことのない美味な肉です」

桜子は小さく笑った。

「それはようございましたわ。今日つぶした、子山羊の肉でございます」

「子山羊……？　今日つぶしたのですか」

「はい」

「それは、私のために……」

「はい」

「……」

しばし絶句しながら、取り皿の中でしょうゆ風味のだし汁に脂を躍らせている桜色の肉片をじっと見つめる。

「それは申し訳ないことをした。貴重な子山羊であったでしょうに」

動物を慈しむ心は私にもある。箸を浮かせたまま次に持って行く先を逡巡していると、桜子は努めて明るそうに言った。

「東京の偉い先生様に食べていただければ、うちの子山羊も本望です」

「偉いなどと、そんなよしてください……」

そうは返したが、しかしここで食うのをためらっていてはかえって申し訳ない。私はまた箸を突き出し、そのうまい肉をどんどん口に運んだ。子山羊といえども一匹殺したのだから、今夜は家族みんなでそれを食うのだろう。出されたものを残したら良くない。

「さ、もう一杯いかがですか」

桜子の酌に酒も進む。

「欲しがりません、勝つまでは」「贅沢は敵だ」

上野駅の壁に貼ってあったあの張り紙の文句が、ちらと頭の中をよぎった。


桜子に勧められるままに、久しぶりの酒と贅沢な食事をご馳走になった私は、その日の長旅の疲れもあって、囲炉裏端に敷かれた布団に潜り込むとすぐに深い眠りに就いた。しばらくの間全く意識が飛んでいたと言っても過言ではない。夢すらも見た記憶がなかった。

そうして何時間が過ぎたであろうか。ふと、布団の中で目が覚めた。

辺りはまだ暗く、すぐ脇では囲炉裏の火が小さくくすぶっている。急に寒気を覚え、布団の中で縮こまった。するとその時、何やら外が騒がしいのに気が付き、耳をすませた。

遠くで半鐘の音がする。時折、人々が何かを叫んでいる声が聞こえる。六人……七人……結構な人数だ。

私は掛布団をはいで飛び起きた。

寝巻のまま部屋を横切り、障子を半分開けて台所の方の暗がりに目をやる。人の気配はなかった。

「ご主人、奥さん……」

返事はない。

「桜子さん。外が何やら騒がしいようだが……」

梯子段を見上げ、屋根裏部屋に向かって呼びかけてみる。しかし、相変わらず何の答えも返ってこない。家中が静まり返っている。家人は皆留守なのだろうか。

慌てて着替えると、障子を開け放って土間に降りた。夜気が冷たい。外では半鐘が鳴り続いており、人の声も前より増えてより近くに感じられる。

とその時、閉められた母屋の入り口引き戸の隙間から、ゆらゆらと赤い光が家の中に漏れ入っているのに気付いた。私はその戸をさっと開けた。

そちら側には便所とその先に酒樽の風呂桶があり、さらにその向こうには灌木の林が続いている。だが戸を開けて外を見た瞬間、思わずあっと声を上げた。

灌木の林のさらに先に、赤い火の手が高く舞い上がっている。

家の周りはまだ暗く空も闇に包まれていたが、眼前に立ちはだかる火柱だけが、まるで今にも私に襲いかかろうとするかのように天空で激しく暴れていた。

私のいる所から火の手まで、距離にして一町はあったであろう。だがそれを見上げるその時の私にとって、炎はついぞこの家のすぐ隣から燃え出でているかのように近く感じられた。

我に返って付近を見やると、家のそばの林道を火の手が上がっている方へ大勢の人達が喚きながら走って行く姿が目に飛び込んできた。

カンカンカンッ……カンカンカンッ……

半鐘の音が暗夜に響き渡る。

「あっちは、昨夕風呂に入っていた時に桜子が現れた方角だ」

なぜかそんな記憶が脳裏をかすめた。

私は走り出した。体は自然に火の方へ向いていた。

六

村の若集らが走って行く後について林の中を抜けて行くと、火はますます大きくなって眼前に現れた。火柱は、こんもりとした杉林に囲まれた神社のほぼ真ん中辺りから怒り狂ったように空に立ち上がり、火の粉をまき散らしながら渦を巻いて踊っている。その周りを、二、三十人の男や女達が取り巻いている。

どうやら燃えているのは神社の境内の中心にある社であった。青年団と思しき男達が人力ポンプを繰り出して消火活動に当たっているが、古い木造の社をすっぽりと包み込んだ炎の怪物は一向に衰える気配を見せない。

境内の片隅に立って遠巻きに消火活動を見ていると、燃え尽きて土台の柱を失った屋根が、どどっと地響きを立てて崩れ落ちた。消火活動を行っていた青年団の何人かが危うくそれに巻き込まれそうになったが、頭や背中に火の粉を浴びながら間一髪逃れていた。

ふと十間ほど先の人だかりを見ると、そこに羽毛田長吉と妻の正子それに桜子の三人が、おびえた形相で一塊になって、燃え盛る社を茫然と見つめている姿が目に留まった。私はすぐにそちらへ寄って行った。

「先生様、あぶないから下がってください」

私を見つけて、桜子が叫ぶように言った。長吉と正子も私の方を見た。だが彼らには言葉がなかった。寒さのせいか、それとも激しい戦慄によるものか、二人とも身をこごめたまま小刻みに震えている。

「騒ぎに気付いて起き出して来たが、まさかこんなことになっているとは……」

三人の横に並び立ち、勢い衰えぬ炎を見上げた。そうしている間にも、火の粉が近くまで飛んで来た。

「先生様、けがするから離れていてください」

なおも桜子は私を気遣っていたが、しかしその目は恨みがましく天空に吸い上げられて行く炎にくぎ付けである。

「辺りに火の気はないようですが、一体なぜ……」

桜子に問いかけたが、彼女は黙って首を振った。

そうして小一時間、騒ぎの中にあって私達が消火活動を見つめているうちに、火はようやく下火になって来た。その頃にはもう、東の空が白み出していた。

炭の山と化した本殿の社のそこここに、ちろちろと舌を出すような火がまだくすぶり続けている。幸い懸命な消火活動が功を奏し延焼は無く、燃えたのは本殿の社のみであった。だがそこはほぼ全焼であった。

払暁に立ち込める靄の中で、焼け跡の周りを、法被を着た青年団の男達が取り囲んでいた。その中には制服の警察官も混じっている。これから現場検証が行われるのであろう。

（火の気が見当たらない古い神社の社だけが全焼しているのだから、放火の疑いが強いな）と、私は一人思った。

警察官と青年団はやがて人払いを始めた。羽毛田夫婦と桜子それに私の四人も家に戻っているように言われた。

こうして私達を含めた野次馬は皆、追い払われるように神社から退去させられた。

羽毛田家に戻ると、囲炉裏の間には昇って来た朝日が障子を透かして入り込み、室内をぼんやりと照らし出していた。囲炉裏の火は落ち、室内は冷え冷えとしていた。

「今、新しい火を入れますので」

私を囲炉裏端の座布団に落ち着かせると、正子は台所の方に引き下がって行った。長吉はこちらに顔を見せず台所で火を起こしているようであった。私と桜子が部屋に残された。

「弟さんの正太郎さんの姿が見えないようですが」

桜子と二人きりになったところを見計らって訊ねると、私の左側に正座していた桜子は、沈んだ表情でじっと囲炉裏の中の灰を見つめていた。しばしの沈黙の後、桜子は囁くような声で答えた。

「夕べから、家に戻っていないのです」

「正太郎さんがですか？」

「はい」

「それは心配ですね。どこへ行ってしまったのか、あなたには心当たりがないのですか」

立ち入ったことだとは思いながら訊いてみた。桜子はゆっくりと首を横に振った。

「分かりません。でも、あんなことがあったので、余計心配になります」

先ほどの神社の火事のことを言っているのだ。夕べ風呂から見た桜子の家に戻ってくる時の緊迫した表情が、再び目に浮かんだ。だがそのことには触れず、さらに訊ねた。

「この辺りでは、最近放火事件などが相次いでいる、ということはないのですか」

桜子は驚いたような表情で面を上げ、そこで初めてこちらに目を向けた。

「いいえ。ここはいたって静かな村でした。戦争に取られていった若い人達も少なくはありませんが、それ以外はずっと何事もなく平和な日常が続いていました」

その時私は、昨日の夕方桜子の案内でこの村に入った際、農家の陰から私を罵るように声をかけてきた正太郎の姿を思い出していた。

「正太郎さんに何事もなければいいのですが」

独り言のように呟くと、桜子はきっとした表情で突然立ち上がった。

「私、もう一度心当たりを探してみます」

言い残すと桜子は、急ぎ部屋を出て行こうとした。

するとその時、玄関口の方から何やら怒鳴るような男の声が聞こえて来た。

「正太郎はどこへ行った。あんたら、家族してかくまっているのではあるまいな」

対してあの無口な長吉が、必死の様子で返している。

「滅相もない。正太郎は昨晩から行方が知れんのです」

次の瞬間、私のいる部屋の土間側の障子がいきなり開いて、そこに見覚えのある男が立っていた。一瞬誰かと記憶をたどったが、それは私が昨日この村の入り口で出会ったあの目つきの鋭い天堂家の使用人であった。

彼は私の顔を見るなり険しい表情を一瞬緩め、頭を下げながら詫びの言葉を述べた。

「これは東京の先生様。突然お騒がせして申し訳ありません」

それまでの剣幕に矛を収めて下手に出るこの男にやや安堵し、私は努めて冷静に訊ねた。

「あなたは天堂家の従者の方。この早朝から一体何事ですか」

男は下げていた頭をゆっくりともたげた。

「仰せの通り、私は天堂家に長く仕える萱谷源蔵と申す者にございます。あるじ天堂龍三郎の命により、人を探しております」

「羽毛田正太郎さんですね」

「いかにも。先生様は正太郎をご存知ですか」

「昨日の夕方、この村に入る前に会いました。しかし今どこにおられるのかは知りません」

「失礼」

萱谷源蔵と名乗る男はいきなり履き物を脱ぐと、私のいる囲炉裏の部屋にずかずかと上がって来た。そして私の見ている前で、部屋の四隅にある押し入れの中や箪笥、机の物陰などを物色していた。源蔵が入って来た障子の向こう側では、羽毛田夫婦と桜子が不安そうな表情で招かれざる客の無礼ともいえる所作を見守っていた。

「誰もいませんよ」

あきれた調子で声をかけると、源蔵は頷き、

「お騒がせいたしました」

と私に詫びて部屋を出ようとした。その背に向かって私は強い口調で言葉を浴びせた。

「騒ぎ立てておいて、訳も述べずに立ち去るのははなはだ失敬ではないか。そのような剣幕でこの家の息子を探す理由を、きちんと説明してください」

土間の方で家人がおろおろしている様子が分かったが、私は囲炉裏端に座ったまま毅然とした態度で源蔵を睨み上げた。すると源蔵は振り返り、畳の上に膝を折って背を正した。

「これはご無礼をお許しください。私どももいささか気が動転しているものですから」

白くなりかけた胡麻塩頭をまたゆっくりと下げ、額には深いしわを幾重にも作っている。天堂家の使用人というが、なかなかの人物と私は捉えた。

「昨夜から今朝にかけての、千本稲荷神社の火事はご存知でしょうか」

源蔵は面を上げ、声色を落とすと逆に私に訊ねた。

「千本稲荷神社というのですか。神社の名前は初めて聞きましたが、火事は先ほどこの目で見て来ました」

源蔵は頷くと続けた。

「焼け跡から、男の人の遺体が出て来たのです」

「遺体……？」

訊き返すと、源蔵は私の目を見てゆっくりと首を縦に下した。

「身元は分かったのですか」

あのように燃え盛る社殿の焼け跡から出て来た遺体であれば、黒焦げになって身元の判明も難しいであろうと私は推察した。桜子や羽毛田夫婦は驚きの表情で、言葉を殺して源蔵を凝視している。

「当家の次男、天堂龍介さんに間違いないと……」

土間で聞いていた三人が、同時にはっと息を漏らす音が聞こえてくる。

「天堂家の息子さん？」

「さようにございます」

「警察の現場検証はきちんと行われたのですか」

「むろんです」

「ご遺体を確認されたのはどなたです」

前にも述べた通り私の専門は裁判化学で、これまでにも身元確認が困難な焼死体の例をいくつか経験している。

「当家の主人、つまり龍介さんの実の父親である天堂龍三郎様です」

「ご遺体の顔は確認できたのですか」

思うところあって、私はなおも質問を続けた。源蔵はゆっくりとかぶりを振る。

「残念ながらご遺体の損傷は激しく、私どもが見た限りでは判明できかねました」

「では、天堂さんはどうしてそれが息子さんだと」

「ご遺体のズボンのポケットから、懐中時計が見つかったのです。時計も既に焼け焦げて止まっていましたが、それは天堂龍三郎様が龍介さんにあげた、二つとない高価な品だったということです」

「龍介さんの死因は分かったのですか」

「それが……」

源蔵は答えに逡巡していた。

「もしや、焼死ではないと……？」

私が迫ると、源蔵は鋭い目でちらと自分の後方を睨んだ。源蔵に視線を向けられ、土間の家人達はさっと身を引いた。

「後頭部に鈍器で殴られたような痕があったそうです」

源蔵は眉をひそめながら、またこちらに向き直った。

「何と……」

「つまり、龍介さんが何者かに殺されたものとみて、警察は捜査を始めたとか」

「それであなた方は、その犯人が羽毛田正太郎さんではないかと疑っているのですね」

私が言い放つと、土間の方から今度は小さな悲鳴が上がった。源蔵は表情を歪めると、私の目を見つめたまま首肯した。

「それは何かの間違いです。弟に限って、あるじの天堂様の坊ちゃんを殺すだなんて、そんな恐ろしいことをするはずがありません」

突然桜子が土間からこちら側に体を乗り出し、泣き叫ぶように源蔵に訴えた。長吉と正子が桜子を止めに入った。

「聞けば正太郎は、昨夜から行方が知れぬというではないか。何もしていなかったなら、なぜ姿を隠す必要がある」

源蔵は言い寄る桜子に向かって一喝した。そしてまた私を睨むと、淡々とした口調で述べた。

「先生様。そのことについて今のところ申し上げられることは、それだけにございます。なおあるじより、本日は当家にいらして煙草畑を視察なさるご予定と聞き及んでおります。しかしながら、申し上げたような事情から大変恐縮ではございますが、本日あるじは先生様にはお会いできないとお伝えするよう伝言を仰せつかっております」

私は仕方なく、源蔵からの申し出を了承した。

「分かりました。天堂さんの胸中いかばかりかとお察しします。息子さんが亡くなられたことについては心よりお悔やみ申し上げますと、くれぐれも宜しくお伝えください」

源蔵は黙って深々と頭を下げた。私は続けた。

「しかし私も政府から直々に依頼を受けたお役目。このまま手ぶらで帰るわけには参りません。煙草畑の視察と試料の採取は、予定通り行います。できれば乾燥中の葉も見てみたい。天堂さんにお会いできないのは残念ですが、ご当主にはその旨あなたからよろしく伝えてください」

源蔵は、「かしこまりました」と述べてもう一度私に深く頭を下げると、やおら立ち上がって土間の家人達を振り返った。

「正太郎が戻ったらすぐに当家へ知らせろ。分かったな」

言い残して、源蔵は今度こそ部屋を出ると、二階の家人の寝所らしき屋根裏部屋に上がって行った。そしてそちらもしらみつぶしに探索していた様子であったが、やがて梯子段を降りてくると、もう一度家人達を一瞥した。

「邪魔をした」

彼らにそう吐き捨てると、源蔵は荒々しく羽毛田家を去って行った。

## 七

煙草の葉が育つ時期は五月から六月で、その後は一斉に収穫してしまう。七月頃から収穫した葉の乾燥に入り、そして秋の今頃の季節には葉煙草の出荷がほぼ終わる。今は、言ってみれば閑散期なのだが、この時期に何もやることがないかというともちろんそうではない。何せ今は全ての物資が不足している時代。煙草だけでは下請け農家はとてもやって行けず、大豆栽培や養蚕など、いわば副業を手がけている家が殆どである。

日本は島国だが農業が盛んで米もたくさん採れる。では戦争になるとその日本でなぜ食糧が不足するのか不思議だが、実は米、野菜、果物等の農産物以外は外国からの輸入に頼っているところが多分にある。我が国が始めた戦争に異を唱える諸外国は、日本への物資の輸出を凍結した。その結果、石油を始めとする様々な物資が不足し、それに伴って本来日本国内で何とか充足できていた物品や食料品までもが不足するという悪循環が生じた。

例えば、これまで輸入していた肉や魚などが諸外国の日本輸出禁止令によって日本に入って来なくなると、その分国民の腹を満たす食物は米になる。だが皆が皆これまでより多く米を食べるようになると、今度は従来輸入に頼らず充足できていた米までもが不足してくる。続いて米の代わりに芋が食われるようになるが、皆が芋を食えばやはりこれも足りなくなってくる、という具合だ。その結果今、国民生活にとって必要な、ありとあらゆる物が足りない状況に陥っているのだ。それは人口密集地域であればもちろん、寒村であっても同じことが言えた。様々な物品が今配給制で国民に供与されているが、そんなものではとても足りず必然的に闇の物資が日常となっている。

桜子の話では、天堂家は昔から煙草栽培と並行して大豆を育て、収穫したたくさんの大豆から高野豆腐を作っているということであった。高野豆腐は豆腐を凍結・乾燥させ海綿状にした調法な食料品で、凍り豆腐ともいう。乾燥状態では固いが、水につけると膨張し、およそ一・五倍の大きさになる。乾燥状態で相当長持ちするので、高蛋白源の保存食としてこの辺りでも大変貴重な品になっている。私もこの高野豆腐が好物であったが、残念ながら近頃東京の方では全く見かけなくなってしまった。

天堂家の持つ煙草畑は総面積六十反というから、縦横百メートルくらいの土地を六か所弱ほど使って煙草を栽培していることになる。葉が青々と茂る六月に見る景色は壮観だが、今の時期、畑には何もなく閑散としている。だがその広さに偽りはないか、申告した畑でそれ以外の嗜好性の植物例えば大麻などが栽培されていないか、はたまた葉煙草の一部を隠し持っていて闇市場などに転用していないか等々、視察する項目が多々決められているため、それを含めて全てを見て回らなければならない。

この食糧難のご時世に、腹を膨らませるには何の役にも立たない煙草がなぜ必要なのかと、一般庶民は思うかもしれない。そう、確かに煙草は贅沢品だ。たった十本しか入っていない紙巻煙草の値段が二十銭から五十銭と、価格は駅弁と同じかそれ以上である。品によっては一円近くするものもある。そしてこれらの値の内には、少なからぬ戦時負担金（戦争のための税金）も含まれているのだ。以前肺病を患って医者から煙草を止められている私にとっては、弁当の方がよほど貴重に思えた。

だが煙草は戦地の兵隊にことのほか重宝がられている。命を失う覚悟で臨む前線の兵士にとって、突撃前の一服は何物にも代えがたいそうな。戦況の悪化と共に緊張を強いられている軍の上層部の人達においても煙草は必需品である。最近では煙草も配給制となったが、中には混ぜ物をした劣悪な葉煙草も出て来たと、軍からは苦情やお叱りの声が上がっているという。

視察には桜子が同行するというので、その日の朝早く、私は桜子を連れ立って天堂家所有の煙草畑へと赴いた。

「あなたは正太郎さんのことが心配でしょう。私は一人でも大丈夫です」

道すがら念を押して申し伝えたが、桜子はかたくなについて来た。

「天堂様の畑といっても実際はうちが借り受けていますから、これから先生様が見て回られる所は私達が一番よく知っています」

桜子が言うのでもうそれ以上抗わず、ついて来る桜子の前を黙って歩いた。

ふと先を見ると、若い夫婦と思しき二人が荷車に一杯の干し草を積んでこちらに歩いて来る。私達は間もなく彼らとすれ違った。

「藤生の旦那さん、奥さん、こんにちは」

桜子が丁寧に頭を下げた。

「桜子ちゃん、こんにちは」

奥さんの方が挨拶を返す。荷車を引いていた旦那の方も、立ち止まって私達を見ると顔に笑みをたたえた。

さっきの桜子の挨拶で、私はその若夫婦が藤生家の二人であることを知った。主人は背が高く痩せぎすで、鼻も目も細い。日焼けした顔に、きれいに並んだ白い歯が覗く。奥さんはやや小柄だが、うりざね顔の整った面をしており、笑う表情がまぶしい。二人とも、野良作業着らしい服を着ていた。

「こちらのお方は、東京から天堂様の畑を視察に来られた教授の先生様です」

桜子に紹介され、私も藤生家の二人に会釈した。

「音川といいます」

名乗ると、夫婦は改めて私の方に向き直り、かぶっていた麦藁帽子を脱いだ。

「邦男です」

「郁子です」

二人は私に向かってめいめい丁寧にお辞儀をした。昨日桜子から聞いた話では、藤生家は天堂家に台頭する煙草栽培農家の元締めであり、この辺りでは名士の一人に属するそうである。だがこうして藤生家の当主と思われる主人に会ってみると、とても豪農という印象は湧いてこない。夫婦とも物静かで、態度も謙虚そうである。服装とて羽毛田家の者と大して変わりはない。すると郁子が桜子を見やりながら遠慮深そうに訊ねた。

「正太郎さんが行方不明になっているとさっき家の者から聞いたのですが、まだ見つかっていないのですか」

桜子も深刻そうな顔をして応じた。

「はい。私も、正太郎とは夕べ村の入り口の道端で言葉を交わしたきりで、その後弟は家にも帰っていないのです」

私もその時、桜子と一緒に正太郎に会っている。可愛がっていた子山羊を潰さなくてはならなかったせいか、正太郎は私の来村を歓迎していないようであった。

「それは心配ね。私達もいろいろと村の人に訊ねてみましょう」

「ありがとうございます。藤生の旦那さんと奥さんにまでご迷惑をおかけしてしまい、申し訳ありません」

「いいのよ、そんなこと。私達も、正太郎さんには普段いろいろと助けてもらっているのだから」

郁子が慰めるように言葉を返すと、邦男も頷いている。

「ところで、正太郎さんの行方が分からなくなってしまったこととは関係ないと思うのだけれど……」

郁子は眉根を寄せて呟いた。

「どうかしましたか」

「ええ。実は昨夜、私の家の近所の人から聞いた話なのですが」

郁子は、そのことを私達に伝えようかどうかなおも逡巡していたが、やがて思い立ったように続けた。

「その人、―私の家の近所に住むおばさんですが― は、昨日の夕方頃、つまり神社の火事が起きる六、七時間ほど前のことですけれど、千本稲荷神社の近くで不審な男の人の姿を見たと言うのよ」

「不審な男の人……」

桜子が言葉尻を繰り返す。

「ええ。それが、気味が悪いじゃありませんか。その男の人は、コートの襟を立てて鳥打帽を深く被っていたので顔が見えづらかったそうですが、それでもちらと見えた横顔に大きく焼けただれた痕があって、顔が異様に歪んでいたと言うのです……。おばさんは思わずその場で小さく悲鳴を上げました。そうしたらその男は、人目を忍ぶように慌てた様子で神社の物陰に消えたそうです」

「顔が焼けただれていたのですか」

今度は私が驚いて訊き返した。

「はい」

郁子は蒼白な顔をして頷いている。桜子は言葉を失し、掌で口を塞いでいた。私はなおも訊ねてみた。

「で、そのおばさんは、その男の人に見覚えはなかったのですか」

「顔がそんな状態でしたからはっきりはしないけれど、男には心当たりがないと、おばさんは言っていました」

「ふうむ……」

私と桜子からの質問はそこで途絶えた。

「ただ さっきも言いましたように、その男の人と正太郎さんがいなくなったことが何か関係するかどうかは分かりません」

郁子は付け足すと、不安そうな顔をしてうつむく桜子を見やった。

「でも桜子ちゃん、あまり心配しない方がいいわ。正太郎さんはきっと何でもないような顔をして返って来るわよ」

さらに慰めの言葉を添えると、郁子は桜子の肩にそっと手をやった。

「もしまた何か分かったら、すぐに連絡するよ」

邦男は桜子に言い残してから、もう一度私の方に頭を下げた。私も小さく返礼する。

邦男は再び荷車を引いて、今私達がやって来た方角に道を下って行った。郁子も後ろから荷車を押しながら、狭い道を私達とすれ違うと、夫の後に続いた。

去って行く二人の後姿を、桜子と私はしばし黙って見つめた。

## 八

そこから畑までは半時間あまり。カラスが食い残した真っ赤な渋柿や針葉樹の黒々とした林を見やりながら、起伏に富む山野を進むと突然開けた場所に出た。

そこは一面煙草畑であった。視界を遮る樹々は殆どない。畑には所々に積まれた干し草以外何もなく、ただ短い雑草が散在する土の地面が広がっている。その向こうには、晴れ渡った空の下、蒼い山々が幾重にも連なって遥かにそびえていた。

小高い丘の上に立ち、手で額に庇を作って目に入る光を遮りながらじっと畑を展望していると、私のやや後ろにしたがっていた桜子が、おもむろに口を開いた。

「この辺り一帯は、みんな天堂様の畑です」

私は頷く。だが先ほどの藤生郁子から聞いた奇妙な話が、まだ頭の中で右往左往していた。

「煙草の葉が伸び始める頃は、きっとこの辺り一面、緑がまぶしいでしょうね」

何気なく呟くと、桜子も私の横に並び立ち目を細めた。

「はい。とても美しい光景です」

「……時に、天堂家の龍介さんということですが」

ちらと桜子を見ると、彼女も視線を返す。

「あなたの弟さんの羽毛田正太郎さんとは、仲が良くなかったのですか」

思い切って訊ねてみると、桜子は急に私から目線を逸らしてうつむいた。

「いいも悪いも……」

彼女はそこでしばし言葉を選んでいる様子であったが、ふとまた面を上げた。

「あちら様はあるじの家の息子さんですから、家同士の主従関係はそのまま家人にも降りてきます」

「つまり正太郎さんの立場は、龍介さんの従者の様なもの……」

桜子は首肯する。そこでなおも突っ込んで訊いてみた。

「では、正太郎さんが龍介さんのことを良く思っていなかったとしても、不思議ではありませんね」

だが彼女はかぶりを振ってこちらの勘繰りを否定した。

「滅相もないことです。私達は使用人の立場ですから、あるじである天堂様に立てつくことなど決してあり得ないことです」

「正太郎さんと龍介さんは、年が同じということでしたね」

私は話の方向を変えた。

「はい。今年十六才で、来年は兵役検査を受けられる年です」

そこで彼女は唐突に兵役検査のことを口にした。

現在の我が国の徴兵制度では、男子二十歳になると全員徴兵検査を受ける義務があるが、それ未満であっても十七才を過ぎれば志願して検査を受けられる。むろんそこで合格すれば、兵士として戦争に駆り出されることになる。

昨年十月、雨の中明治神宮外苑競技場にて、学徒出陣壮行会が挙行された。こうして若者達が兵士として自ら御国を守る機運が湧き起こる中、血気盛んな十七才男子が徴兵検査に志願する風潮は昨今高まりつつあった。さらには戦況が厳しい中、軍隊の人員不足から徴兵年齢も徐々に下げられていた。

「正太郎さんや龍介さんは、中学校卒業後には兵役検査に志願するつもりだったのですか」

質すと桜子は、今度はゆっくりと首を横に振った。

「あまり表立って口に出すことは憚られるのですが、弟は自分から兵役を志願するような男子ではありません。家の子山羊を可愛がる優しい子でしたから、戦争は嫌いだったと思います」

「家の子山羊を……」

私は夕べそれを食ったのだ。そのことに触れると、桜子はうつむいたまま苦笑した。

「父に言われ、正太郎は自分で子山羊を潰したのです。それで父や御客人でいらっしゃる先生様のことを、恨みがましく思っていたのかもしれません」

「そんなことなら、貴重な子山羊の肉など私は所望しなかったのに」

批判めいたことを呟いたが、桜子はまた無理に笑って見せた。

「先生様はどうぞお気になさらず。先生様が当家にいらっしゃらなくても、この食糧難ですからいずれ子山羊は食べられていました。それは止む無きことにございます」

前を見ながら私は憮然と腕を組む。桜子は話を継いだ。

「龍介さんが兵役を志願するかどうかは私どもには分かりませんでした。ただ、天堂家にはもう一人、龍介さんの上に壱郎さんというご長男がいらっしゃいます。このお方は昨年出征し、今では南方の方で戦っていると聞きました」

「そうですか。それでは次男の龍介さんまで兵役に取られて行ったら、天堂家は後継ぎがいなくなってしまいますね」

「はい。その龍介さんが昨晩の火事で本当にお亡くなりになったとしたら、天堂様には大変お気の毒なことにございます」

それは桜子の本心だろうか。天堂家に弔意を表す桜子に思わず目を向けると、彼女はきりっとした眉に陽の光を浴びながらずっと遠くの方を見ていた。

「本当に亡くなったのだとしたら……」

桜子のその言葉が耳に残った。昨夜の神社の火事で、焼け跡から成年男子と思しき黒焦げの死体が一体見つかった。そしてそれが天堂家の次男龍介であることは、遺体のズボンのポケットに入っていた高価な懐中時計によって確認された。遺体の確認は龍介の実の父親である天堂龍三郎が自ら行ったということである。

しかし桜子の言葉にも垣間見られるように、顔も分からぬほど黒焦げになったその焼死体が本当に龍介なのかあるいは別の人物なのかの確証は、まだ定かではないと私は思っていた。

そして藤生郁子から聞いた、顔が焼けただれていたという見知らぬ男の話。その男は、龍介の事件や正太郎の失踪と何か関係があるのだろうか。

そこで私はもう一度視点を戻して訊いてみた。

「正太郎さんと龍介さんは、普段一緒に遊んだりはしなかったのですか」

「小さい頃はそういう時もあったと思います。でも弟はあくまで龍介坊ちゃんの下の立場にありましたから、対等の立場で仲よく遊ぶなど姉の私から見れば考えられないことでした。通っている学校も違いました。弟は実業学校ですが、龍介坊ちゃんは中学校です」

中学生にも色んな学童がいるが、例えば陸軍士官学校や海軍兵学校などへの進学や軍へ取り立ててもらうための機会は、実業学校より中学校の方が勝る。やはりここでも二人の上下関係がはっきりしていたことが窺われる。

正太郎と龍介の話をそこで止め、私はまた桜子の前を黙って歩き出した。

九

一通り煙草畑の視察を終えると、続いて私は天堂家に赴き、煙草葉の乾燥作業を検分することにした。桜子には、「着いて来なくてよい」旨申し渡すと、今度は桜子も素直に従い、そのまま羽毛田家へ戻って行った。今朝ほどの天堂家従者萱谷源蔵の剣幕を思うと、桜子も当面天堂家の者には会いたくないであろう、と私は配慮した。

既に源蔵から伝達されていたように、私が天堂家を訪れても当主の龍三郎は姿を見せなかった。私は出迎えた源蔵の後について、同家の広い敷地内にある煙草葉の乾燥作業場を見て回った。

源蔵の案内で屋敷内を移動している際、母屋から離れて建っているこぢんまりとした家屋の中に、ふと目が行った。その洋間のガラス窓の中に、黒っぽい和服姿で、椅子に座ってこちらに横顔を見せている、一人の婦人の姿が目に入ったからだ。そこは洋風の八畳間ほどの離れで、母屋とは屋根の付いた渡り廊下でつながっていた。

しばし庭に佇み婦人の方を見ていると、向こうでも私の存在に気がついたのかふと目を上げ、こちらを見た。やや太った中年婦人であったが、目鼻立ちがはっきりしていて美形の部類に属する顔の造りだ。

婦人は私に向かって小さく頭を下げたが、すぐに視線を逸らすとまた元のようにうつむいていた。私も彼女に同じような礼を返してから、源蔵の後を追った。

「美根代奥様です」

離れを通り過ぎると、源蔵が言った。

「旦那様以上に気を落とされていて、誰にも会いたくないと、離れに引きこもっておいでです」

息子の龍介が亡くなったという知らせに接し、今はとても信じられぬ気持ちでいるのであろう。彼女の心中を思うと言葉がなかった。

煙草の葉は、大きくなると長さ三尺（約九十センチメートル）、幅一尺半ほどにまで成長する。だがそこまで育ってしまうと煙草原料としては適さない。葉煙草の製造に適するのはより小さい葉で、長さ一尺程度のものである。六月から七月になると収穫に適する葉がそろうので、これらを人の手で刈り取り、日干しにして乾燥させる。そして数ヶ月間十分に乾燥させた葉を、葉巻や紙巻煙草に加工する。しかし、葉煙草や葉巻への製造とその販売は天堂家の範疇ではなく、これらは政府が定めた別の製造工場や販売網を通じて営まれる。このように天堂家は、煙草の製造と販売の全事業のうち煙草葉の栽培と収穫および乾燥作業までを請け負っていた。

最近我が国ではどこもかしこも人手が足りないせいで、煙草の栽培や刈り取りが思うように立ち行かなくなり、製造工場や販売店舗までもが閉鎖に追い込まれている。その結果、国民に配給される煙草の本数は減り、葉煙草の質も低下が目立つ。そのような劣悪製品が高値で出回らぬよう、私のような監視官が政府の依頼で東京から派遣される。

源蔵から一通り作業場を見せてもらうと、私は現在乾燥中の煙草葉を数グラム入手し、それを試料保存用の小箱に収めた。薬学専門学校の自分の研究室に持ち帰り、ニコチンなどの成分量を分析するためだ。それにより、ここから出荷された原料から製造される煙草の質を判定できる。

源蔵に礼を言って天堂龍三郎への謝意と弔意を伝言すると、別れ際に一つ訊ねてみた。

「時に源蔵さん。立ち入ったことを訊くようですが、夕べの火事で社の焼け跡から見つかったという遺体は、本当にご当家のご子息だったとあなたはお思いですか」

源蔵は眉をひそめると、声色を低くして答えた。

「むろんです。お気の毒なことですが、間違いありません。しかしなぜ先生様はそのようなことをお訊ねに」

「ご承知のように、私は予定を一日早めて東京に戻ることにしました。昨夜の火事で天堂家の次男が亡くなり、当主の龍三郎さんと会見がかなわなくなったからです。帰京したら、一日早く戻った理由をお上に報告しなくてはなりません。亡くなった方の身元が不確かなままでは、ちゃんとした報告はできませんから」

「それは、大変ご迷惑をおかけしました」

源蔵は申し訳なさそうに頭を下げた。

「ですが、何度も述べましたように、亡くなられたのは龍介坊ちゃんです……」

その時、家の門の前を左右に走る道の右手奥の方から、こちらに向かって呼びかける男の声がした。

「おーい、源蔵さん。ご当主は家におられるかね」

振り返って見ると、中年の巡査が大きな黒い自転車をこいでこちらにやって来る。

「ああ、駐在さん」

源蔵が応じると、巡査は私達の前まで来て自転車を停めた。

「天堂様は坊ちゃんのご遺体を見て強い衝撃を受けたようで、今朝から家に引きこもっていなさる」

「無理もねえな。長男の壱郎さんは兵隊に取られちまったし、頼みの次男があゝいう死に方をしたんじゃ」

「もともと当家のあるじは人前に出るのがお好きな方ではないのでな。最近ではますますそうだったが、こんなことがあったらなおさらだ」

源蔵が表情を歪めながら付け足した。そこで私が横から口を挟んだ。

「駐在さん。火事で亡くなったのは本当に天堂龍介さんなのですか」

相変わらずそのことにこだわって訊くと、巡査は初めて私の方を見て素っ頓狂な顔をした。痩身に間延びした長い顔。出っ歯で、鼻の穴からは鼻毛が飛び出ている。酒焼けしたような赤ら顔は、安酒の飲みすぎか血圧が高いせいなのだろう。

「誰だね、あんたは」

巡査は奥目を目一杯広げ、ぎろりと私を睨んだ。

「こちら、当家の煙草葉と畑を視察に来られた東京の偉い先生様だ」

源蔵が紹介すると、突然巡査の顔色が変わった。

「ほう、それはそれは。わざわざこんな田舎までお役目ご苦労さんです」

巡査は慌てて顎紐の付いた警帽を取って挨拶すると、やや甲高い声で続けた。

「私は烏山駐在所の巡査で、中西ちゅうもんです」

中西巡査は顔に作り笑いを浮かべながら警帽を元通りかぶると、続いてさっきの私の質問に応じた。

「県警の調べでは、昨晩の火事で亡くなったのは天堂龍介さんに間違いないとのことです」

「ご遺体のズボンのポケットに懐中時計があったという事の他に、何か遺体の身元確認につながったものはあるのですか」

裁判化学が専門である私は、事件に巻き込まれた人間の死体を見るとつい首を突っ込みたくなる。

「実は、今日はそのことで天堂さんに報告に来たんですわ」

中西巡査は源蔵の方を見た。

「何か分かったんかね」

今度は源蔵が訊いた。

「先ほど、県警から来た鑑識の署員が、遺体の焼け残っていた骨髄から取った血液を鑑定したところ、遺体は男性でO型と判明した。実は天堂龍介さんも以前病院でけがの治療を受けたことがあって、その時調べた血液型がO型であったということなんですな」

中西がなまりのある朴訥とした口調で説明する。そこでまた私が訊ねた。

「血液型が一致したということの他に、何か決め手はなかったのですか。例えば指紋など」

中西は迷惑そうな顔をして眉をひそめた。

「そりゃあなた、父親の天堂龍三郎さんも遺体が自分の息子に違いないと言ってるんですから、血液型も合っていたことですし齟齬はないでしょう。ちなみに両手の指はみな焼けてました」

中西巡査の返答を受け私はなおも突っ込もうとしたが、しかしどこか間の抜けたこの巡査にそれ以上の説明はできないだろうと思い返し、言葉を飲み込んだ。

私が引き下がったとみるや、中西はまた柔和な顔に戻って源蔵を見た。

「そういうこったから、天堂さんにはその旨宜しく申し伝えてくれ」

「駐在さん。龍介坊ちゃんは殺されたんだろう。犯人はまだ捕まってないんだんべか」

源蔵は納得していない様子で中西に迫った。

「県警のお偉い刑事殿が乗り出して来たっから、すぐに片が付くんべよ」

「坊ちゃんを殺ったのは羽毛田の息子に違いねえんだ。早くやつを探し出してくれ」

「真相はいずれにしても、羽毛田の息子の行方については村の青年団にも協力してもらって今村中を探し回っとる。それもじき分かるんべ」

中西は私と源蔵を代わるがわる見やると、自転車の向きを元来た方へ向けた。

「そいじゃ、さっきの事、ちゃんと天堂さんに伝えておいてくれ。また何か分かったら連絡にくっから。頼んだよ。そんじゃ、私はこれで」

言い残すと、中西巡査はへっぴり腰でキイこらキイこら自転車をこぎながら元来た道を上がって行った。残った私達は思わず顔を見合わせた。続いて源蔵は、去って行く巡査の背をもう一度見やると、それに向かって悪態をついた。

「ふん。役立たずの駐在め」

「あの巡査は烏山駐在所から来たと言ってましたが、この辺りの出身の人ではないのですか」

「さあ、私も良くは知りませんが、前に駐在に会った時、確か実家は宇都宮だと説明してましたよ。老いた父母が宇都宮で雑貨店をやっているらしいんで」

「じゃあ、単身赴任？」

「そうですが、あの巡査は独身です。もっともあの顔じゃあ、嫁の来手もありませんや」

言って源蔵は一人で笑った。なぜか納得してしまって私も頷く。そういうこっちも一人身なのだが。

「ところで、千本の界隈には駐在所はないのですか」

何気なく訊いてみると、源蔵はどこかあきれたような顔をして応じた。

「ご覧のように、この村には何もありませんよ。もう一つ駐在所が茂木にあるんですがね。戦時体制が敷かれていて、そっちの方は駐在も殆どお留守なんですわ」

茂木町は、千本から徒歩で一時間ほど南に下った所にある。千本から見ると烏山町とは逆の方角となる。戦況が厳しいと、警察関係者も一つの地域で落ち着いていられなくなる。空襲で被災した町などに、警備や防災等の目的で緊急派遣されるからだ。

「ふうん。するともしこの辺りでひとたび重大事件が起こったら、捜査は立ち行かなくなりますね」

「仰る通りですが、しかし人が殺されるなんて、私が生まれてこのかたこの村にはなかったことですからな。あの駐在が言っていた様に、もしもの場合は宇都宮から県警の刑事がやって来ますが、この大変な戦時下にあってやつらはこんな片田舎の事件なんてまじめには捜査しませんよ」

言ってから源蔵は、しまったという顔をして辺りをきょろきょろ見た。めったなことを言うと、噂が伝わってそれこそ憲兵にしょっ引かれかねない。

一方の私はふと視線を落とし、ポケットから取り出した懐中時計を見た。時刻はもう昼近くになっていた。

## 十

その日午後にたった一本だけある宇都宮行きの汽車は、後二時間あまりで烏山駅を出る。予定を変えてその日のうちに東京に戻ることにした私は、源蔵に別れを告げると早々に羽毛田家へ引き返した。旅行用のトランク鞄を羽毛田家に置いてきたからだ。

見送る源蔵を後に天堂家の屋敷の門を離れ、羽毛田の家に向かって急ぎ足に丘を登る。ふと前方を見ると、峠の上の六地蔵の前で桜子が私のトランク鞄を手に提げて立っていた。

「桜子さん」

思わず名を呼ぶと、桜子は顔をほころばせながらこちらに向かって大きく右手を振った。

「汽車に間に合わなくなったら大変ですから、お荷物を持ってお見送りに来ました」

「ありがとう。助かります」

私はまた時計に目をやった。これから昨日来た道を急ぎ烏山まで戻れば、汽車には間に合う時間だ。トランク鞄を受け取ると、改めて桜子を見た。服装も髪型も昨日のままだったが、彼女の表情には陰りが見えた。

「もうここで別れましょう。後は一人で行けます。桜子さん。本当にお世話になりました。長吉さんと正子さんにもよろしくお伝えください」

桜子は益々寂しそうな目をこちらに向けた。

「先生様。また来てください」

その言葉に逡巡しつつも、私は黙って頷いた。

「きっとですよ。お待ちしていますから」

踵を返した私は、桜子に背を向け烏山駅への一本道を歩き出した。右手に下げたトランク鞄が重かった。しばらく行ってから振り返ってみると、桜子はまだ峠の上からこちらに手を振っている。私は胸元に小さく左手を上げて応えると、再び烏山駅の方に向かって先を急いだ。

そうして何回か振り返って見たが、互いの姿が見えなくなるまで桜子はずっと手を振り続けていた。

日は傾いていたが、山野や畑、遠くに見る河川などに陽光がまんべんなく降り注ぎ、中秋の絵画的風景を映し出していた。秋がさらに深まると、この辺りにも寒い木枯らしが吹き始めるであろう。東京に戻れば一転して、灰色の建物や家々そして戦争の影を背負った険しい顔つきの人々の行き交うあの街並みが待っている。

桜子との別れが心の中にどんよりと沈み込み、どこか暗い気持ちで村境の峠にまで辿り着いた。振り返れば千本村、そして向かう方角には烏山の村落がある。もう振り返るまいと、足早に峠を越そうとした。

するとその時、私から見て左手の道端にあった小さな祠から声がした。

「もし、旅の人」

ギョッとしてその場に佇み、祠に目を向ける。大体そんな所に人がいるはずもないからだ。

「ここじゃよ、ここ」

祠の脇の暗がりに目を凝らしてみると、そこにぼろくずのような物体が鎮座している姿をようやく捉えることができた。老婆の様だ。

ぼさぼさの白髪に顔が隠されていたが、その物がゆっくりとこちらに頭をもたげると、灰色の光を放つ二つの目が、顔に無造作に垂らした白髪の隙間からぎろりと私を見た。思わず一歩後ずさった私をなおも睨みながら、老婆はかたわらに置いてある空き缶を指さすと、ぞっとするような嗄れ声で言った。

「哀れなばばにお恵みくだされや」

「物乞いか……」

私は呟き額の冷や汗を手の甲で拭うと、財布から一銭硬貨を二枚取り出して空き缶の中に落とした。そうして黙って立ち去ろうとすると、物乞いの老婆は私の背に向けて鋭く言葉を放った。

「待たれよ」

はっとして振り向くと、老婆は手招きをしている。不審に思いながら一歩二歩とまたそちらへ近づくと、老婆は下を向いたままおもむろに告げた。

「恵んでもらった礼に、いいことを教えてやろう。いいか、よく聴きなされ。この村には恐ろしい人殺しがおる。わしは見たんじゃ……」

その時、冷気が背中をさっと走り降りた。祠の周辺は大きな木の陰に覆われ、陽光に慣れた目で突然その空間に紛れ込むと、まるで暗闇に迷い込んだような錯覚を見る。幻惑されたままに、老婆が吐き出した言葉をしばし咀嚼できずにいた。

「見た……？　一体何をです」

およそ人とも思えぬ、あたかも神木かと見紛うようなその塊に、私はゆっくりとさらに近づいて訊ねた。

老婆はさっき本当に何かを言ったのであろうか。もしかしたら空耳だったのではないか。それはまるで問わず語りのような不思議な感覚であった。

だが老婆はもう一度、今度ははっきりした声で繰り返した。

「今申した通りじゃ。わしは人殺しを見たのじゃ。そして用心するがいい。その人殺しは、どうやら今度はお前のことをつけ狙うておる」

（……人殺しを、見た？　その人殺しが、私をつけ狙っている……）

にわかには信じがたい老婆の発言に軽い憤りを感じながらも、もしやと思い返す。

「何を……あんたは何を見たと言うんです」

私は老婆に詰め寄った。だが老婆は私を無視するように目を瞑って顔を天に向けると、意味の分からぬ念仏のようなものを唱え始めた。そしてそれ以上老婆が私に何かを語ることはなかった。

大木の深い影が支配するその峠を離れ、私は烏山方面へと坂道を下り始めた。せせら笑うような老婆の声を背中に聞きながら……。

老婆の言ったことはただの絵空事に過ぎないのだろうか。だがもしかしたら、あの老婆は本当に殺人の現場を見たのかもしれない。

殺人？　一体誰を？　むろん何者かが天堂龍介を殴り殺し、社に火をつけてその遺体を焼こうとしたところを、だ。そしてその殺人鬼が私をつけ狙っている……

烏山の駅が近づくにつれ、なぜか心は地の底に引きずり込まれるような恐怖に駆られ始めていた。あの恐ろしい嗄れ声。口から出まかせかもしれない。しかし一体どんな意図があって、あの物乞いはそんなことを私に吹聴したのか……。

老婆は天堂龍介殺害現場にいた目撃者であり、誰が犯人かを知っているのかもしれない。目撃したことを、老婆は警察に伝えたのだろうか。

烏山線の三一七〇形タンク式蒸気機関車は、出発予定時刻を三十分遅れていつも通りの大げさな音を立てながら駅の乗車廊に入って来た。だが汽車の警笛や蒸気の音はもとより、昨日この駅舎から見たのと寸分変わらぬ錦秋の耽美的風景も、今の私の心には無味乾燥なセピア色の映画のようにしか映ってはいなかった。

他の乗客達と一緒に客車に乗り込み、箱の席の一角に落ち着いた後も、私は常に周囲を気にしていた。あの老婆の嗄れ声が、ずっと耳から離れなかった……。

東京鶯谷の自宅に戻ったのは、その日の真夜中近くであった。一日早い帰宅に、家で待っていた両親はことのほか驚いていた。還暦を過ぎている両親は、私が帰った時既に床に就いていたが、寝間着のままで二人して玄関まで出迎えてくれた。

両親の顔を見た瞬間、私は気が抜けたようにため息を吐きながら、廊下にトランク鞄を置いた。

上がりかまちから見上げた父宗夫の頬には、大きな絆創膏が張り付けてあった。理由を訊くと、今日上野の闇市に買い出しに行った際、物品の入手をめぐって的屋と殴り合ったという。もう年なんだからいい加減身をひっこめるように注意し、一方で母春の顔を見ると、こちらは白髪を乱しながらも、私が無事帰ったのを心から安堵しているようであった。

その時突然、体がふわりと浮き上がるような眩暈が私を襲った。魂の抜け殻のように身も心もやつれ切っていた私は、両親に帰宅を早めた訳も述べず真っ先に布団にもぐり込んだ。

千本村で起こったでき事をようやく父に語って聞かせてやれたのは、家に戻ってから二日後の事であった。それほどに私の精神疲労は激しかったのだ。桜子のことは話題に出さなかったが、父はこちらの話を一通り聞いた後で、

「千本村にはお前の嫁になってくれそうないい娘はいなかったか」

などと軽口を叩いていた。

「父さん。私はそんなつもりで千本に行ったのではありません。政府から依頼された大事な仕事のためだったのですよ」

とあきれて返してはみたものの、私の顔はきっと朱に染まっていたことであろう。なぜならその時、私の胸の内には桜子のあの愛らしい笑顔がずっと華開いていたからだ。

# 第二章　疎開村の異変

一

昭和十九年六月にサイパンが、また翌七月にグアム、テニアンが米軍の手に落ちると、これらの島にＢ29の航空基地が相次いで建設された。やがて、マリアナ諸島を飛び立ったＢ29による日本本土空襲が敢行されるようになる。

そして翌年の昭和二十年三月十日未明、東京の下町一帯に三百機のＢ29が低空で飛来する。深夜から明け方にかけてのこの大空襲で、東京の全建物の四分の一が焼夷弾で焼き尽くされた。また本空襲により、一説には十万人以上の人が亡くなったという。

この時、鶯谷にあった古い木造の私の住居も延焼により全焼し、私は一夜にして住む所を失った。幸い父母と私は家の庭の防空壕に逃れて一命を拾ったが、空襲の二日後、私達は自宅の焼け跡に、茫然自失の体でしばらく立ち尽くしていた。

途方に暮れた私達三人家族は、疎開先を探すことになった。妹が名古屋に嫁いでおり、嫁ぎ先の家はまだ安泰であったが、そことて私達三人が押しかけて行っては何かと迷惑に違いない。すると父が、兄貴の家に転がり込ませてもらおうと言い出した。

父の兄すなわち私の伯父は、栃木県烏山町近くの山間に居を構えていた。平屋建ての農家だが敷地内には離れもあり、父が連絡するとすぐに返事が来て、早く疎開して来るようにとのことであった。

私には薬学専門学校教授の仕事があったが、東京は空襲で破壊され、上野にあった学校の校舎も半壊して既に授業どころではなかった。何人かの生徒達も空襲で亡くなったという。学校はしばらく休校を余儀なくされていた。

こうして少なからぬ未練を胸に、私は両親を連れて着の身着のままで東京を逃れ出た。焼野原を、足腰の弱った母を気遣いながら北へ向かって丸半日歩いた。父は意外と元気であった。

国鉄大宮駅でようやく汽車に乗り込むことができ、満杯の客車からはみ出そうになりながら、私達三人は何とか宇都宮まで辿り着いた。

「芳夫。烏山までは後どれくらいかかるんだ」

宇都宮駅の乗車廊に降り立つと、大きな風呂敷包みを背負った父が丸縁眼鏡の位置を直しながら訊ねた。父は山高帽子をかぶっているが、その脇から短く刈った白髪がはみ出ている。骨太の体格で、背も私よりずっと高い。

「父さん。烏山線は後二時間しないとないですね。だがうまく乗ってしまえば、多分二時間もかからず烏山まで行けますよ」

私が返すと、父は険しい表情で黙って頷いた。

父は日露戦争の時が兵役で、奉天会戦で死にかけたこともあったらしいが、何とか今まで命をつないできている。尋常中学校の時は中距離走の選手だったと聞いているが、今では栄養が不足していることもあってすこぶる痩身であった。

日露戦争の後、先の大戦（第一次世界大戦）にかけて、父は中尉にまで昇進した。だがその後は軍部を離れ、一般の会社に就職している。その会社で重役にまでなってから、定年で仕事を辞めている。国への奉公心は篤く、武骨で昔気質の理屈っぽい日本男児だが、一方で私の仕事のよき理解者でもある。

父の後ろには、息を切らしながら私達の後をついてきた小柄な母がいた。母は東北の寒村から父のいた東京鶯谷に嫁いで以来、ずっと父を支えて来た。寡黙だが芯の強い女性で、泣き言や愚痴を言ったところを私は見たことがない。

まずは、腰がやや曲がった母を雑踏から逃れさせ、停車場の隅まで連れて行ってそこに置いてあった長椅子の端っこに座らせた。続いて、改札の上方に並ぶ筆と墨で板に書かれた時刻表をもう一度確認した。各路線の汽車は一日に一本かせいぜい二本で、しかもどれも到着が大幅に遅れている。というより、毎日定時に走ると敵艦載機の空襲を受ける恐れがあるため、はっきりとは発車時刻を決めていないのだ。仕方なく、父も母の隣りに座らせ、私は水筒に水を補給すべく駅構内の水道を探した。

東北線の汽車発着所は相変わらず人でごった返している。東京大空襲で焼け出された人達が、この辺りにまで逃げ延びて来たのであろうか。ともあれこんなに人の多い宇都宮駅を見たのは、後にも先にもこれが初めてであった。

三人の水筒を水で満たし烏山線の停車場の長椅子に戻ると、不思議に雑踏は消えて椅子には父母しかいなかった。私も父の脇の空いた所に座ると、水筒を父母に渡して水を飲ませた。

皆無言だった。そうして私達三人は、じっと陽が降りて行くのを待った。

半年近く前、私は栃木県芳賀郡千本村近郊の、煙草農家の下請けである羽毛田家を訪れた。そこで一泊して翌日、羽毛田家の人々が働く天堂家の広大な畑を見て回った。あれから月日が流れ、戦禍は既に本土までをむしばみつつあった。当時のことが今の私にはもうずいぶん昔の様な気がする。

だがあの桜子のお下げ髪と愛らしい笑顔が、今鮮明に脳裏によみがえっていた。白いブラウスとセーターにもんぺ姿。「必ずまた来てくださいね」と懇願するように訴えていたあの娘は、まだ千本村の羽毛田家に住んでいるのであろうか。

桜子に会いたい。会っていろいろと話をしたい。彼女はまだ独り身でいるのだろうか。

図らずも私達家族の疎開先が烏山に決まり、今日のうちにも再び私は烏山の地を踏むことになった。桜子の家がそこから歩いて行ける距離にあるかと思うと、心は逸った。

「芳夫、芳夫……」

はっとして振り返ると、父が私を呼んでいた。

「どうしたんだ、ぼんやりして。俺の声が聞こえなかったか」

父は何度か声をかけていたらしいが、私は全く上の空だった。

「乗客が動き出したらしい」

付近の様子に目をやりながら父が言った。周囲を見ると、大きな荷物を抱えている国民服の青年や着物姿の人々、あるいは子供を連れた農婦や防空頭巾を被りもんぺを穿いた子女らが、急ぎ停車場を通り過ぎて行く。私達も腰を上げ一団に続いた。

烏山線の客車に乗り込むと、三人ともうまく同じ箱の席に座ることができた。その汽車は烏山からやって来て、宇都宮で石炭と水を積み込むとまたとんぼ返りで烏山に戻る。宇都宮への到着が遅れたのは、途中で米軍艦載機グラマンＦ６Ｆによる機銃掃射の攻撃を受けたせいであった。今関東界隈は、どこにいても米軍機による空襲の憂き目に晒されているのだ。

そうしてまた汽車に乗って二時間余。幸い下り列車は何事も無く、私達三人はようやく終点の烏山まで行き着くことができた。あの懐かしい烏山の駅舎に降り立つと、辺りは既に暗くなっていた。あの日駅舎の前に立っていた、絵から抜け出たような女性の幻影を見ながら、私は迎えに来ているはずの従兄を探した。

従兄は、痩せた背の低い馬に引かせた荷車の脇で、私達を待っていた。伯父には四人の息子がいた。だが、目の前にいる一番上の四十才の長男を除き、次男から四男までは皆兵役に取られ、今では従兄と伯父夫婦だけが烏山近くの山村で一緒に暮らしていた。

従兄は野良作業を終えたばかりの汚れた服を着ていた。伯父に似てひょろりと長い従兄は不愛想な黒い馬面を突き出しながら、私の父に声をかけてきた。

「叔父さん。東京は大変だったなあ」

「ああ、B29にみんなやられたわ」

父が応じると、隣にいた母も手拭いで涙を拭きながら返す。

「お迎えご苦労さんです。ご迷惑をおかけします」

「お世話になります」

最後に私が挨拶すると、従兄は父母をリアカーに積んだみかん箱に座らせ、馬を引きながら夜道を歩き出した。私もその隣に並んで歩いた。私達が向かう方角は、半年前に私が桜子に出会ってから羽毛田家に向かった道とは反対側だったので、私はちょくちょく後ろを振り返って見た。

「芳夫。なんで後ろばっかり見るんだ」

私よりずっと年上の従兄は、私を弟坊主のように扱い、芳夫と呼び捨てにする。その従兄に咎められ、

「あ、いや別に……」

とばつが悪そうに応じると、私は振り返るのを止め、父母が乗る荷車の脇について従兄と馬が行く方角にまっすぐ足を向けた。

二

私達が落ち着いた仮の住処は、伯父の家の離れにある農具小屋を改造した十畳ほどの梁がむき出しの佇まいであった。だが今の私達にとってそこは望外な住居で、家族三人ひたすら伯父に感謝であった。

その晩私達三人は、川の字になって泥のように眠った。そして翌日から私達は、伯父の畑作業や伯母の家事を黙々と手伝いながら、失った生活環境と焼失した鶯谷の家への悲哀を癒していった。

一方東京大空襲の後は、大都市はもとより中核都市や小都市への空襲が益々激しさを増した。B29の夜間無差別爆撃に加え、米海軍機動部隊所属艦載機のグラマンF6FやF4Uらによる機銃掃射やロケット弾攻撃が、日本中の村々で連日執拗に行われるようになっていった。

これまで、烏山町近辺や伯父の家の周辺に米軍の艦載機が来襲することはなかった。だが、群馬県太田市にある中島飛行機製作所の工場を爆撃、攻撃するB29やグラマンなどが、目的地空襲の前後で烏山の上空を通り過ぎることがしばしばあった。私達はその都度、敵機の爆音の恐ろしさに震え上がり、米軍への強い憤りを覚えたものだった。

東京大空襲のさなか、私が鶯谷の家から持ち出せた物は殆どが専門書で、それ以外は全て住み慣れた家と

共に灰になった。だが今ここに手にしている裁判化学、毒物学、病理解剖学などの学術書の四、五冊が残っただけでも、私にとっては奇跡に近かった。それらは、今私が書きかけている論文を完結させるために必須の書であったのだ。

伯父らの畑仕事の手伝いが終わると、夜父母の疲れ切った寝顔を見ながら、私は部屋の片隅に置かれたみかん箱の上で小さな電球の明かりを頼りに論文の執筆を続けた。そうしてある夜、論文執筆の手を休めた時ふと桜子の顔が瞼に浮かんだ。

ここから羽毛田の家までは歩いて三時間余。行こうと思えば明日にでもかなう。会って訊きたいことはいろいろあった。その後の羽毛田家の様子、いなくなった桜子の弟正太郎の行方、天堂家の次男龍介の焼死体の真偽、そしてあの老婆が語っていた殺人鬼の正体……。

やにわに私は筆を取り、桜子に手紙を書き始めた。今、烏山から歩いて一時間ほど山の中に入った伯父の家にいる。あなたは今何をしているのか。会って話したいことがあるのだが、時間を作れないか、云々……。

翌日、烏山駅前の郵便局まで出向いてそれを投函した。桜子のいる所はほんの山二つ先であったが、何の前触れもなく突然羽毛田家を訪問するのは、堅物な私の流儀に合っていなかった。伯父の家に戻ると、また畑や農作業の手伝いに専念した。

数日経つと、烏山の郵便局員が自転車をこぎ、桜子からの返事を持ってやって来た。はやる心を抑えながら手紙を開封すると、そこには喜びと私への感謝の気持ちがつづられていた。そしてその後に、

「三月二十四日の午後二時に、烏山駅の駅舎の前でお待ちしております」

と述べられていた。

「三月二十四日といえば、今日だ」

午前中の畑仕事の手伝いをすませると、伯母が蒸かした馬鈴薯の昼飯をいただいてから烏山駅に向かった。誰ともすれ違わぬ山道を下りながら青い空を見上げると、にわかに轟音が耳をつんざいた。晴れ渡った天空を、濃紺の飛行物体が三機、西の方角に飛び去って行く。胴体に星のマークを見て取れるほどの距離である。敵艦載機グラマンＦ６Ｆヘルキャットの編隊であった。あの方向には、太田の中島飛行機製作所がある。これから空襲に向かうのであろうか。こんな山奥に疎開していても、戦争とすぐ隣り合わせにいることを改めて思い知らされる。グラマンの編隊が飛行機雲を残して去って行く姿を睨みつけながら、私はまた山道を下った。


あの場所で、あの時と全く同じお下げ髪にもんぺ姿で、桜子は待っていた。踏切を越えて駅舎の西側から東側に進むと、桜子は私の姿を見つけて手を振り嬉しそうにこちらへ走り寄って来た。

「先生様。お約束通り、また来てくださったのですね」

「ああ。桜子さんは、元気でしたか」

「先生様のお顔を見たら、元気になりました」

それは、いままで元気ではなかった、とも取れる挨拶だ。

「正太郎さんの行方は分かったのですか」

真っ先にそのことを訊ねてみた。すると案の定、桜子の表情は曇った。

「……杳として知れません。あれから村の人や警察、自警団などがくまなく千本周辺の山野を捜索したのですが」

「それは心配ですね」

「はい……」

桜子はそこでしばし言葉を切ってうつむいていたが、やおら私の顔を見上げるとぽつりと呟いた。

「先生様」

「何ですか」

「弟は……正太郎はもう、亡くなっているのではないでしょうか」

驚いて桜子を見る。

「どうして……なぜそう思うのです」

「分かりません。ただ……」

「ただ？」

先を催促すると、桜子はまたうつむき、かぶりを振った。

「ともかくここではなんですから、どこかゆっくり話ができる所に行きましょう」

そう誘うと、桜子も黙って後をついてきた。

駅から伯父の家の方向へ二十分ほど戻った所に、眺望の良い小高い丘がある。私達はその丘の木陰の柔らかい草むらに並んで腰を下ろし、春めいて来た山野の息吹をしばし眺めていた。辺りはしんと静まり返り、時折吹く風がわけもなくほてった頬を心地よく拭った。

「桜子さん。あなた方が作った煙草葉は、きわめて品質の良いものでしたよ」

そんな当たり障りのない話題から、私は話を再開した。

「桜子さん達が天堂さんの煙草畑で栽培した煙草葉を、私は昨年十月末に一部東京に持ち帰りました。そして自分の研究室でその分析を行ったのです」

桜子は、きょとんとした顔をしてこちらを見ている。

「専門的な話になりますが、あなた方の煙草葉からは、ニコチンや煙草葉に含まれるべきその他の成分が良い比率で検出されました」

桜子は口元に笑みを作った。

「結果がよかったようで、嬉しいです」

私も桜子に視線を合わせて頷いた。だがやがて彼女は私から目を逸らすと、ややうつむき加減に足元の草花の方へ視線を移した。

「ところで……」

そうしたしばしの沈黙の後、私はやおら桜子に向かって言った。

「君に訊いておきたいことがあります」

ゆっくりと面を上げ、こちらを見やりながら桜子は目を細めた。

「どんなことでしょうか」

私はまた遠くの山野に目をやった。そしてやや間を置いてから、去年の十月末に千本村を去る際、村境の峠にある祠のそばで老婆の物乞いに会い、その時に老婆が私に述べた事をそのまま桜子に語って聞かせた。

話を聞き終えた桜子は、私の顔を凝視したまましばらくは何も言葉が出て来ないようであった。

「先生様。あの物乞いのお婆さんは、本当にそんなことを……」

ややあって、ようやく桜子はそう訊ねた。彼女は物乞いの老婆のことを知っているようであった。

「ええ。私はその老婆の姿が目に焼き付いてしまって、この半年というもの何回となく老婆の夢を見ました」

だがその言葉に対する桜子からの返答がないのでふと見ると、桜子の大きく見開かれた瞳はまだじっとこちらに向けられている。そして私と目が合うと、彼女は唐突に言った。

「先生様。あのお婆さんは、殺されたのです」

今度は私が驚く番であった。

「殺された?」

「はい。去年の暮、先生様がお婆さんを見たという祠の中で、そのお婆さんが殺されているのが見つかったのです」

「本当ですか……」

「駐在さんの話では、何者かが拳よりも大きめの石で、お婆さんの頭をたたき割ったらしいという事でした」

「な、なぜ……誰があんな物乞いの老婆なんかを……。まさか通りすがりの者が恵んでいった小銭を盗むために?」

桜子は首を横に振ってそれを否定する。

「空き缶の中は、お金が盗られずに入ったままだったそうです。それを奪うのが目的ではなかったと、駐在さんは言っていました」

そこではっとある考えが浮かんだ。

「天堂家次男の龍介さんも、全焼した神社の社の中で遺体で見つかりましたが、龍介さんは焼死したのではなく誰かに頭を殴られて殺されていたということでしたね」

「そうですが、それが何か……」

「龍介さんと物乞いのお婆さんの事件には、何か関連があるのではないかと、ふと思ったものですから」

「関連……とは、どんな……」

「物乞いのお婆さんは、人殺しを見たと言っていました。それは、何者かが龍介さんを殴って殺したところを目撃した、という意味にも取れます。もしそうであれば、犯人はお婆さんから自分の名が警察に告げられるのを恐れたはずです。それで犯人は口封じのためにお婆さんを殺害したのかもしれない」

言ってから空恐ろしくなり、思わず両の腕を組む。桜子も左右の腕で自分の身体を抱き、小さく震えた。

「今まではずっと何もない平和な村でした。それが去年の暮れにかけて立て続けに恐ろしいことが起きました」

桜子は眉をひそめる。

「最近村に、誰かよそ者が入り込んだというような気配はなかったのですか」

言ってから、そのよそ者とは正に自分の事ではないかと気付く。しかし桜子は「いいえ」とかぶりを振って、それをも否定した。

「あの藤生家の奥さんが話してくれた、顔が焼けただれた男はどうなったのです」

さらに訊ねると、桜子は黙って「分からない」という風にまたゆっくりと一つ二つ首を振ってうつむいた。

久しぶりの再会を果たし、心の中は嬉しい気持ちで一杯であったはずなのに、なぜか私達の会話はそんな事件の事ばかりであった。

ふと耳をすますと、遥か遠方より「ぶおーん……」という地響きのような音が聞こえて来た。音はだんだんこちらに近づいて来る。

はっと思った時には、既に空に数機の機影がはっきりと見えた。

私は咄嗟に桜子の手を取り、彼女を草むらに引きずり込んだ。

操縦士の顔が見えるほど近くを、三機のグラマンが急降下して来る。思わず桜子の身体を抱き寄せ、灌木の陰に隠れた。

敵機はいったん私達のいる丘を離れたが、また旋回して戻って来るのを恐れた私は、桜子をしっかり抱いたまま身を低くしていた。

タタタタッ……

突然、空中に乾いた連続音が響いた。

「機銃掃射だ」

と気が付き、桜子の頭を我が身で覆う。しかし藪の隙間から空を覗くと、機影は見当たらない。

「駅の方です」

私の腕の中で桜子が叫んだ。

身を低くしたまま藪を這い出ると、確かに駅の方角に旋回している三機のグラマンの編隊が見えた。濃紺の機体が陽光を反射してきらりと光った。

敵機は再び降下して、烏山駅方面に二度目の機銃掃射を浴びせていた。がやがて空高く舞い上がると、そのまま太平洋のある東の方角へ消えた。

「大丈夫ですか」

私の身体から離れた桜子に囁くと、彼女は蒼白な顔をして頷いた。

「近頃、空襲はこの辺りにも及んでいるのですか」

「いいえ。私の知る限り、こんなことは初めてです」

敵機が去って行った方向を恨めしそうに見やりながら、桜子が呟いた。

三

この時の空襲の被害は軽度で、幸いけが人もなかった。しかし、木造駅舎の屋根や待合室など一部が、グラマンの両翼に備わった十二・七ミリ機銃の銃弾で穴をあけられたということであった。

私と桜子は、駅舎の被害の様子などを見やりながらそこで別れた。

桜子は名残惜しそうであったが、また一週間後の同じ時間にこの場所で会うことを約束すると嬉しそうに相好を崩し、何度も何度も私を振り返りながら千本への道を帰って行った。桜子を抱きしめた時の柔らかな感触と髪に宿ったほのかな石鹸の香りが、胸にいつまでも残った。

伯父の家に戻ってからも、早くも一週間後の桜子との逢瀬に思いを馳せる始末であった。しかし一方で私は、千本で起こった二つの殺人事件すなわち天堂龍介と物乞いの老婆が殺された事件の戦慄に、それから終始悩まされることになる。

桜子と再会してから三日目の事であった。伯父の家に、栃木県警管轄下にある烏山駐在所の巡査が訪ねて来たのである。巡査はまず母屋の伯父の住まいを訪問した後、私達が仮住まいしている離れ屋の方にもやって来た。

「こんにちは。烏山駐在所から来ました巡査の桑原といいます。東京から疎開して来られた音川さんご一家はこちらですか」

その時両親は畑に出ていたので、私が巡査と対面した。巡査は警帽を深く被り、やや緊張した面持ちで私に向かって一つ手礼した。その所作は何となくぎこちない。

身長は私とほぼ同じくらいか。四十がらみの一見愛想の無さそうな男だが、どこかで会ったことがあるような親しみやすさを覚える。だがその作ったような表情と声色には油断ならぬものが宿り、角ばった太枠の眼鏡の奥に潜む目には隙が無かった。

「烏山駐在所といえば、確か中西巡査が常駐している所ですね」

いつぞや天堂家の門の前で源蔵と一緒に会った、あの間の抜けたような赤ら顔の、出っ歯で鼻毛の男の顔を思い出す。

「ご存知でしたか。中西君は今年の初めまで烏山駐在所に勤務していたんですが、おふくろさんの具合がすぐれぬとかで退職し、宇都宮の実家に戻ったんですわ。代わりに私がこちらへ着任したという次第です。そんでもって今日は、お宅さんにも挨拶がてら寄らしてもらったつうわけですよ」

「それはわざわざどうも」

「近頃この辺りにも敵艦載機が来襲するようになりましてな。ご存知かもしれんが、先日は駅が襲われたんですわ」

ご存知も何も、私はその空襲を桜子と一緒に目の前で目撃している。

「大した被害が無くてよかったですね」

笑顔を作って応じると、逆に桑原巡査は顔をしかめた。

「ええ、ええ。だが用心しなくちゃならんです。町民が皆協力して次の空襲に備えなくっては、被害が拡大する恐れもあります」

「協力できることがあったら、何でも言ってください」

「ありがとうございます。時に昨年の暮れ千本村の近くで殺人事件があったことを、音川さんはご存知だんべぇか」

はっとして巡査の顔を見やる。もとよりその事件のことはすこぶる気になっていたからだ。黙って首肯すると、桑原は続ける。

「千本村の豪農天堂家の息子さんと物乞いの老婆が、何者かに殺害されております。これら二つの事件の関連性はまだ分かりませんが、ともかく犯人が逮捕されるまで安心はできません。よそ者の蛮行に違いないと皆噂しとりますが、もし不審な人物を見かけたら駐在所まですぐに知らせてください」

「分かりました。早く捕まるといいですね」

もとより相次ぐこれらの事件のせいで、私も別の意味で神経をすり減らしていた。何しろ天堂家の当主龍三郎とその使用人の源蔵は、桜子の弟の正太郎が天堂家次男の龍介を殺したと疑っていたのだ。一方峠の祠にいた物乞いの老婆は、人殺しを見たと私に耳打ちしていた。だが老婆はその後何者かの手で殴り殺されたという。

これら二つの事件には何かつながりがあるのだろうか。そういえばあの時老婆は、私にこんなことも言っていた。

「わしは人殺しを見たのじゃ。そして用心するがいい。その人殺しは、どうやらお前のことをつけ狙うておる」

あれからもうずいぶんと日月が過ぎているが、老婆の言う人殺しがまだ私をつけ狙っているとしたら、今そいつはどこに潜んでいるのだろう。そしてそいつはなぜ私のことを……

そんなことを考えていると、桑原が話を継いだ。

「今、県警の腕利き刑事が事件を調べてますんで、安心してください。それよか、町民はむやみに人里離れた山野や洞窟などに入って行かんよう、くれぐれも用心を怠りなくお願いします。犯人がまだ身を隠しているかもしれませんのでな」

「それは物騒ですね。了解しました。家人にも申し伝えます」

こちらからの返答に満足した様子で、桑原巡査はきびきびとした動作で手礼すると足早に去って行った。

疎開先の伯父の家は隣家も殆どなく、森や林、畑に囲まれたのんびりとした環境の中にあった。しかしそんな寒村の空にも敵機が行き来するようになり、戦況は深刻な事態に突入したことが暗示された。加えて、近隣の山野に殺人鬼が潜んでいるかもしれないという戦慄が、物資不足の私達の日常をさらに脅かし始めていた。

それからも、伯父の家の仕事を手伝い論文執筆を続けながら、私はほぼ週一回の割合で桜子と会い、互いの近況や千本で起きた殺人事件のことなどについて語り合った。グラマンの来襲を目の当たりにした時、桜子を抱いたあの柔らかな胸の感触がまだ身体に残っていた。だがその後私達は、お互い手に触れ合うこともなくごく普通の関係を続けていた。

それでも人の口に戸は立てられず、千本村の方では私達の関係を何かと噂する者も出て来たらしい。戦時下ということもあり、桜子が村に居づらくなることを恐れた私は、しばらく会うことを控えようと提案した。桜子はうつむき、無言でそれに抗っていたが、やがて命令口調になった私の提言に折れ、とぼとぼと千本への道を帰って行った。それから先の情報交換は、よほどのことがない限り手紙で行おうと私は彼女に申し渡した。もっとも、手紙には検閲が入るためやたらなことは書けない。必然的に私達の手紙は用件のみの短いものとなった。

そうしてしばらくは何事も無かった。だが、私と両親の家族三人が烏山に疎開して来てからほぼひと月あまり経った四月のある夜、あの大事件が起こった。

## 四

昭和二十年四月に入ると、米軍の日本本土攻撃目標は、従来の大都市や軍需工場などに加えて、小都市や町さらには個々の民家にまで及んでいた。Ｂ29による無差別焼夷弾爆撃は非情を極め、友軍機の邀撃体制もおぼつかぬ本土の空を敵機は我が物顔に飛び回って、ありとあらゆる建造物を破壊し民家を焼き尽くしていった。

私達の疎開先の烏山近辺に、これまでＢ29が来襲することは無かった。しかし一方でこの辺の空域は、しばしば空襲を終えた米軍機の帰路となった。関東周辺の攻撃目標に爆撃を終えたＢ29がサイパンやテニアンへ帰還する近道は、東京湾上空を通過してそのまま南下する空路である。しかしこの地区には敵機に対空砲火を浴びせる我が軍の高射砲陣地が無数にあり、また厚木基地、霞ケ浦、房総地区等から友軍機が邀撃に向かうため、そこは敵としても避けたい退路となっている。代わって栃木県東部から茨城県方向へ旋回し鹿島灘方面に抜けて行く飛行経路は、対空砲火も少なく邀撃機も深入りして追ってこないため、爆撃を終えたＢ29にとって最も安全な帰路となる。このような事情から、大東亜戦争の末期には、栃木県東部の芳賀郡や烏山地域の上空をＢ29の編隊がしばしば通過するようになった。

その夜は風が強かった。あの東京大空襲の晩を思い出しながら、私は伯父の家の離れの軒から夜空を見上げた。無数の星がきらきらと瞬き、流れ星もいくつか見えた。その美しさが、かえって何かの良くない事件の前兆のように思えた。

裏山の林が風に揺り動かされてざわざわ騒いでいた。屋内を振り返ると、父母は既に布団に入って寝息を立てている。そっと戸を閉めろうそくの灯を消すと、私も布団に潜り込んだ。

相変わらず風の音がうるさかったが、しばらくすると私もうとうとと眠りに入っていた。

そうしてどれくらい経ったであろうか。

突然、遥か遠くの方から、けたたましい半鐘の音が聞こえてきた。

カンカンカンッ……カンカンカンッ……

風の音に混じって半鐘が鳴り続けている。近ごろでは、火事に加えて敵機が接近した時の空襲警報も、消防署の敷地内に設置された火の見櫓の半鐘を鳴らして村人に周知される。

私は飛び起き、裏山の方角の引き戸を半分開いて外を見た。

とその瞬間、山の向こう側から、ドドドドッというものすごい大音響が聞こえ、それとほぼ同時に台地が割れるような地響きが、私達の居る離れにまで届いた。

すると突然、音のした方角の空がさあっと昼のように明るくなり、続いてそれは満天を焦がす巨大な炎に変わった。

母は布団から飛び起き、悲鳴を上げた。戸外に向かって茫然と立ち引き戸の把手を握り締めている私のすぐ後ろに、震える父が立っていた。

何が起きたのか咄嗟には全く分からなかった。ややあってようやく我に返った私は、上着を羽織り、外に出ようとした。それを母が止めに入った。

「芳夫、空襲じゃ。敵機に狙われるから、あっちには行かん方がいい」

私の様子を見て父も着替え出したが、私はすぐ戻るからここにいるようにと二人を落ち着かせ、父母が止めるのも聞かず戸外に飛び出た。

見ると裏山の向こう側から、すさまじい勢いで火柱が上がっている。

折からの風で、その辺り一帯は大火災に至っているらしい。時々、ボンッ……ボンッ……と、山の奥の方から、何かが爆発するような音が連続して聞こえてきた。

火の手が上がっている方角から、たくさんの人の叫び声がする。そちらに向かって山道を走った。

山の中腹まで一気に駈け上がり、樹々がまばらになった所から火災現場を見やると、そこに火の元と思しき巨大な銀色の物体が横たわっている姿が目に飛び込んできた。

周りを十数人の村人が取り囲んで騒いでいる。物体の破片と思しきものが周辺のそこここに散乱していたが、それらはいずれもごうごうと音を立てながら猛り狂う火炎と大量の黒煙を発していた。

物体の一つは見上げるほどの高さの銀色の金属製一枚板で、それは夜空に向かってにょっきりと突き立っていた。炎の明かりでだんだんと目が慣れてくると、これまで見たこともない大きな金属の残骸の一つ一つが、形を成して見えてきた。

三階建ての建物ほどもあろうかというどでかい金属板は、飛行機の垂直尾翼だ。それに折れ曲がったプロペラとつぶれたエンジン、七丈（約二十二メートル）はあろう主翼の一部、胴体から飛び出た円形の遠隔操作式機銃搭、人の背丈以上もある車輪……。

そこで初めて、今自分が見ているものが、墜落、炎上したB29の巨体であることに気がついた。察するに、太田あるいは宇都宮辺りの上空で友軍の夜間戦闘機の攻撃を受け、炎上しながらここまで飛んで来たのだろう。しかしとうとう烏山近辺の上空で力尽き、そのまま墜落したものと思われる。

この悪魔の爆撃機は、全長十丈、両主翼の端から端までの幅は約十四丈と想像を絶するほど巨大であったが、その時の私にはそんなことは全く分からなかった。ただ、ばかでかい飛行機の残骸がそこで轟音を発しつつ燃え上がっている現実に震撼しながら、私は飛行機の墜落現場に向かって今度はひたすら山を駆け下りた。

風にあおられ天空へと巻き上がる炎の嵐が眼前にそびえる。金属やゴムや樹木、その他肉のようなものが焦げる臭いが入り混じって辺りに漂っていた。

少し離れた所で誰かの叫び声がした。

「拳銃を持っているぞ」

「ぶち殺せ」

それに続いて、パン、パンと跳ねるような音が二つ響いた。続いて、わあっ……という群衆の雄たけびが上がる。

そちらを見ると、生き残ったと思われるＢ29の搭乗員を、十数人ほどの男達が何やら喚きながら棒や鉈や竹やりで叩いたり突いたりしている。私は震えながらその様子を遠巻きに見ているしかなかった。

男達が離れると、そこには頭部を血まみれにした搭乗員の肉体が転がっていた。

「もう一人逃げたぞ」

藪の奥で別の声がする。

「追え、逃がすな」

村の自警団と思しき法被を羽織った七、八人の男達が、燃え盛る小山のようなＢ29の残骸の脇を抜け山奥へと分け入って行く。生き残りの搭乗員を皆殺しにするつもりなのであろうか。

火災現場にはさらに消防団や婦人会の人達が駆けつけ、必死の消火活動を始めた。炎の中に目をやると、黒焦げの人間が操舵桿らしきものを握って操縦席に座ったまま燃えていた。私も無意識のうちに消火活動に加わった。

夜が明ける頃には火もようやく収まり、墜落炎上したＢ29の巨大な残骸が旭日の下に全貌を曝け出していた。

機体の破片が飛散した地域は十反（一万平方メートル弱）にも及び、広大な雑木林が焼かれた。幸い若葉が芽生える時期で最近雨も多かったため、延焼は山越えせずにすんだ。

消火活動を終え疲れ切って伯父の家に戻ると、両親が私を不安そうに出迎えた。両親や伯父に事情を話し、

Ｂ29の搭乗員の一人が山に逃げ込んだ旨を伝えると、家族は皆恐ろしい顔をして震え上がっていた。

「その飛行機乗りは、まだ捕まっていないのかい」

母が不安そうに訊ねてきた。私は淡々と答えた。

「今、村の自警団と消防団が裏山を捜索しています」

「恐ろしいことだ……」

父はまだ煙が上がっている裏山の方を睨んでいた。

「駐在さんも言っていたが、千本で起きた殺人事件の犯人のこともあるし、当分裏山の方には近づかん方がいいでしょう」

私の言葉に二人は頷き、

「お前も気を付けるんだ」

と父が返した。自警団達に叩き殺されたあの生き残りの米兵の無残な骸が、ふと目に浮かんだ。

その時、表の方で人の声がした。外に出てみると、鳥山駐在所の桑原巡査の姿があった。桑原は私を見つけるとこちらに近寄って来た。

「先日はどうも。昨夜は一大事でしたね」

先に声をかけると、桑原巡査は顔をしかめた。

「いやあ、大変なことになりました。まさか近隣の山中にＢ29が落っこちて来るとは、夢にも思いませなんだ」

「友軍機が撃墜したのですか」

「軍からの情報では、太田の中島飛行機製作所近辺を夜間爆撃したＢ29のうちの一機を、『月光』が撃破した模様です。Ｂ29はそのまま徐々に高度を下げ、栃木県東部方面に落ちて行ったということです」

頷いてさらに桑原に質す。

「生き残ったＢ29の搭乗員の一人は裏山に逃げ込んだようですが、行方はまだ分かっていないのですか」

「今自警団らが必死に探してます。敵も拳銃を持ってるから注意しなくちゃなりません」

そこで私は気になっていたことを口にした。

「桑原さん。昨夜自警団の人達は、生き残りのＢ29の搭乗員を袋叩きにして殺害してしまいました。捕虜を殺害するのは国際法違反じゃありませんか」

すると桑原は突然憤った顔をした。

「何を言ってるんだんべ、あんたは。これは戦争です。神聖な日本の本土を無差別に焼き尽くす米兵に、情け容赦は無用」

「いや、しかし」

言いかけると、桑原はなおも畳みかけた。

「国際法などと言っているあんたの方が非国民だ」

私は小さくため息を吐くと、それ以上諫めることを諦めた。こちらの言動を憲兵などに告げ口されたらたまったものではない。

「ともかく、逃げた米兵は生け捕りにしてください。逮捕し、拘留するのです」

それだけ伝えるのが精いっぱいであった。

「あんたに言われるまでもない。生け捕りにして、米軍の情報を聞き出します。だが抵抗したら殺す」

桑原は勇ましく言うと、そのまま立ち去ろうとした。が、ふと思い返して振り返った。

「先日も忠告したが、この辺りの山野にはむやみに立ち入らないように。殺人犯と米兵が、うろうろしているかもしれんですからな」

言い残すと桑原は今度こそ踵を返し、自転車で急ぎ駐在所の方へ戻って行った。


山は不気味な沈黙を保っていた。伯父は母屋と私達が住んでいる離れの周りに柵を作り出した。これまで事件など起こったことのないこの山奥の村では、家の敷地に囲いや塀など全く必要がなかった。だがここにきてその需要はにわかに高まっていた。

父と私が伯父に協力し、頑丈な柵ができた。しかしそれとて、凶悪な殺人犯や拳銃を持った米兵の侵入を防ぎきれるかどうかは保証できなかった。

その後の自警団の必死の捜索にも、殺人犯も米兵も杳として行方が知れず、村人は相変わらず怯えた毎日を過ごしていた。ところがこのB29の墜落事件は、その後に起こるある不可解な殺人事件の単なる前兆に過ぎなかったのだ……。

五

B29墜落から二週間が過ぎていた。

桜子からは何回か手紙が届いたが、内容は自分や両親の近況を述べるに留まり、正太郎のその後の消息については何も触れられていなかった。私からの返信も滞りがちで、桜子は手紙の中でしきりに再会を求めていた。会いに行こうと思えば、伯父の家から歩いて三時間あまりの道のりではあったが、それを押し留め、私はようやく手紙の返事を書いた。そして村に殺人犯や米兵が潜んでいるかもしれないので、極力外には出ないよう文面で桜子に申し添えると、駅前郵便局までそれを投かんしに行った。

時刻は昼下がりで、日が落ちるまでにはまだ時間があった。この辺りの夜道はにわかに危険性を増してきたので、最近では私のような大の成人男子とて夜ふらつくことはしなくなった。

私はふと、まだ日があるうちに、少しだけ千本の方角まで足を延ばしてみようと思った。もしかしたら桜子に会えるかもしれない。千本への道に懐かしさを感じ、何とはなしにそちらに足が向いた。

烏山駅から一本道を一時間ほど南に進むと、あの物乞いの老婆が隠れていた祠のある峠に出る。「人殺しを見た」とうそぶいていていたあの老婆の姿が、悪夢のごとく再び記憶によみがえってくる。老婆が殺されていたという祠には目を背け、峠を過ぎて千本村に入った。すると一本道のずっと向こうの方から、若い夫婦と思しき二人がこちらに向かって歩いて来る姿が目に留まった。だんだんと近づくにつれ、それがいつか桜子と一緒に煙草畑の近くで出会った藤生夫婦であることに気付いた。

二人とも地味な野良作業服を着て、うつむき加減に黙って歩いている。痩身で背の高い邦男と小柄で細面の郁子。まだ夫婦の年は若いのだが、何となく疲れて老け込んだように見えた。すれ違いざまに、私から声をかけてみた。

「こんにちは。藤生さんでしたね」

すると二人は驚いたように同時に顔を上げ、こちらを見た。しばし私の顔を見つめていたが、ようやく思い出したように夫の邦男の方が言葉を返した。

「東京の先生様」

私は笑顔で応じた。

「はい、音川です。どうも、お久しぶりです」

妻の郁子もこちらに体を向け、一つ深く頭を下げた。

「またはるばる東京からおいでなさいましたか。今日は一体どのような御用で」

私は、東京大空襲で家が灰になり、烏山近隣の山間にある伯父の家に一家で疎開しに来た事情を伝えた。

さらには、先日目の当たりにしたB29の墜落事故のことなども夫婦に話した。二人は私の近況に同情し、また空襲の危険がこんな寒村にも迫っていることを嘆いていた。

「今日は駅前の郵便局まで用事があって来たのですが、つい千本界隈の村落が懐かしくなって少しこちらにも足を延ばしてみたのですよ」

説明を添えると、邦男が朴訥とした口調で言う。

「この辺りも以前は平和な良い村でした。しかし先生様もご存知のように、昨年は恐ろしい事件が相次ぎました。今、村ではさらに何か良くないことが起こるのではないかと、村人達は皆気が気でなりません」

夫婦の表情にも陰りが見える。ふと脳裏に、いつか郁子が言っていた顔の焼けただれた見知らぬ男のことが浮かんだ。

「どういうことですか。もしや何かもっと悪いことが起きる前兆などが、今この村にはあるのですか」

気になっているのは桜子の事であった。すると郁子が私の疑念に応じた。

「天堂様の次男の龍介さんが亡くなったことは、先生様もご存知でしたね」

「ええ。あの晩、神社の火事で」

「はい。本当にお気の毒な事でした。それに、羽毛田さんのご長男の正太郎さんもまだ行方知れず……」

郁子は表情を歪め、そこでしばし口を噤んだ。話の先を待っていると、彼女はやがて意外なことを述べ始めた。

「あの事件があって以来、天堂様のご一家は離散してしまわれたのです」

「天堂家が、離散……？」

「ええ。使用人の源蔵さんの話では、事件以来天堂様ご夫婦の喧嘩が絶えなかったようです。また、煙草栽培の下請けだった羽毛田家の正太郎さんが龍介さんの事件に関わっていると疑って、ご主人がすごい剣幕で羽毛田さんの家に怒鳴り込んで来たりと、村は大変な騒ぎでした」

私は絶句した。桜子は恐らく心配をかけまいとして、そのことについては私に黙っていたのだろう。だがそういった事情から天堂家が煙草栽培の仕事を羽毛田家へ降ろさなくなると、羽毛田家は生計が立ち行かなくなってしまうだろう。

「その天堂龍三郎様も、家から消えてしまわれたそうなんです」

郁子は不安そうな表情で付け加えた。

「消えた？」

「はい。つまり消息が不明ということです」

郁子は眉根を寄せながら、ちらと夫の顔を見た。邦男も頷いている。

「天堂さんはなぜ行方不明に」

私が質すと、今度は邦男が応じた。

「それが突然姿を消してしまわれたそうで……。残された使用人や源蔵さん達も全く心当たりがないというのです」

羽毛田正太郎といい天堂龍三郎といい、彼らの身に一体何があったのだろう。あの威圧的な態度で桜子を怒鳴りつけていた、八の字髭の天堂家当主の高慢そうな振る舞いが思い起こされる。

「ところで、村で起こったというもう一つの殺人事件のことですが」

ふとそこで、物乞いの老婆が殺されたという事件のことを思い出し、私は話題を転じた。

「なぜ物乞いなどが殺されたのでしょう。空き缶の中にあった小銭は盗まれていなかったというではありませんか」

その疑問に、邦男は顔をしかめたまま目線を落とした。

「分かりません。あのお婆さんはずっとこの村に住んでいた人で、夫と息子さんを戦争で亡くし今では身寄りがなく物乞いをして生きていたのです。そんな人を何も殺さなくともよいものを、一体誰が何のためにやったのか……。あの事件についても村の者は皆口を閉ざしています」

そこで私はしばし逡巡していたが、思い切って藤生夫婦に例のことをぶつけてみた。

「あのお婆さんは、峠の祠の陰から私に話しかけてきたのです。人殺しを見た、と言って……」

夫婦の顔色が変わった。そして二人は互いに顔を見合わせている。やがて彼らは私に向き直ると、郁子の方が反論した。

「それはあのお婆さんの勘違いかもしれません。あの人、時々妙なことを言う癖がありましたから」

「もちろんそうかもしれません。しかし、もし本当にあの老婆が殺人を目撃したのだとしたら、彼女はその時の犯人に口封じのため殺害されたのでは……」

藤生夫婦は再度蒼白な顔を見合わせた。

「まさかそんな恐ろしいことが……」

だがそれ以上二人から続く言葉はなかった。

そこで、ずいぶん長い時間二人を引き留めてしまったことに気付いてそのことを詫びると、二人は無言で同時に深く頭を垂れてから、祠がある村境の峠の方へと重い足取りで去って行った。

六

千本村は懐かしく、煙草畑や羽毛田家の近辺などをもっとよく見て回りたかったが、迷った挙句やはり今回は桜子に会いに行くことは控えようと胸に念を押した。うかうかしていると、陽は容赦なく山間に沈んでしまう。暗くなってからの山道はこの辺に慣れない者としては物騒だ。私は千本集落まで行かず途中で引き返し、烏山駅方面への帰路を急いだ。

村境の祠のある峠を越え、薄暗くなり始めた足元に気を配りながら山道を進む。烏山駅に差しかかった頃にはもう日もだいぶ落ちて、万物の影が皆東側に黒く長く伸びていた。

夕日に赤く照らされた小さな駅舎を右手に見ながら烏山線の踏切を渡ると、南北に延びる町道がある。それを横切って西側のなだらかな斜面の山道を一時間ほど山に入れば、私達家族三人が離れを借りている伯父の家がある。

道を横切ろうとしてふと左手、すなわち駅の南側の家々が点在する街道を見やると、そこに上部が白く下半分が黒い警察車両が一台駐まっていた。そしてその周りには、ちょっとした人だかりができていた。この辺で警察車両を見るのは初めてであったので私も興味をそそられ、何とはなしにそちらに足が向いた。

よく見るとそこは烏山駐在所の前であった。数人の村人が窓越しに駐在所の中を覗き込んでいる。野次馬根性で私も警察車両の陰から駐在所の中を見て驚いた。そこに私の父がいたのである。父はこちらに右横顔を向けて椅子に掛け、対面に座る桑原巡査の方を見て話をしていた。その周りにも、何人かの村人が立ったまま話に加わっている。

「父さん。こんな所で何をやっているんです」

ガラスがはめ込まれた駐在所の粗い格子の引き戸を開けて中に入り、父に向かっていきなり訊ねると、父もびっくりしたような表情でこっちを振り向いた。

「芳夫。お前こそなんでこんな所にやって来たんだ」

「駅からの帰り道、ふと見たらここに警察車両が駐まっているのが目に入ったものですから」

すると桑原巡査が角ばった太枠の眼鏡の位置を右手で直しながら、横から私達の話に割って入った。

「音川先生。今日の午前中に、大変な事件が発覚しましてね」

「大変な事件？」

「ええ。実はその事件の発見者が、あなたのお父さんとそしてここにいる村の人達だったもんで、今詳しく事情を聴いているところなんですわ」

「父さんが……」

しばし言葉を失う。気を取り直し、今度は父に訊ねた。

「父さん、一体何をやらかしたんですか」

するとと父は憤慨したように
「俺がやらかしたんじゃない。源蔵という千本村の男がやらかしたんだ」

「源蔵さんが？」

「お前はその源蔵という男を知っておるのか」

私は反問した。

「源蔵さんが一体どうしたというのです」

そこで桑原が再び私達の間に入り、事情を説明し出した。その内容は、今まさに桑原が私の父と村人達から聞いたばかりの話であった。

桑原巡査はそれについて父達から確認を取るようにそちらを気遣いながら、今日起こったというでき事を私相手に語り始めた。

「事の顛末はこうです。音川先生のお父さん達も、私の話にどこか違っている所があったら修正してください」

桑原と私以外の全員が頷く。

「音川宗夫さんつまり音川先生のお父さんがこの村に来て以来散歩道にしていたのが、駐在所の通りから山の方に入った農道でした。その農道から枝道をさらに奥に分け入った林の中に、今は廃屋となった一軒家の農家があるんです」

桑原はそこでちらと舌を出すと、唇を舐めて湿らせた。

「で、宗夫さんがその農家の近くを通りかかった時、たまたま便所に行きたくなった。そこで村道を外れて林の方で立ち小便していると、何やら異様な臭いが漂ってきたというのです」

「異様な臭い？」

「ああ、それは腐った死骸の臭いだった。俺は空襲で焼け死んだ人間の臭いをさんざん嗅がされたから、それが人の死骸の臭いだとピンと来たんだ」

黙っていることに我慢できず父が話に割り込んできた。桑原はそれを制するように父を睨んでから、すぐにその先を自分で続け出した。

「そこで宗夫さんは、その臭いがどこから漂ってくるのかを知ろうと付近を探し回った。すると廃屋になっていた農家の離れ小屋辺りが、一番臭いがひどいことが分かった。それで宗夫さんはその小屋を外から見て回ったというわけですが、小屋は板張りで七坪程度の広さでした。小屋の出入り口は開き戸の一枚戸が一か所設けられているだけで、他に出入り口は一切ありません。宗夫さんはその開き戸を引き開けて中の状態を確かめようとした。だがその時その戸には、内側から閂錠が掛かっていたということです」

桑原はそこまで説明してから、改めて私の顔を見た。そこでまた父が割って入った。

「あまりに臭いがひでえんで俺はちょっとためらったんだが、しかし中に人の死骸があることは臭いで分かっていた。それで戸を開けようとがたがたやってるうちに、この人達がたまたま農道を通りかかったというわけだ」

父の周りに立っていた作業服姿の三人の男達が、一様に頷いている。今度はそのうちの一人が口を挟んだ。

「俺達が、『爺さん何やってんだ』と声をかけたら、この爺さんが『中に腐った死骸がある』というもんだから、おったまげてみんなで確かめに行ったんだ。そしたら確かにその小屋の中からひでえ臭いがしてくる」

「そいで俺が、窓をぶち割ったらどうだっぺって言ってやったんだ」

もう一人の男が早口に言った。

「あの廃屋は、二、三年前に福島かどっかに越してった権兵衛ちゅう爺さんの家でなあ。昔は畑をやっちょる三世代ほどが一緒に住んでたんだが、今じゃあまるっきり空き家になっちまった。死骸の臭いがしていたのは、その家の離れの風呂場さ。風呂場の小屋には、裏に一つ小さなガラス窓が付いてた。だからおらぁ、そこをぶち割れば窓から這い上がって中に入れると思ったんだんべさ」

また男が口を挟んだ。桑原巡査の出る幕はもう無くなっていた。

「ちょっ……ちょっと待ってください」

そこで私が話を遮った。

「その窓には鍵が掛かっていたのですか」

「窓は二枚の引き戸で、確かに戸と戸の真ん中で内側からねじ込み式の鍵が掛かっていたっけどな……」

男が答える。

「そして入り口の戸にも、内側から閂錠が掛かっていた」

私が念を押す。

「そうだ」

「他に、小屋への出入り口は?」

「ねえ」

「……」

私は首をひねった。中に生きている人がいたなら別だが、もし中の人が死んでいたら、小屋は入り口も窓も内側から鍵が掛けられていたのだから、それは事故か自殺ということになるはずだが……。

その先を言わずに黙っていると、語り部は再び桑原巡査に戻った。

「それでこの人達が裏の窓ガラスを割って、そこから中に手を突っ込み、ねじ込み式の鍵を解錠して窓を開けたということなんですな。一人がもう一人を肩車し、そして上になった人が、少し高い位置にあった窓からようやく風呂小屋の中に入った」

そこでまた別の男が口を挟む。

「中に首を突っ込むと、もう耐えられねえくれえひでえ臭いだったな」

「本当に、中に死体があったのですか」

「ああ、本当も本当。しかも二体」

「え？　二体も……」

私は絶句した。桑原巡査がすかさず説明を入れる。

「一人は、あのＢ29墜落事故で山に逃げ込んだと思われる米兵。そんでもう一人は千本村の天堂家の使用人で、ええと名前は……」

「源蔵だ」

「そうそう、源蔵」

それを聞いてさらに驚いた私は、言葉も発せずしばらく口が半開きのままになっていた。

「源蔵が、死んだ……」

巡査や周りを取り囲んで立っている男達の視線は私に注いでいた。一方の私も、巡査を始めそこにいる面々を代わるがわるにらみ返した。

## 七

「源蔵さんなら、私も知っています」

申し出ると、桑原巡査は少しだけ明るい顔になった。

「そりゃあ好都合です。後で身元の確認をしてもらえんでしょうか」

「いいですけど、他にも源蔵さんを知る人はいるんでしょう？」

訝しく思い訊ねると、巡査はかぶりを振った。桑原は父の横に立っている一人の男に目を向けると、

「この人が、その死んでいた男は千本の源蔵さんじゃないかと申し出たんですがね」

と言う。すると、目を向けられた男が相槌を打つ。

「だが俺ぁ、前にちょっと用事があって千本に行った時に見かけただけでよ。よくは知らねえ」

男は付け加えた。それを引き取って桑原が説明を継ぐ。

「烏山には天堂家の源蔵さんを知る者は殆どいません。もちろん千本村まで出向いて行けば源蔵を知る者はおると思いますが、当の天堂家は一家離散して今は家族の行方が知れぬそうです。ですからわざわざ千本村まで行っても、天堂家の人達以外で源蔵を知る者を探さねばなりません。これはちと手間がかかりますんでな」

なるほど、そういうことか。死体の身元確認に私が役に立つならそれもやぶさかではないが。

「で、その米兵と思しき者と源蔵さんは、なぜそんな風呂の離れ小屋の中なんぞで死んでいたのですか」

質した時の私の頭の中には、いつか探偵小説で読んだことのある「密室」という言葉が浮かんでいた。

「それがよ。何と二人は小屋の中で、拳銃で撃ち合ったんだとよ」

窓を割って小屋に入り込んだという男が答えた。

「ええっ……」

驚きの声を上げると、それを受けて桑原が補足説明する。

「真相は分かりません。ですが、二人の死体はまさに拳銃で撃ち合って相討ちで死んだという状態でした」

「源蔵とやらは、見事敵を討ち果たしたんだよ」

男が言う。

「んでもな……」

その先まで述べるのを男はためらっている様子であった。が間もなく男は、顔をしかめながら呟いた。

「俺が二人の死体を見つけた時、米兵も源蔵も……死体の顔にはネズミがかじった痕があってな」

「ネズミが……」

私も声色を落とし、表情を歪める。

「状況をもう少し詳しく教えてもらえませんか」

そう促すと、桑原は頭の中を整理するように壁の方に目を向け、机の上でゆっくりと両手の指を組み合わせた。

「二人とも胸にそれぞれ一発の弾丸を受けていたんですわ。米兵は身長百六十八センチと、連中にしちゃあ割と小柄な体格をしていました。右手に拳銃を持って、こう体を四十五度くらい前に折り曲げるようにして、小屋の入り口からみて正面やや右手当たりに倒れておったんです」

桑原巡査は実際に自分の体を折り曲げて、米兵の死んでいた様子を表現した。

「そして今この人が言ったように」

桑原は立っている男の方をちらと見てから、

「顔や手などに、あちこちネズミがかじった痕があったんですわ」

皆黙って聞いている。桑原は続けた。

「一方の源蔵さんですが、米兵から一間（約一・八メートル）ほど離れた風呂桶脇のすのこの上で、こうう
つ伏せに胸を押さえるようにして亡くなっておりました。こちらも同じ様に、右手に拳銃を持って」

今度も桑原は拳銃を持つ仕草の右手をやや頭の上にし、一方の左手を胸に当てて、源蔵の最期を体現した。

後に私自身が現場の様子を写し取った図をここに示す（次頁図）。なお図中の死体の様子は、桑原の説明に基づき私が考えて描き入れたものである。

「そしてこちらの死体の顔にも、ネズミが食った痕が……」

「小屋の中には、誰か人が隠れていそうな場所はなかったのですか」

私のその質問には、窓から中に入った男が応じた。

「小屋の入り口から向かって右の衝立の向こう側に脱衣所があって、その床下に人が入れるくらいの収納庫があったんだが、俺はその収納庫の蓋も開けて中を調べてみたんだ」

「で、どうでした？」

「誰もいるわきゃーねえわ」

「誰かが隠れていた形跡も？」

「ねえ、ねえ」

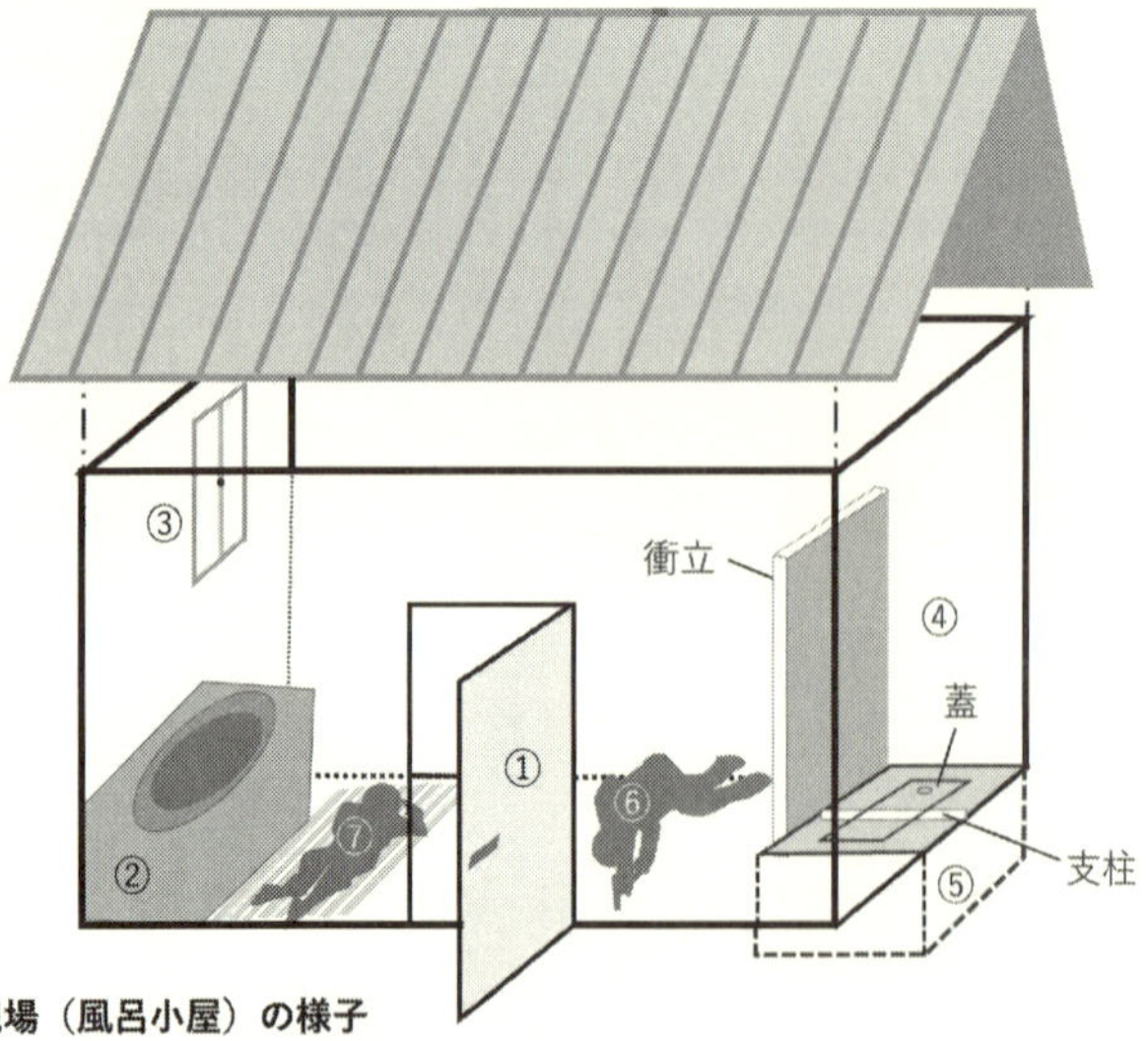


**事件現場（風呂小屋）の様子**

①入口の戸、②ふろおけ、③窓、④脱衣所、⑤床下収納
⑥米兵の死体、⑦源蔵の死体

男は首を横に振る。私は視点を変えた。

「警察関係者による検視は行われたのですか」

裁判化学が専門の私は、死体の様子などについて是非その辺りを突っ込んで聞いてみたかった。

「先ほど県警の方達が到着して、今現場に行ってます。検視もやっとると思います」

「死亡推定時刻や死因などは割れていますか」

なおも訊ねると、桑原は面食らった様な顔をして私を見た。

「なぜそんなことを」

「ああ、申し遅れましたが、私は東京の薬学専門学校で裁判化学という学問をしています。その辺りのことで、少々興味を持ったものですから」

「なるほど。それでいろいろと……」

手短に自分の専門を紹介すると、立って聞いていた男達は感心したように改めて私の方を見た。

だが一方の桑原は幾分迷惑そうな表情でこちらを睨んでいた。

「腐臭がひどくなっているということですが、この季節の気温に照らし合わせると、少なくとも死後十日は経っているものと推定されますね」

意見を述べると、皆頷いている。

「B29がこの先の裏山に墜落して、搭乗員の米兵が山に逃げ込んだのがちょうど二週間前。米兵はそれから数日間山の中に隠れていたが、食料や水を探しにこの近くまで降りて来た。そしてたまたま何かの用事で烏山周辺に来ていた源蔵さんに見つかり、権兵衛爺さんの廃屋小屋の中で撃ち合いになった……。それから今日まで死体が発見されなかったとしたら、死体の傷み具合は時間的に大体合っていますね」

続けて状況を推理して語ると、立っていた五十才くらいのずんぐりした男が疑問を口にした。

「しかし、源蔵はどうしてそんな廃屋の離れの風呂小屋なんかにやって来たんだんべ」

その問いに対しては桑原が憶測を述べた。

「多分何か別用で烏山まで来たが、小屋の付近を通りかかった際に米兵がその小屋に入って行くところを偶然目にしたんだろうな。きっと米兵は食べ物や隠れ家を求めて空き家を探索していたんだ」

「じゃあ、それまで米兵はどこに隠れていたのでしょう。村の自警団や消防団の人達が山狩りまでやったのに、米兵は発見されなかったのでしょう」

巡査の方を見やりながら誰彼にともなく訊ねると、それには立っていた三十代くらいの背の高い男が応じた。

「この辺りを山に分け入って行くと、あちこちに洞窟がある。洞窟同士地中でつながっていたりするから、あそこに隠れていればそうそう見つけ出せるもんでもねえ」

他の男達も頷いている。

「では、源蔵さんはその時なぜ、拳銃なんか持っていたのでしょうか」

皆しばらく首をひねっていたが、やがてそれにはさっきのずんぐりした男が答えた。

「この辺りで拳銃を持っている者はそう多くはねえが、軍隊帰りのもんややくざと関わりのあるもんなら、持っていても珍しくはねえ」

「それに千本の事件のことがあるから近頃ここらは物騒だ。遠出するにも、用心のために源蔵とやらが護身用の拳銃を持っていたとしてもおかしくはねえだんべ」

もう一人の男が補足した。そんなものかと今度は父の方を見やると、こちらは気難しい顔をして腕を組み黙っている。

「ところで……」私は再び桑原巡査に向き直った。

「その小屋は入り口の戸が内側から閂錠が掛けられ、また唯一の窓はやはり内側からねじ込み錠で施錠されていたということですね」

「ええ。それが何か」

「米兵と源蔵さんは、その中で死んでいた」

「そうですが」

「小屋の中には、二人の他は誰もいなかった」

立っていた男達が、「うんうん」と言って代わるがわる首を縦に下ろしている。

「その状況はつまり、二人が中に入った後でどちらかが入り口戸の閂錠を閉め、その後で撃ち合いが始まって二人とも射殺された、とこう捉えることができますね」

「その解釈以外は状況をうまく説明できませんな」

桑原も首肯した。私は考え込んだ。が、ふとまた思ったことを周りの男達に対して問うた。

「戸の閂錠はどんな形をしていましたか」

なんでそんなことを訊くのだろうと、窓から小屋に入ったという男は一瞬訝しそうな顔をした。が、やがて思い出したように宙に視線を向けながら、その男はとつとつと答えた。

「何の変哲もねぇ、棒状の木製の閂だったたっぺかな。俺がまず窓から小屋に入り、そんで戸の閂錠を滑らして解錠して、入り口からみんなを中に入れたんだ」

「閂錠につまみなどは」

「いいや。確かのっぺらぼうだった」

男は首を横に振りながら、

「指をかける溝があったかもしれねえが」

と補足した。それは後で確かめれば分かることだ。

「閂錠は、しっかりと壁側の錠受けにはまっていたのですか」

私がしつこく訊ねるので、今度は不審に思った桑原が横から口を挟んだ。

「音川先生。閂錠が何か」

私は慌ててかぶりを振る。

「あ、いや大したことではないかもしれません」

言ってから、さっきの質問の答えを催促するようにもう一度男の方を見る。やがて窓から小屋に入り込んだという男は、さらに何かを思い出したように呟いた。

「そういえば、閂錠はぴったり壁側の錠受けにはまり込んでいたんじゃあなくて、確か中途半端に錠が掛かっていたたな。はっきりとは覚えとらんが、閂棒の本体のうち錠受けに差し込まれていたのは一部だけで、それは完全に差し込んだ時の半分くらいだったかもしれん」

「それでも錠の役割は果たしていたというわけですか」

「そうだ。戸はちゃんと施錠されていて、外からでは開けられなかった」

そのことを心に留め置くと、私はもう一度周りに立っている男達を一人一人見渡した。そして視線を男達から最後に桑原巡査へと移す。だが桑原の目は虚ろに天井の方を彷徨っていた。

「その他に何か皆さんが気付いたことはありませんか」

念を押して訊ねるも、皆めいめいかぶりを振っている。

「父さんはどうですか」

ずっと黙っていた父にも問い質してみたが、「いいや」とこちらも否定した。

「これで大体はっきりしましたな」

唐突に桑原が、机に両手を突きながら立ち上がった。

「逃げた米兵は千本村の天堂家の使用人源蔵が退治した。無念にも、源蔵も米兵が放った凶弾に倒れたが、これは勇敢な源蔵の行動を湛える美談となりそうですな」

桑原がまとめると、父の周りを取り巻く男達は皆晴れがましい顔になり、一様に頷いて同意を示していた。

しかしその中では私と父だけが憮然とした顔で口を噤み、二人して同じようにじっと壁の方を睨んでいた。

# 八

その後桑原の案内で、私は遺体の確認をさせられた。その時刻にはもう日は落ち、辺りは暗くなっていた。父を先に伯父の家に帰し、事件があったという現場まで桑原と共に赴くと、細い農道に面した広大な敷地の中に、廃屋と思しき農家が視野に入って来た。庭は荒れ果て、まだ春だというのに雑草が膝近くにまで生い茂っている。そこに足を踏み入れて行くと、ドクダミが群生する藪の向こう側に問題の風呂小屋が見えた。

風呂小屋の周りには、立ち入り禁止と書かれた札がぶら下がった麻縄の囲いができていた。しかし県警から派遣されたという捜査員達の姿は既にそこには無かった。この戦時下、片田舎で起こった殺人事件などにそう長く関わってはいられないとでもいうのか。遺体は二体ともまだこの小屋の中に放置されたままだという。平時では考えられないことだ。どこからともなく何ともいやな腐臭が漂ってくる。アンモニアと硫黄化合物が混在したような臭いだ。

桑原は手拭いで口と鼻を押さえ、右手に懐中電灯を持って私を先導した。桑原が入り口の扉を引き開けると、ギイイっときしむ音がした。足元に懐中電灯の明かりをかざしながら、桑原は先に入って行った。

私は吐き気を催しながら桑原に倣って鼻と口を手拭いで塞ぎ、恐る恐る彼の後に続いて小屋の中に入った。手拭いで鼻を押さえていても、臭気はますます強くなった。

事件発覚当時、米兵の遺体は入り口正面やや右手に体を少し折り曲げるようにして横向きに、一方源蔵の遺体は入り口から向かって左手のすのこの上辺りにうつぶせに横たわっていたという。今二つの遺体は、正面右手脱衣所の左脇辺りに仰向けにきちんと並べられてあった。

小屋を入った左手には、くもの巣が張った風呂桶とその上方に父や男達によってガラスを割られたという小さな窓が見える。右手は脱衣所になっていて、その床下には薪や炭などを保管する収納庫があった（一〇〇頁図参照）。板張りの床に長方形にかたどられた蓋があって、蓋の一方には指が三本入るくらいの溝がある。この溝に指を入れて蓋を持ち上げると、蓋の下側に通された一本の木製支柱を支点として蓋がシーソーのように回転し、収納庫の空間が床下に現れる仕組みになっている。

収納庫の中には人間が一人入る位の空間がある。しかし事件発覚後小屋の窓から中に入った男の証言によれば、収納庫の中も調べたがそこに誰かが隠れていたという形跡はなかった。むろん、収納庫から外に出られるような秘密の抜け穴などもない。

激しい腐臭に軽いめまいを覚えながら、桑原が懐中電灯で指し示す遺体を見ると、双方の顔にあちこちネズミにかまれた痕が認められた。米兵と思われる遺体は、上下淡い黄土色の軍服のようなものを着ていた。一方の源蔵と思しき遺体はカーキ色の国民服であった。

桑原の懐中電灯の光が、まず米兵の顔の上をさっと走った。無残にも頬やあごの一部が食いちぎられている。一瞬だが見たところまだ若かった。二十歳そこそこといったところであろうか。憎き敵兵ではあったが、こうして骸になってしまった姿はやはり何とも哀れであった。この青年にも母国で無事の帰還を待ちわびる父母や恋人がいたであろうに。見知らぬ敵国のさみしい廃屋の中で誰にも知られず死んでいった異国の青年の魂は、今はいずこか。

続いて桑原の懐中電灯はもう一人の遺体の顔を照らした。こちらの方が食い破られた傷がひどい。頬やあご、額などの数か所で白い骨が露出していた。だがその胡麻塩頭や窪んだ目、頑丈そうなあごなどの特徴は、確かに天堂家の使用人菅谷源蔵に間違いない。その旨を巡査に告げると、桑原は満足した様子で早々に小屋を立ち去ろうとした。そこで私は思うところあり、手拭いで口と鼻を押さえたまま巡査に申し出た。

「ちょっと、懐中電灯を貸してもらえますか」

「どうするんです」

「小屋の内部をもう少しよく見ておきたいのです」

怪訝な顔をしながらも、桑原はこちらに電灯を差し出すと言った。

「この臭いにゃあたまらん。私は先に出ますよ。遺体や中の物には触れんでください」

「分かっています」

応じると、桑原は鼻を手拭いで押さえ表情を歪めながら先に小屋を出た。

私はまず、ざっと小屋の中に電灯の光を一周させた。

小屋の内部は頑丈な木のつくりであった。四方の壁は板張りで、横に長い板を何枚も上下に組み合わせてできていた。その木材と木材の継ぎ目には所々に狭い隙間が見られる。隙間は板が乾燥し変形してできたものと思われた。しかしその幅はわずか数ミリほどである。もちろんそこから手を突っ込んだり、その隙間から拳銃を発射したりするほどの間隔ではない。なお入り口の戸と壁の間はぴたりと塞がれていて、こちらに隙間は殆どなかった。

続いて戸に取り付けられた閂錠に懐中電灯の光を当てる。閂は長さ二十センチ、直径二センチほどの重量感のある木の棒で、それを支える頑丈な木製枠が床と平行に取り付けられている。閂は枠の上に掘られた浅い溝にぴったりとはまり、そして溝の上を左右に滑らせることによって戸を解施錠する造りとなっている

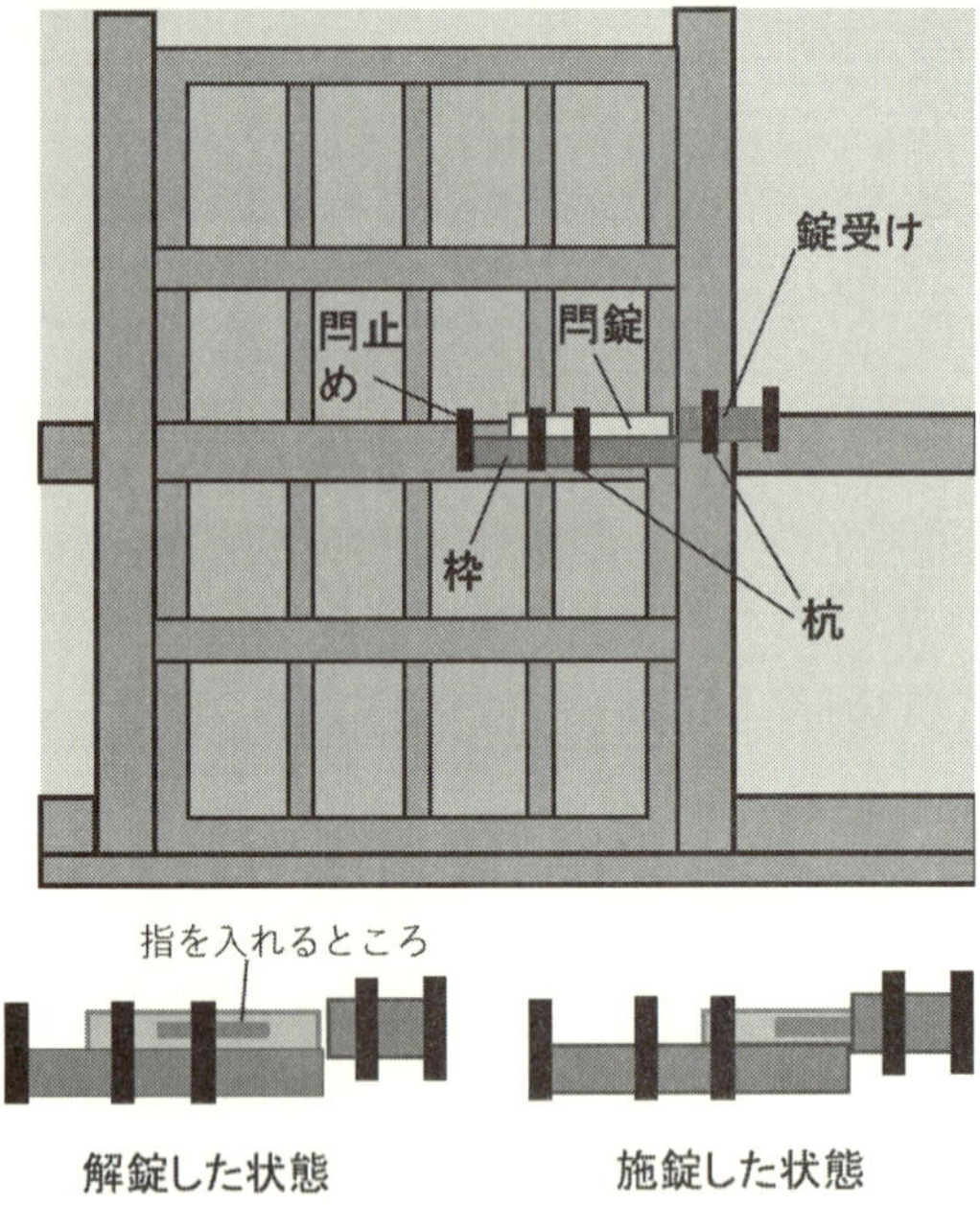


**風呂小屋入り口戸と閂錠の構造**

(上図参照)。この家に住んでいた者が即席で付けたと思われる粗末な閂錠だが、それでもちゃんと錠の役割は果たしていた。閂を右側に滑らせれば壁に設置された錠受けにはまり込んで戸は施錠され、反対に左に動かせば解錠される。錠と枠を支える梁の役割をしているのは、コの字型をした杭だ。

ふと見ると、閂を支える枠の溝の、閂止めに近い端っこすなわち左端には、おがくずのような不揃いの大きさのゴミが相当量溜まっていた。それにより、この小屋がしばらく使われていなかったことが暗示された。

父と共に事件を発見した男達の証言によれば、そのうちの一人が窓ガラスを割って窓から小屋の中に入って行き、そして入り口に赴くと閂を左側に滑らせて戸を解錠したということである。その男が錠に手を触れるまで、この閂はその長さの半分ほどが壁側の錠受けにはまり込んでいたという。それゆえ、父や男達が外から戸を開けようとしても戸は開かなかったのだ。

しかしなぜ閂は壁側の錠受けに完全にはめ込まれていなかったのだろう。中にいた者が閂で戸を施錠したい場合、通常はそんな中途半端な施錠の仕方ではなく、しっかりと閂を錠受けに差し込んで施錠するのが普通であろう。施錠を試みた者は、何らかの理由で慌てていたため中途半端な施錠しかできなかったのだろうか。

再三述べるように私は裁判化学者としての立場から、犯罪捜査の科学的手法について研究を重ねている。そこでこの事件現場を見て湧き上がってきたもう一つの疑問というのが、まず米兵と玄蔵のどちらが先にこの小屋に入り、そして誰がなぜ閂錠を閉めたかということであった。

二人が倒れていた位置関係からは、先に米兵が小屋の中に入り、続いて源蔵が入って内側から錠を閉め、そこで撃ち合いになったという展開が自然に思える（一〇〇頁図参照）。一方米兵が潜んでいた小屋に源蔵が何も知らずに後から入って行った、という可能性もある。

だがいずれにしても戸に鍵を掛けたということは、米兵を逃がさぬようにして仕留める覚悟が源蔵にあったと考えるのが妥当だ。そうであれば、源蔵の勇気は相当なものであろう。もし私がそんな場面に遭遇したら、真っ先に小屋から逃げ出すだろう。なお閂錠が中途半端にはまっていたのは、その時源蔵にあまり余裕がなかったからかもしれない。

ではその逆はどうだろうか。つまり何らかの目的で源蔵が廃屋の風呂小屋の中にいたところを、米兵が何も知らずに入り込み、戸に閂錠を掛けたところで中の源蔵の存在に気付く。米兵は閂の動かし方を良く知らず、施錠は中途半端なものになった。続いて二人は拳銃を手ににらみ合い、すり足で動き、そうして徐々に二人の位置関係が入れ替わって、米兵の方が奥に源蔵は入り口に近い方に進んだ。そこで二人は互いに発砲し、共に一発の銃弾がお互いの急所を貫いた。

ちなみに、ざっと見渡したところ、小屋の中の四方の壁には銃弾の痕などはなかった。つまり打ち損じたり威嚇射撃を行ったりした形跡はないのだ。

続いての疑問は、拳銃を発射したタイミングである。前述したように、二人はそれぞれ一発の銃弾により絶命したものと思われる。どちらかが先に相手の急所に弾を打ち込んだとしたら、撃たれた方はその後に相手の急所めがけて射撃することが極めて難しいだろう。

結論として、二人はほぼ同時に拳銃を発射し、そしてそれが互いに急所に命中したと考える他にない。だがそんな偶然が果たして起こり得るだろうか。

そんなことを考えていると、戸外から桑原の声がした。

「音川先生。もういいでしょう。早く出て来てください。この臭いはたまらん。服や体にしみついて抜けなくなります」

それには同意し、私も早々に小屋を退散した。戸外に出た後入り口の戸を閉める時、その戸が外側からでは施錠できないことをもう一度確認した。

「遺体はこのままに？」

懐中電灯を返しながら訊くと、桑原は一応無念そうに眉根を寄せながら現場の小屋を振り返った。

「本来なれば司法解剖をすべきところとは存じますが、何せ本部の方も戦時下の人手不足でその余裕はないとのこと。事件は、源蔵が見事米兵を討ち果たし決着したものと、本部では考えております」

それは県警にとって最も都合の良い解釈に思えた。

「つまり事件は解決したと？」

繰り返し訊ねると、桑原は
「そのようでありますな」

と、慇懃に答えた。

「不可解なところが山ほどあります。確かに致命傷と思える銃創はどちらの遺体にもある。しかしながらまだ死因が確定しているわけではないでしょう」

「今申し上げたように、本部の見解ではさらなる捜査の必要はなしとのことです。遺体は明日にでも荼毘に伏せ、というご命令です」

「ちょ……ちょっと待ってください。不明な点をそのままにして捜査を打ち切るのは納得行きません」

私は食い下がったが、警察組織の末梢にいる一巡査の桑原には本部から下知されたことに従う他すべはない。申し出はにべもなく一蹴された。


伯父の家の離れに戻ると、父母が夕飯の支度をして待っていた。

私達は小さなちゃぶ台を中央にして顔を突き合わせながら、母が作ってくれた馬鈴薯のすいとん汁で晩飯を摂った。三人ともしばし無言で、抵抗のない碗の中身を箸で口へとかき込んでいた。するとしばらくして、父が箸の動きを止めぽつりと呟いた。

「どうもしっくり来んなあ」

米兵と源蔵の事件のことを言っているのは分かった。だが、父が何に納得が行かないと思っているのかは量りかねた。

「何がですか……」

訊ねると、父は宙に視線を持って行きながら、碗の中のすいとんを一つ箸ですするっと口の中に滑り込ませた。

「米兵と源蔵が撃ち合ったという話だ」

父は口をもぐもぐさせながら言った。牛乳瓶の底のような厚い眼鏡レンズに、ろうそくの火がゆらゆらと揺れて映っている。

「父さんはあの二人が拳銃で撃ち合ったとは思っていないのですね」

確認の意味で質すと、父はおもむろに私の顔を見た。

「十日ほど前の事だったか……。散歩の帰り道に、事件のあったあの廃屋に面した脇道が農道と合流する辺りを歩いていた時だった」

一体何のことだと、私も箸をおいて訝しそうに父を見た。母は黙って相変わらずうつむきかげんに碗の中のわずかな固形物を箸ですくっている。父は続けた。

「廃屋の方角から、パンッと、乾いた音が一つ鳴ったんだ」

「えっ……乾いた音」

「そう、一発だけな。あの時はそれが何の音だったか深く考えもせずに、何気なく聞き流してしまったが、今思えばあれは拳銃を撃った時の音だった。間違いない」

「拳銃の音だって？　……父さん。それは確かに十日前のことだったのですか」

「何日前だったかははっきりとは覚えておらんが、B29が墜落してから三、四日経っていたから、大体その頃だろう」

私は父の顔を凝視した。

「銃声は二発だったんじゃあないのですか」

もう一度そのことを確認したが、父はかぶりを振った。

「二発じゃあない。一発だ。銃声は一発だけだった」

「二発が一発にだぶって聞こえたのではありませんか」

しつこく訊ね返したが、父の返答は一貫していた。

「二発が全く同時に鳴ったというならそれは否定せんが、そんな偶然があるはずはなかろう。おれが聞いたのは一発の銃声だけだ」

私は黙った。父はまだぼけてはいない。また耳も大して悪くはない。二つを一つとは言わぬはずだ。考え込む私に、父はさらに付け加えた。

「その時俺はそれが何の音だか分からなかったので、そのまま廃屋を離れて家に帰って来てしまったが、思えばあの時既に事件は起こっていたのだ。ただし、米兵と源蔵は同時に死んだのではない。一発の銃弾では二人を殺せぬ」

確かにその通りだが、それが一体何を物語っているのかその時の私には全く見えていなかった。

「今の話は、桑原巡査には伝えたのですか」

「むろんだ。お前が駐在所に来る前に、巡査には最初に話したことだ。だが巡査も俺と一緒に小屋に入った村の連中も、俺の言うことを信用しなかった。もう一発の銃声を聞き洩らしたのだろうと、みんな俺を爺さん扱いしてな。『馬鹿にするんじゃねえ。銃声は確かに一発だったんだ。まだ俺もぼけちゃあいねえ』と、連中には言ってやったがな」

憮然とした表情で言い終えると、父はもうそれ以上何も語らず、碗を傾けて中に残ったすいとんをなめるようにすすっていた。

# 第三章　米兵は密室で死んだ

一

源蔵との撃ち合いで死亡したと結論付けられたB29の搭乗兵は、持っていた手帳からリビングストンという名の二十一才の空軍兵であることが分かった。見知らぬ敵国の見知らぬ片田舎で命を落とした若い米兵の命運を思うと哀れではあった。しかしその米兵が搭乗したB29が、東京大空襲の夜私の家を焼き払った焼夷弾を投下したB29かもしれぬと思いなおし、私は敵兵への同情心を胸の中に封印した。

リビングストンという名の米兵は、風呂小屋の中で死体で見つかった時、アメリカ軍公用の拳銃であるM一九一一を右手に握っていた。それは口径十一・四ミリ全長二一六ミリの自動式拳銃で、弾丸は七発装填できる。

死体発見当時、拳銃には六発の弾丸が残っていたという。そしてそこで発射されたと思われる・四五ACP弾の薬莢が一つ、現場の小屋の床の上に落ちていた。さらには源蔵の胸の銃創内からも同弾が一発見つかっている。

一方、米兵と撃ち合って相討ちになったと目されている源蔵が持っていた拳銃は、九十四式銃と呼ばれる日本陸軍公用の拳銃であった。これは口径八ミリ全長一八七ミリの、大きさ的には扱いが手ごろな銃である。基本的に軍関係者以外では使われていないが、軍の者が身につけたまま市井に持ち出したり、あるいは暴力団関係者に密売されたりすることもあったようだ。

九十四式拳銃が装填できる弾丸の数は六発だが、死体となった源蔵の右手に握られていたこの拳銃の弾倉の中には弾丸が三発残っていた。察するに源蔵は、弾が四発装填されていた九十四式拳銃の内の一発を発射し、それが見事に米兵の胸に当たって米兵を射殺したものと思われた。現場の小屋の床には、九十四式拳銃に使われる南部弾の、底の方がくびれた黄銅性薬莢が一つ落ちていた。また米兵の左胸辺りに食い込んでいた一発の弾丸も、後の警察の鑑定により九十四式拳銃から発射された南部弾に間違いないことが分かった。

こうして米兵と源蔵の遺体が発見されるに至り、烏山周辺の村民達は、山に逃げ込んだ米兵に家を襲われるという恐怖からようやく逃れることができた。村はひとたび落ち着きを取り戻したようにも思われた。

しかし隣村の千本周辺で発生した二つの殺人事件の犯人は、まだ捕まっていない。これらの事件が解決しなくては、村人達が安心をすっかり取り戻すことはできなかった。

伯父の畑を手伝うかたわら、父は時々宇都宮に出かけて行った。田舎はいいがずっといると息が詰まると、父はよく言っていた。父はひと所に留まって居られない性分なのである。東京鶯谷に住んでいた時もそうであった。仕事を定年退職した後なのに、何かと理由をつけては家を留守にすることが多かった。

父が宇都宮に出るのは、烏山では手に入らない日用品や干し魚、雑貨などを入手するためであった。敵の空襲に遭遇するから出かけるのは控えるように私と母が止めるのだが、頑固な父は言うことを聞かず時々そうして家を離れていた。

そんな中、私は桜子に手紙を書いた。烏山で発生したもろもろの事件のことを伝え、身に迫る危険を回避する注意を怠らぬよう戒めようと思ったからである。

桜子からはすぐに返事が来た。明日にでも会えないかと述べられていた。いつかグラマンによる烏山駅への空襲に遭遇したあの丘の上で、午前十時に待つと彼女は綴っていた。

私もその申し出を受けることにした。大人げなく胸が躍った。最後に桜子に会ってから、もうひと月が経っていたのだ。


「先生様。お元気そうなお顔を久しぶりに拝見し、桜子は嬉しゅうございます」

「桜子さん、私もです。このひと月というもの、あなたがどのように過ごされていたのか、毎日思案していました」

相変わらずのおさげ髪であったが、今日は少しよそ行きのブラウスに、新しい上着を羽織っていた。だが水筒のひもをたすき掛けにし、防空頭巾を背中にしょってのもんぺ姿は、戦時色濃い昨今を象徴していた。今日は私も国防色（カーキ色）の国民服を着こんで帽子を被り、万が一の敵戦闘機の地上攻撃に備えた身軽な服装と靴で来ていた。

丘の上から郷を見下ろすと、若葉の芽が息吹く山野の樹々の合間から、既に桜花の季節を終えた樹木群の輝く緑が遥に望まれる。青い空にひばりが飛び交い、私達が腰を下ろした雑草の隙間には無数の小さな虫が跳ねまわっていた。

「こんなに美しくのどかな村に、殺人事件や戦争など全く似合いません」

遠くに蒼くかすむ山々に目を細めながら心のままに呟くと、桜子はやおら天を仰いだ。

「私は、今この時の幸せを感じています。大東亜戦争のさ中、私の命はいつ果てるとも知れませんが、こうして先生様といる時が、私は一番幸せです」

突然そう言われ、言葉を返せずに桜子の方を見やると、彼女は恥じらう様にうつむいた。

「源蔵さんが亡くなったことを知っていますか」

その時のちょっとした気まずさから、私は話題を逸らし、おぼつかぬ自分を現実に引き戻そうとした。一方、先ほどの自分の言葉に酔っている様子の桜子は、私の無機質な問いかけに答えたくないようであったが、しばしの間をおいてから黙って小さく頷いた。

「墜落炎上したB29から脱出して山野を逃げ回っていた米兵と、拳銃による銃撃で刺し違えたということです」

桜子は両ひざを折って草むらの上に座ったまま、まだ視線を上げずにいた。私は勢い続けた。

「現場は廃屋となった農家の離れの風呂小屋でした。しかし私には二人の死とその現場の状況がどうしても不可解でならない」

そのことを告げると、桜子はようやく顔を上げ、私の方を見た。

「どういうことでしょう」

桜子のまなざしは心なしか煌いて見えた。私の話に興味を持ち、もっと深く聞いてみたい様子であった。そこで父が聞いたという銃声が一発だけであったこと、そしてそうであれば二人が同時に撃ち合ったという考え方に無理があること、また現場が密室であったこと、さらには二遺体の死亡推定時間も詳しくは分かっていないことなど、事件の謎を一つ一つ語って聞かせた。

桜子は興味深そうに聞いていたが、私が一息ついたところでやおら口を開いた。

「先生様。実は私も、疑問に思っていることがあります」

「ほう、どんなことで?」

「聴いていただけますか」

「何でも話してごらんなさい」

この娘は何を言い出すのだろうと興味を持って、吸い込まれそうな彼女の大きな瞳をじっと見つめた。

「先生様が千本に初めて来られた日の晩、当家近くの千本稲荷神社の社に突然火の手が上がり、社が全焼しました」

「ええ。思えば、この地方に起こったもろもろの事件の発端は、あの火事だったような気がします」

応じると、桜子はそのことには触れずしっかりとした口調で言葉を紡いだ。

「先生様。私は、あの時社の中で殺されて焼かれたのは天堂家の龍介さんではなく、私の弟の正太郎だったのではないかと思うのです」

「なんですって?」

私は目を見開いた。

「な……、なぜあなたはそう思うのです」

じっと返答を待ったが、桜子は黙って私の目を凝視するばかりであった。そうしてしばし二人は見つめ合っていた。

だがやがて桜子の方が先に目を逸らし、そして彼女はゆっくりとかぶりを振った。

「分かりません。はっきりした根拠は、何一つありません。ただ、何となくそんな気がするのです」

以前にも桜子は、弟の正太郎がもう生きていないのではないかと言っていた。そして今、あの社の火事で焼け焦げた遺体は天堂龍介ではなく正太郎の遺体であったと、彼女は愁いている。

「では、天堂家の龍介という人は、社で焼死したのではなく今も生きていると、あなたはそう思うのですか」

桜子はまた首を振る。

「私には、わかりません……。でも、弟は……正太郎は誰かに殺された。そして正太郎を殺した犯人は、その証拠を隠すために社の中で正太郎の遺体を燃やしたのではないかと、そんな気がしてならないのです……」

見ると桜子は、座ったまま寄せた膝を両腕で抱き、その中に顔をうずめてすすり泣いていた。しばしその様子を見つめながら、情けないことに慰めの言葉の一つも浮かんでこなかった。代わりにさらなる疑問が私の中に湧いた。

「もし、仮にですよ。あなたの言っていることがその通りだとしたら、あなたの弟さんはなぜ殺されたのです。殺したのは誰です。正太郎さんの代わりに天堂龍介さんが生きているとしたら、龍介さんはなぜ皆の前に姿を見せないのです」

自分でも詰問口調になっていることを意識しながら、続けざまに桜子に向かって質した。二人の間にしばしの沈黙が漂う。

だが桜子から返答がないことを見て取ると、やがて私は彼女に代わって答えた。

「もしやあなたは、天堂龍介さんが正太郎さんを殺したと考えているのではないですか？つまり、そこで生者と死者が入れ替わっていたと……。そして龍介さんは正太郎さんの遺体を焼いてその顔が分からないようにした。理由は、正太郎さんの遺体を龍介さんの遺体のように見せかけるために……」

聞いていた桜子は、蒼白な顔をしてかぶりを振った。

「そんな、恐ろしいこと……」

言って絶句すると、彼女は両手のひらの中に顔をうずめた。

「……あなたの考えている通りかもしれない」

私は桜子から目を逸らしながら、独り言のように呟いた。

「でもなぜ天堂龍介はそんなことを……」

些細な争いのもつれか、それとも他に何か大きな理由があったのだろうか。だが思考はその先に続かなかった。頭の中は混とんとし、すぐには整理がつかない。私もじっと押し黙った。

脳裏にはあの時の微かな記憶がよみがえりつつあった。それは、羽毛田家で戸外の風呂に浸かっていた時、すぐ向こう側の道を、火事のあった千本稲荷神社の方から人目を忍ぶようにして羽毛田家に戻って来る桜子の姿であった。

桜子は何かを知っている。だからこそ彼女は龍介と思しき焼死体が実は正太郎の遺体であるなどと、突拍子もない考えを口にすることができるのだ。だが彼女は自分でつかんだ情報を何か私に隠している。そんな疑惑が、ふと胸をよぎった。

## 二

桜子は、別れる時いつもそうであるように、今日も寂しそうな顔をして千本に帰って行った。帰る道すがら、怪しい人物や敵の戦闘機による空襲にくれぐれも気を付けるよう言い渡し、私も早々に家に戻った。

伯父の家では、春になると畑の世話や広い庭の手入れなどやることが山ほどある。だが今は、この辺りのどの農家も男手を戦争に取られて野良仕事は滞っていた。四人兄弟の長兄に当たる従兄も、三人の弟達が皆立派に出征しており、自分では肩身の狭い思いをしながら一生懸命家の仕事を手伝っていた。

国の若者達の多くは、赤紙をもらうまでもなく自ら死を覚悟で兵役に志願し、敵国と戦って国を守る気概に燃えていた。だが一部の男子の中には、兵役を恐れたり戦争で人を殺すことを嫌ったりして不当に徴兵検査をすり抜ける者もいた。

その手口は多様で、仮病を使ったり絶食して栄養失調になったり、はたまた自分で自分の手を石で潰したりして徴兵検査の失格を狙うという、いずれも卑怯な手口であった。むろんこのような徴兵忌避は大罪で、軍部に知れればたちまち投獄されるか前線に送られる。

従兄には自分の弟達と同様兵役を志願する強い気概があったのだが、生まれつき右手に障害があるため銃が持てなかった。これが幸いし、徴兵検査で失格となった。しかし村の者の中には、従兄を役立たずとなじったり冷ややかな目で見たりする者も少なからずいた。

老いた伯父夫婦にはもはや重労働は困難であった。しかし従兄一人の助けでは伯父の家の広い畑や庭、林などをくまなく整備するのは容易なことではなかった。そんな状況下であったので、東京からやって来た私達一家の助けを伯父は心から喜んでいた。

しかし昨今では、畑に出るなりグラマンやP51の編隊が西の方角に飛んで行く姿に出くわすことも多くなり、私達はそれにおののいて畑作業もままならぬ状態であった。敵戦闘機は地上で動くものは何でも無差別に撃ちまくると、村でも噂されていたからだ。

夜になると、粗末な食事の後父母は疲れてすぐに床に就いた。それからが私の論文執筆作業の時間となる。

揺れるろうそくの明かりの元、その夜も私は背中を丸めながらみかん箱の机に向かった。だが思考はなかなか論文の方に向かなかった。米兵と源蔵の事件のことや、今日あの丘の上で桜子から聞いた話などが、頭の中を支配し続けていた。

仮に米兵と源蔵の事件が偽装されたものであったとして、推理を進めてみる。

一体誰が、何の目的でそんなことをするだろうか。まあそれはともかくとして、二人の死体をあの小屋の中で撃ち合って死んだように見せかけるためには、現場の小屋を密室にする必要がある。事件が発見された時小屋が密室であれば、米兵と源蔵という二人の当事者以外には事件に関わった第三者の存在はないと警察に信じこませることができる。

実際あの風呂小屋は、唯一の出入り口である戸の閂錠が部屋の内側から掛けられていた。またたった一つの窓にも内側からねじ込み錠が掛かっていた。

もし二人を殺し、小屋の中で二人が撃ち合ったように見せかけた犯人がいたとしたら、そいつは閂錠の掛かった戸とねじ込み錠が閉まっている窓しかない密室から外へ抜け出なくてはならない。現場の状況を鑑みると、それはどう考えても不可能だ。

風呂小屋の内部でもう一つ目についたものは、風呂桶である。あの風呂はいわゆる五右衛門風呂という構造をしていて、桶に水を湛え下から直接まきを焚いて温めるものだ。だが小屋の内と外を連絡するような穴は風呂桶には無く、したがって人がこの風呂桶を通り抜けて外へ出ることはできない。また風呂桶は風呂の床と壁に固定されているので、風呂桶を持ち上げて桶と床の隙間から小屋の外に脱出するという芸当も不可能だ。

こうして推理していくと、結局米兵と源蔵以外この事件に関わった者などいなかったという結論に至る。だが父が聞いたという一発の銃声の問題がある。警察が下した「相討ち」というこの事件の真相には、私としてもどうしても納得がいかないところがあった。

一方、私が千本に泊まった晩に起きた、羽毛田家近所の千本稲荷神社の火事については、桜子の見解に私も心を動かされた。話は少し飛ぶが、戦前に流行った探偵小説の中に、「顔のない死体」というのがあった。この手の小説に出てくる殺人事件の被害者の遺体は、首がなかったりあるいは顔が潰されたり焼かれたりしていて、人物を特定できない。そして実際には被害者と犯人が入れ替わっており、被害者と考えられていた人物が実は殺人犯であったという真相が最後に明かされる。もしそんな探偵小説でしか起こり得ないようなことが、桜子が言う様にあの神社の火事の裏側で行われていたとしたら……。

しかし桜子のその発想には、根拠が示されていない。私が再三訊ねても、自分は何も知らないと彼女はかたくなに言い張っていた。もしかしたら桜子は、あそこで何かを見たのではないか。そしてそれを誰かに口止めされているか、あるいは彼女が見た何かが、彼女の大切な誰かを苦境に陥れる結果につながるような重大なことだったのではないか。

そしてさらにもう一つの恐ろしい可能性が、私の心の中に湧き起こる。それは、桜子自身が正太郎なり龍介なりを殴り殺し、その死体を神社の社に放り込んで火を放ったという可能性だ。その動機は不明だが、それを否定できる根拠が今の私にはない。

羽毛田家に泊めてもらった晩、私は酒樽風呂の中から、桜子が人目を忍んで羽毛田家に戻って来る姿を見ている。もしかしたらあの時彼女は、正に神社の社に火を放った直後だったのではないか。

だがその考えを私はすぐに否定した。神社の火事が発覚したのは桜子が羽毛田家に戻ってから少なくとも三、四時間は後のことだ。その間私は桜子の酌で酒を飲み、料理を食し、そして布団に入って眠りに就いている。が、しかしそこに何かからくりが……

思考はその辺りを堂々巡りしていた。結局その夜も論文執筆は一行も進まず、いつの間にか私はそのままみかん箱の上に顔を伏せて眠りこけていた。

翌日早朝に目を覚ますと、何やら庭の方が騒がしい。室内を見ると父母はいなかった。庭からは、二人の男が喚くように話している声が聞こえて来た。一人は父の太い声。そしてもう一人の声は伯父である。

慌てて庭に出てみると、母屋近くの納屋の前で両親と伯父が何やら話し込んでいる。

「父さん、伯父さん。どうかしましたか」

三人は一斉に私を振り返った。母が不安そうに私を見つめている。父と同じような体型をした骨ばった長身の伯父が、私に言葉を返した。

「芳夫か。お前、夕べ納屋の方から何か物音がするのに気が付かなかったか」

伯父は父と二つ違いで、兄弟は同じようなレンズの厚い丸縁黒眼鏡をかけている。二人並ぶとまるで双子の様だ。

「いいえ、昨晩はすっかり寝込んでしまいまして。納屋で何かあったのですか」

訊ね返すと、今度は父が応じた。

「大豆や米が盗まれている」

「……泥棒ですか」

言いながら、私は納屋に近づいて行った。

農作業の道具もそこにしまわれていたので、その出し入れに際し私もこれまで何回か納屋の中を見たことがあった。すると確かに、農具の奥の方に蓄えられていた大豆の入った麻袋や、雑穀の混じった米を保存しておいた小さな米俵が、いくつか紛失している。

「見ろ。この辺りに見慣れぬ足跡がある」

伯父が納屋周辺の土の上を指さした。地面が固かったので足跡ははっきりしていないが、そのうちのいくつかは部分的に靴底の模様を見ることができた。脇に屈んで目を近づけてみると、それは軍人が履くような独特の靴底をした足跡であった。足跡は、先日伯父と父それに私の三人で作った木と竹製の垣根にまで達していた。そしてその垣根の一部が壊され、人一人通れるくらいの穴が開いているのが目に留まった。足跡はとぎれとぎれであったが、北側の山の方から来てまた同じ方向に帰っている様子が見て取れた。

「あそこから入って来たんだ」

伯父が恨めしそうに垣根の穴を見つめながら呟いた。

伯父の通報で、駐在の桑原がすぐに自転車でやって来た。桑原は顎ひもの付いた警察帽子が飛ばされないよう右手で押さえながら、伯父の家の庭にばたばたと駆け込んで来た。

「ああ、昨日はどうも」

父の姿を見かけた桑原はそちらに向かってぺこりと頭を下げたが、父は憮然とした表情で黙りこくっていた。伯父が一部始終を説明すると、桑原はうんざり顔でため息をついた。

「ともかく、被害届を出しておいてください。だが村には駐在が私一人しかおりませんのでなぁ。なかなか手が回りません」

　桑原の愚痴に付き合っちゃおれんという様子で、伯父は犯人の検挙をしきりに催促していた。そこで私が割って入った。

「桑原さん。伯父の納屋から食料を盗んだ犯人は、千本村で殺人事件を起こした人物と何か関係があるんじゃないですか」

　桑原は驚いた表情で私を見た。

「何を根拠にあんたはそんなことを」

「根拠はありません。しかし千本村の事件の殺人犯は、未だに行方知れずなんでしょう」

「そうですが、県警の有能な刑事が捜査を続けています」

「有能な刑事と言ったってあんた、千本稲荷神社の社が焼けてからもう半年以上も経つのにまだ犯人の尻尾もつかめんとは、一体警察は何をやっとるのかね」

　父が罵倒せんばかりに桑原に迫った。桑原もまけじと目を見開いて返す。

「爺さんは黙っててくれ」

「黙っておれんから言っておる」

「帝国の警察を揶揄する輩は、憲兵に言いつけるぞ」

「なんじゃとお」

「まあまあ……」

いきり立つ二人を諫めると、私は巡査に提言した。

「この足跡を付けた靴を履いている者が村にいないか、調べてみるのも無駄ではないでしょう」

桑原はまだ収まりがつかない様子であったが、しぶしぶそれを認めた。

三

権兵衛という爺さん一家が住んでいた廃屋の風呂小屋で起こった米兵と源蔵の相討ち事件は、県警の結論では一応解決という形になっていた。だがそれもつかの間、続いて私の伯父の家に泥棒騒ぎが勃発し、村にはまた不穏な空気が漂い始めていた。

夜一人で外に出るのはさすがに危険と判断されたので、私は陽のあるうちに権兵衛爺さんの廃屋の風呂小屋に再び赴いた。夕べは桑原巡査と共にここで源蔵の遺体検分を行ったのだが、米兵と源蔵が閂錠の掛かったこの小屋の中で相まみえ撃ち合いになって二人とも死んだという警察の解釈には、私としてはどうしても釈然としないものがあった。それでもう一度現場をよく調べてみようと思い立ったのである。

米兵と源蔵の遺体は荼毘に付すため既に警察関係者によって運び出され、小屋の中にはなかった。警察による小屋の周りの縄張りは解かれ、小屋は元のみすぼらしい姿をさらけ出していた。まだ遺体の腐臭が残る小屋に近づいてみると、入り口の戸はぴたりと閉まっていた。しかし戸のつまみを引いてみると、戸はわずかにきしむ音を残して抵抗なく開いた。

前にも述べたように、この戸の鍵は小屋の外からは掛けられない。内側からのみ、閂錠のくぼみに指をひっかけて、それを右側に滑らせることにより施錠できる。風呂小屋としては外から鍵を掛ける必要がないので、それで十分需要を満たしていた。

小屋の中は薄暗かったが、木材の継ぎ目のわずかな隙間から戸外の日の光が入り込んでいたので、室内の様子はほぼ把握できた。室内に唯一ある、風呂桶の上方の壁に取り付けられた窓は、私の父と村の衆三人が入り込んだ時にガラスを割られている。だが警察がそのままでは不用心と思ったのか、今は窓と同じ大きさの厚い板がその窓全体を覆い、そして板は小屋の内側から窓の枠に合わせて十本ほどの釘でしっかりと留められていた。したがって板を取り外さずにここから再び誰かが侵入することは不可能であった。

私は中の様子をもう一度ゆっくりと見まわした。米兵と源蔵の遺体は、発見された時顔をネズミに食われていた。小屋の中には今でもネズミがいるのだろうか。もしかしたら、ネズミが出入りできる小さな穴がどこかにあるのかもしれない。

入り口を入って左側隅には風呂桶があって、その手前にはすのこが置いてある。一方右手奥には床を板張りにした脱衣所があるが、この床の一部をなす板状の蓋を引き開けると床下に人一人は入れるくらいの収納庫が現れる。

私の父が現場を発見した時、米兵の遺体が横たわっていた場所は、ちょうど入り口から見て正面やや右側、脱衣所の左脇辺りだったという。小屋の内部に天井板は張られておらず、屋根裏がむき出しになっている。そしてその空間には、原木のままの黒ずんだ梁が幾本か縦横に走っていた。

米兵が倒れていたと思しき脱衣所左横の床に立って天井を見上げると、そこに走る太い梁の一本から裸電球が一つぶら下がっていた。むろん今、電気は通っていないだろう。試しに両手を上へ伸ばして電球のソケットに設置されているスイッチをひねってみたが、やはり電球はともらなかった。

一方小屋の内部左手を見ると、既述のとおり洗い場と思しきすのこ板が床に置いてあり、さらにその奥に風呂桶があった。源蔵はそのすのこ板の上でうつぶせに倒れていたということである。風呂桶のさらに左側は壁で、その高い所に板で塞がれてしまった窓があった。

屋根裏や四隅の床にもくまなく目をやってどこかにネズミが通り抜けられるような穴がないか調べていると、風呂桶下の隅の床に直径五センチほどの穴が一つ開いていることに気付いた。

「ああ、ここから出入りできるんだな」

独り言を呟く。食糧難の村では、ネズミとて生きるのに必死だろう。小屋に潜り込み、死臭がしている死体にかじりつくやつがいたとて不思議ではない。だがむろんこんなネズミがやっと通れるくらいの床板と壁の隙間から、人間が出入りできるはずはない。その他天井や壁などありとあらゆる隙間を探してみたが、やはり人が外へ抜け出られるような間隙など皆無であった。

実にばかばかしいことだが、次に私は閂錠にひもを掛けてそれを外から操作して施錠するトリックも考えてみた。裁判化学の研究なんぞをやっていると、戦前読んだ探偵小説に出てくる糸とピンを使った機械的密室トリックのことが思い起こされたからだ。

だがネズミが出入りしていたと思われる隙間は、入り口の戸から見ると風呂桶の向こう側で死角になっている。閂にひもを掛け、それを風呂桶の向こう側の間隙から外に出して、外からそのひもを引いて閂錠を掛けるのは、きわめて困難に違いない。

言うまでもないが、風呂小屋に唯一あった窓は事件発見当時閉まっていて内側からねじ込み式の鍵がはまっていたのだから、そこからひもを外に出すことはできない。第一戸の閂錠には、指を掛ける溝はあってもひもをひっかける突起がない。突起がなければ、閂自体をひもでしっかり縛ってその先端を小屋の外に引っ張り出し、外からひもを操作して施錠することになる。しかしそれではどうしてもことを終えた後にひもが小屋の中に残されてしまう。固く閂にしばりつけたひもを小屋の外から操作して外すのは困難だからだ。

「だめだ。ひもを使ったトリックでこの戸の閂を外から施錠し、しかも証拠となるひもを取り去ることは不可能だ」

何か見過ごしていた証拠があればと、現場の小屋に今日再び赴いてはみたのだが、結局めぼしいものは何も発見できなかった。私は小屋の中央に立ち尽くしたまま深くため息をついた。

が、そこでふと、入り口戸に取り付けられた閂錠の錠枠に目が行った（一〇八頁図参照）。

閂錠を支える頑丈な木製錠枠は、床とは平行に設置されている。今閂錠は、錠枠に掘られた直線状の溝内に収まって左右ほぼ真中の位置にあり、すなわち戸は解錠の状態にあった。この閂錠も、風呂小屋ができた当初は金属で作られたより頑丈なものだったのであろう。しかし既に述べたように国内に金属類回収令が出ると、鉄は根こそぎ回収された。こんな小さな閂錠とて例外ではなかったのだ。

昨晩桑原巡査の懐中電灯を借りてこの錠枠に掘られた溝の中をのぞいたところ、おがくずのような埃がいっぱいたまっていた。ところが今もう一度そこをのぞき込むと、あの大きさが不揃いの埃がだいぶ減っている。見た目にそれが明らかであったので、警察関係者の誰かが、昨日の夜から今日までの間に枠の上の溝を掃除したのかとも思った。

しかしそうであれば、もう少しきちんと埃を掃っておくはずである。中途半端に残っていた埃にどこか違和感を覚え、私はズボンのポケットからたまたま持っていた半紙を取り出すと、それを薬包紙の大きさにちぎった。そして錠枠の溝にたまった粉状の埃の一部を親指と人差し指でつまむと、それを即席の薬包紙の上にのせた。

それが何であるか、今は皆目見当もつかない。だがその奇妙な粉の正体と共に、その粉の量がひと晩のうちに半減したことの理由に何か重大な意味があるのではないかと感じた私は、とりあえず正体不明のその粉を一部持ち帰ることにした。

薬学専門学校の教授である私は、自分で言うのもなんだが粉体を薬包紙に包むのはお手のものである。まるで風邪薬の散剤のように包んだその粉をポケットの中にしまうと、息が詰まりそうな異臭のしみついた小屋を出た。

目が慣れるまでしばらくは何も見えなかった。太陽はちょうど真上にあり、やがてギラギラと暑すぎるきらいのある初夏の日差しが頭を照りつけて来た。

伯父の家に戻ってみると、私達が間借りしている離れの玄関先で三人の男達が立ち話をしている姿が目に入った。一人は私の父、そして後の二人は見慣れない中年男性である。来客らしき男達は、二人とも黒っぽい春外套を着て黒い山高帽をかぶっていた。二人の男は私の方に背を向け、その向こう側で父がこちらに顔を向けて男達に応対していた。

私は庭の離れた所の物陰から、しばらく彼らの様子を窺っていた。すると不意に男達の一人が、何か小さな紙片を父に渡す様子が見て取れた。父は渡された紙片をじっと見つめていたが、やがてそれをズボンのポケットにしまうと、男達を見て頷いていた。

間もなく男達は後ろを振り返ると、父から離れてこちらの方にやって来た。父は彼らの背に向かって小さく頭を下げていた。

そこで私は今離れに戻ったというそぶりで歩き出し、二人の男達と庭ですれ違った。こちらが会釈すると、彼らは鋭い眼差しで横目に私を見たが、そのまま何も言わずに去って行った。

父は私に気付くと、咎めるような目で私を見た。私も視線を返す。先に言葉を発したのは父であった。

「どこへ行っていた」

「権兵衛爺さんの廃屋の風呂小屋です」

「何をしに?」

「何か見落としていたことはないかと」

「何かとは何だ」

父が執拗に質問を投げかけて来るので、今度は私が反問した。

「父さん、今の人達は……」

「特高だ」

父は即座に答えた。

「特高……?」

特高とは、特別高等警察のことである。無政府主義者、戦争に反対の意見を持つ者、あるいは政府に不満を持って政治や世の中をひっくり返そうとする思想を持つ者などを監視し、取り締まるための機関およびそこに所属して活動する人達のことを言う。

特別高等警察は、政府にとっていわゆる「危険人物」に該当する者を一掃すべく、一九一一年ごろに置かれた内務省直轄の機関である。その活動は冷酷無比で、疑いを掛けられた者は皆逮捕され生きて戻っては来られないと、当時国民から恐れられていた。

「疎開して来た者達や不穏な動きが見える若者達などを洗っているらしい」

「こんな田舎の方まで特高が」

振り返って見たが、もう彼らの姿はそこには無かった。

「特高は何を訊いて行ったのですか」

「わしらがここに疎開して来た事情などをいろいろと訊かれたが、心配するな。わしらには何もやましいところはない」

「むろんです」

「だが、特高がどこで目を付けているか分からん。お前も怪しまれるような行動は控えよ」

「……分かりました」

しぶしぶ応じると、父は厳しい顔をやっと解いた。

「さあ、昼飯にしよう」

四

それから三日の後、伯父の家の私宛に桜子から一通の手紙が届いた。烏山町と千本村とは、歩いて二〜三時間余の位置関係にあり、言ってみれば目と鼻の先だ。何も手紙のやり取りまでして意思疎通を図らなくても良いであろうにとは思うのだが、先にも述べたように私達はすこぶる人目を気にしていた。

私達の噂は既に村中に知れ渡っているかもしれない。この戦時下で未婚の男女がしょっちゅう逢瀬を重ねていたら、噂を聞きつけて宇都宮辺りから憲兵が目の色変えて飛んで来ないとも限らない。むろん、私を兵隊に引っ張って行くためだ。

父母が二人とも部屋に留守になった時に手紙を開封し、はやる心を抑えながら桜子が記したきれいな文字群に目線を滑らせた。桜子は冒頭で、「会って話をしたいのはやまやまなれど、先生様の言いつけを守って会いに行くことは我慢し手紙を書いた」旨、綴っていた。検閲を気にしてか、文章は何となくぎこちない。

そしてその後に続く本題に入ってからの内容が、少なからず私を驚かせた。その一部を次に書き記しておく。

「……この間先生様にお会い申し上げた時にはつい言いそびれてしまったのですが、先生様には隠しておくことなどないように桜子はいつも心の中で努めておりますゆえ、遅ればせながらここにそれを記させていただきます。

昨年秋に先生様が初めて桜子の家をご訪問なさった時、実は桜子にとって驚く事件がいくつか起こっていたのでございます。

一つは先生様もご存知のように、弟の正太郎が失踪した事件でございます。あの日正太郎は父から、飼っていた子山羊を潰して肉に供するよう言い渡されておりました。以前にも申し上げましたように、先生様に召し上がっていただくためです。それ以外、貧乏な私の家には御馳走が何もございませんでしたから。

でも正太郎はその子山羊をとてもとても可愛がっておりましたので、それを潰す潰さないで父と大喧嘩になりました。しかし私の家は村の農家の小さな家族ゆえ、父の言うことは絶対でした。結局は父の命令を押し付けられ、正太郎は子山羊を儀殺するためそれを連れて山に入ったのです。

家で山羊を殺すこともできましたが、正太郎がそれを拒んだものですから、父も殺す場所まではとやかく言いませんでした。そうして半日ほどして正太郎が家に戻って来た時、その背にはたくさんの子山羊の肉がしょわれていました。山羊は頭や尾、骨の周りなども食することができるのですが、正太郎は山に子山羊の墓を作ってそこにそれらを埋めたと言いました。この食糧難でしたからわずかな肉も無駄にしたくはないということは皆分かっております。私は父がそのことを咎めてまた正太郎を殴るのではないかとハラハラしておりましたが、さすがに父も正太郎の心中を察したのかそれ以上は言葉を押し留めているようでした。

正太郎はさばいた子山羊の肉を全部父に渡すと、私が止めるのも聞かずそのまま黙って家を出て行ったのです。先生様はあの日村の入り口付近の民家の陰にいた正太郎に会われていますが、それは正太郎が家を出て行ってから五時間くらい後のことでした。しかしそれきり正太郎は行方知れずとなってしまったのです。

さて、私は先生様を家にお連れし両親にご紹介した後で、先生様が家の離れの風呂に入っておられる時に、両親には黙って正太郎を探しに近くの千本稲荷神社の方まで出て行きました。あの子は父と喧嘩をした時などに、いつもあの神社に身を寄せておりましたから。でもその時私は、正太郎の代わりに神社で別の方のお姿をお見かけしたのです。天堂龍介さんです。

私が神社の境内の物陰に隠れて見ていると、龍介さんは何か重そうなものを手に提げて、一人でこちらへやって来ました。龍介さんは、私のほんの一間（約一・八メートル）先を人目を避けるように小走りに神社の方へ去って行くと、さらに社の扉を開けて中に入って行きました。重そうに右手に提げていたのはブリキの缶でした。中に何が入っていたのかは分かりません。でも私の想像では、その中身は灯油だったのではないかと思います。

その姿を見た私は、目にしてはいけないものを見たような気がして、恐ろしくなってそのまま家に引き返して来たのです。そうして家に戻り、先生様のご接待を始めた私は、龍介さんのことをすっかり忘れました。でも後で思えばあの火事は龍介さんが社に灯油をまいて火をつけたために起こったのではないかと、勝手に悪い想像を巡らせております。

主である天堂様のお家の坊ちゃんを放火犯として疑うなど、天堂様の使用人の立場にある私なぞには決して許されることではありません。それで私は今まで、神社で見たことは先生様にも両親にも告げられずにいたのです……」

その後桜子の手紙は、大事なことを私に黙っていたことへの後悔と詫びで埋められていた。私は手紙から目を上げると、しばしその目線を虚ろに宙に浮かせ、あの時神社で何が起きていたのかに思いを巡らせた。

私が羽毛田家に泊まった晩に起きた神社の火事は、少なくとも十年はこの辺りに無かった重大事件であろう。桜子が神社の境内で灯油缶のようなものを手に社に向かう天堂龍介の姿を見たのが、私が風呂に入っていた午後七時から八時ごろの事。しかし神社の火事が起きたのは、その日の深夜から翌日未明にかけてである。もし龍介が放火犯だったとしたら、彼が社に入ってから火が出るまでに四、五時間の間がある。その間、龍介は社の中で一体何をしていたのだろう。

一方で私の脳裏には、村境の峠で会った物乞いの老婆の「人殺しを見た」という言葉がよみがえっていた。物乞いの老婆はその後なぜ殺されたのか。唯一考えられることは、再三述べてきたように老婆の口封じだ。

物乞いの老婆は、村人から金や食べ物を恵んでもらうために千本村のあちこちに出没していたようだ。してみれば、天堂龍介殺害事件と神社の火事に関係する何か、例えば何者かが龍介を殺害しその後放火にまで関わった場面を老婆が目撃したとしたら、その犯人にとって老婆は生きていては困る存在である。それが、物乞い老婆殺害犯の動機なのか。

もしそうだとすると、放火犯は天堂龍介ではなくそれ以外の人物である可能性が高い。というのは、もし龍介自身が放火した後何者かに殺されたのだとすれば、社に火が燃え盛っている時に殺害されその後死体が火中に放り込まれたと考えねばならない。その可能性もないではないが、そうではなくて犯人は社の中で龍介を殺害したのちに、そこへ火を放ったと見る方がより自然である。つまり龍介殺害犯と社放火犯は同一人物ということになる。

そして老婆はあの時私にこう付け加えた。

「用心するがいい。その人殺しは、どうやらお前のことをつけ狙うておる」

老婆の言う「人殺し」とは一体何者なのか。そして、千本村を訪れたのはその時が初めてだった私のことを、そいつはなぜつけ狙うのか。もしかしたらそれは、私が煙草栽培や煙草葉の調査官であることを知っての行動なのだろうか……。

こうしてあれこれと思考は巡ったが、推理の糸口はそこで途切れた。犯人と老婆あるいは犯人と私との関係を結びつける根拠は今のところ何もないのだ。

その時庭の方から私を呼ぶ母の声が聞こえて来た。私は慌てて桜子の手紙をたたむと、封筒と一緒にそれを近くにあった上着の胸ポケットの中に押し込んだ。

## 五

「芳夫。また駐在さんが来ているよ」

外から母が、私の居る部屋に首を突っ込んで声をかけた。

「桑原さんが?」

桜子の手紙を胸の内ポケットにしまったばかりの上着を羽織ると、表に出てみた。桑原巡査が眉間に皺寄せながら入り口に立っていた。

「音川先生。恐縮ですが、私と一緒に来てくれんですか」

「私があなたと?」

寝耳に水の申し出に、私は目を丸くしてぽかんと口を開けた。巡査が一緒に来てくれと言う時は、検挙される時だ。

「私は何も悪いことはしていませんが」

慌てて申し出ると、そばで見ていた母もおろおろと心配している。しかし一方の桑原は表情を緩め、「ああ、いやいや」と私を宥めた。

「そうじゃありません。実はまた別の事件が起きましてな」

「別の事件?」

「ええ。烏山と千本村の境にある畑の一角で、人間の死体が発見されたんですわ」

「人間の死体ですって」

思わず鸚鵡返しに叫ぶと、そばで聞いていた母が両手で口を塞いで驚いている。私は桑原の腕を取ると、彼を連れて母から離れた。血圧の高い母にはあまり刺激を与えたくない。

「誰の死体です」

庭の隅に桑原を引っ張って行くと、今度は囁くように訊いた。

「分かりません。ただ、一見したところ、成人の男性らしいということです」

桑原も声を落とす。

「千本村境の畑と言いましたね。誰の畑ですか」

「誰……って、あんたは誰か千本の人を知ってるんですか」

「何人かは知っています。誰なのですか」

訊ね返すと、桑原は横目で私の母の方を気にしながら答えた。

「藤生家の畑だそうです。畑の中から死体を発見したのも藤生夫婦だったということです」

「藤生？」

その名を声にして呟く。家屋の入り口から母が右手で口を押さえたまま、じっとこちらを見ている。私は再び桑原の腕をつかんで、今度は彼を敷地の外へ連れ出した。そこからはもう母の姿は見えなかった。

「……で、私に一緒に来てくれと言うのはなぜですか」

「実は先生もご存じの通り、今烏山町は警察官の数が手薄でしてな。この辺の警察官は、県警や軍関係の仕事を手伝うため出向になっている者が多く、今烏山の駐在所には私一人しかおらんのです。遺体が発見されたことは県警に電話で伝えたので、今日中には宇都宮から刑事が到着すると思いますが、それまで現場を確保したり発見者から話を聞いたりしなきゃならんのです」

「それで私を手伝わせようと……？」

「お願いします、先生。先生は裁判化学とかいう、警察関係の仕事にも詳しいんでしょう？　私一人じゃどうにもならんもんですから、助けてもらえんですかね」

裁判化学といっても、私はその研究をしているのであって事件を直接捜査するわけではない。そのことを伝えたが、桑原はとにかく一緒に来てくれの一点張りで、最後には私も仕方なく「立ち会うだけですよ」と折れた。

こうして桑原に無理やり引っ張られ、とうとう私は現場まで同行させられた。

現場の畑は、烏山から千本を通って茂木町に抜ける一本道の街道を南に下っておよそ四十分ほどの所にあった。私達が駆けつけると、街道を入った畑の中に五、六人の人だかりができていた。多くはこの土地の見知らぬ人達であったが、その中の二人は私が会ったことのある顔だった。藤生夫婦である。

二人は私に気付いて会釈した。私達が畑に入って行くと、畑の隅の方の一か所を取り囲んでいた人だかりが、私達をそこへ通すために一、二歩後ろに下がった。巡査と私は人だかりの円の中心にあった穴の縁で立ち止まり、穴の中を見下ろした。

そこには泥まみれになり顔も判別できないほど腐りかけた死体が一体、すっぽりとはまり込んでいた。胴体と手足の一部は、まだ完全には土の中から掘り出されていなかった。

死体は衣類を身に着けておらず、どうやら何者かによって素っ裸にされてからここに埋められたものと思われた。意外に臭気はそれほど強くはなかったが、それでもあの権兵衛爺さんの廃屋小屋で経験したような臭いを感じ、思わずポケットから小さめの手拭いを取り出して鼻と口に当てた。桑原も嫌な顔をしながら同様に手拭いで口を押さえていた。

死体は泥だらけであったが、所々が白骨化しており、白い骨の色が妙に鮮明に目に映った。死体の顔にも泥が付いており、また頬の肉の一部は腐敗して削げ落ちていたので、そこから生前の顔つきを捉えるのは困難に思われた。

臭気に顔を歪めながら、桑原巡査は自分の後ろにいる取り巻き達を振り返ると言った。

「この死体に誰か心当たりはないか」

皆黙ったままかぶりを振っている。

「発見者は藤生夫婦ということで、間違いないか」

桑原が一同を見渡しながらまた訊ねる。

「はい。私達が畑を耕そうとして見つけました」

名乗り出たのは藤生邦男であった。隣で妻の郁子も頷いている。二人とも顔色が蒼白であった。

「最初に死体を発見した時、死体が地中に埋まっていた深さはおよそどれくらいだったのでしょうか」

邦男に向かって私が訊ねた。仮に死体が埋まっていた場所がかなり地中深かったとしたら、発見者はそこに人間の死体が埋まっていたとどうして気付くことができたのか、ちゃんと理由を聞いておかなければいけない。こちらの思惑を知ってか知らずか、邦男はすぐに応じた。

「今朝ここに来た時には、家で飼っている犬を一緒に連れていたのです」

「犬がどうかしたのですか」

夫婦の顔を代わるがわる見ながらさらに質す。すると今度は、死体が埋まっている穴を指し示しながら郁子の方が答えた。

「その辺の土をしきりに嗅ぎ出したんです。引き離そうとしたのですが、また執拗にそこに戻って土の臭いをかいでいるので、主人も私もおかしいなと思いその辺りを良く調べてみたら」

「何か見つけたのか」

横から桑原が口を挟む。郁子は桑原をちらっと見てから言葉を足した。

「そこだけ土の色が違うような気がしたんです」

続いて邦男が説明を継いだ。

「この畑は玉菜（キャベツ）を植えるためにとっておいたものです。植え付けの準備で今朝畑を耕しに来たのですが、妻が言う様にクワを入れないうちから土の色が違っていて、さらに犬の様子もおかしいので、ここだけ下まで掘り返してみたんです。そうしたら……」

私はようやく納得して、二度三度と頷いた。

「なんであんたらの畑に死体が埋まっているんだ」

桑原巡査が訝しそうな顔で鼻の穴を突き出し、藤生夫婦を睨んだ。

「そんなこと、私らに分かるわけがないでしょう」

郁子が桑原を睨み返した。するとその時、取り巻きの一人で歳は七十代後半と思われる男が一歩前に出た。

「烏山の駐在さんよ。この村では、去年から今年にかけて人が何人か行方不明になっとるんべ。この死体ぁ、その中の一人でねえんだんべか」

私は桑原と顔を見合わせた。

「いなくなったのは誰だ」

男に対し、桑原が訊いた。

「あんたはそんなことも知らねえのか。寝ぼけたことを言う巡査だ」

男が罵ると、

「うるさい。余計なことを言うな」

と桑原は逆切れして返す。よくよく考えてみると、桑原は今年になってから前任の中西巡査と入れ違いに烏山駐在所に着任して来たので、千本村で羽毛田正太郎が行方不明になっている事件や天堂家当主天堂龍三郎の失踪に関しては、詳細を知らないのだろう。

私が事情を説明してやると、桑原は
「ああ、そういえば確か引き継ぎの時、中西巡査がそんなことを言ってたなあ」

ととぼけてみせた。

(おいおい巡査殿。しっかりしてくださいよ)

私は胸中呟くと、穴の中で朽ちかけている泥まみれの死体にもう一度目をやった。

「お爺さん。この死体の特徴に、羽毛田正太郎さんや天堂龍三郎さんのそれと似ているところはないですか」

先ほどの年老いた男に訊いてみたが、男はそれを一蹴した。

「さあな。こんなに腐っちまったんじゃ、特徴も何もねえわな。それにわしゃぁ、天堂龍三郎という人におうたことはない」

「藤生さん。あなた方はどうです」

振り返ってそこにいる二人にも訊いてみた。

「正太郎さんではないし、天堂さんとも違うと思います。実は私も天堂龍三郎さんというお人とは面と向かって話したことがないので、こちらははっきりとは分かりません」

邦夫がそう説明すると、郁子も黙って頷いた。藤生夫婦が天堂龍三郎のことをあまりよく知らないとは意外であった。だが聞くところによると天堂はこれまで人前に姿を現すことが少なかったそうだから、あながち考えられぬことでもない。

桑原は男や藤生夫婦の発言を無視するようにそっぽを向くと、やおら手に持っていた何本かの木杭を死体が埋められていた穴の周りに立て始めた。

「ともかく、県警の刑事さんが来るまでここは立ち入り禁止だ。藤生さん、あんたらも後で呼び出すから、家から出ずに待っているんだ。いいね」

藤生夫婦に言明しながら穴の周りに木杭を打ち終えると、続いて桑原巡査はそれに縄張りを張った。そうして間もなく作業を完了した桑原は、額の汗を腕で拭ってから今度は私の方を見た。

「音川先生。少しの間この現場を見張っていてもらえますかな。もうしばらくすると、駐在所の方に県警の刑事さんらが到着します。私は駐在所で刑事さん達と合流し、その後でここに彼らを連れて来ます」

こうなっては仕方ないとあきらめ、しぶしぶ桑原の申し出を了承した。

六

ところがその後、この死体遺棄事件は驚くべき展開を見せた。栃木県警の刑事らは、藤生夫婦を逮捕して彼らの取り調べを始めたのである。確かに死体が発見された現場は藤生夫婦が所有する畑であったが、何を根拠に県警があの夫婦を逮捕したのかは全く分からなかった。桑原巡査の話では、県警から来た刑事は即刻二人の身柄を拘束後、そのまま逮捕に踏み切ったということである。藤生夫婦は無罪を主張していたらしいが、県警のやり方には私も強引さと憤りを覚えた。

だいたいもし藤生夫婦が畑の地中に男の死体を遺棄したのだとしたら、なぜそれを自分達でまた掘っくり返し、警察に連絡したりするというのか。私から言わせれば二人の夫婦の逮捕は全くの筋違いである。県警のやり方を推察すると、千本で起きた一連の事件の犯人を藤生夫婦に定め、その線で早く捜査の終息を図りたいという意図が見え見えである。

こうして藤生夫婦は県警の警察車両で宇都宮に連れて行かれた。夫婦の家には幼い子が二人取り残されている。近所の農婦が交代で藤生家の子供達の面倒を見ているというが、突然両親を奪われた子供達にとってみればたまったものではない。

だが栃木県警のやることに、東京の薬学専門学校の教授なんぞが口出しできることではなかった。私はすこぶる釈然としない思いを胸に沈めたまま、伯父の家に戻った。父は今日の事件のことをいろいろと訊ねてきたが、私からは事実を伝えるのみにとどめた。あの人のよさそうな藤生夫婦を救う手立ては何かないものだろうか。あれこれ考えているうちに、その夜もまた論文執筆の時間を逸した。

その頃東京周辺には八十機から百機を超えるB29の大編隊がしばしば来襲し、大規模爆撃が悠然と敢行されていた。三月の大空襲ではたまたま被害を免れていた東京の街並みも、その後の四回の大空襲と計百六回にわたる中～小規模空襲により、ほぼ全てが焼き尽くされた。

艦載機や硫黄島から飛来するＰ51戦闘機の機銃掃射による地上攻撃は今や日常の事となり、本土のあちこちで連日多数の犠牲者が出ていた。敵機は、軍需工場はもとより中小都市や町村への無差別攻撃にも手を緩めず、汽車や自動車、船舶、自転車そして人馬と、動くもの全てに対して機銃掃射を仕掛けてきた。

だがこれまで烏山地区に敵機が来襲することはまれであった。この辺りはあくまで敵機の侵入路あるいは退路であって、攻撃目標ではなかったからだ。それでもたまに本来の攻撃目標へ爆弾を投下し損ねた艦載機などが、帰路の途中この辺りにも余った爆弾を落として行くことがあった。納屋や倉庫が破壊されたり、家の屋根が撃ち抜かれたりする被害が出たが、幸いこれまでは烏山から空襲による犠牲者を出すことはなかった。

私達一家三人がこの町に疎開して来てから、ひと月半が過ぎようとしていた。

その間にも、Ｂ29墜落事件から始まって米兵と源蔵の相討ち事件、伯父の家の納屋から食糧が盗まれる事件、藤生の畑の地中から身元不明の男の腐敗した死体が発見された事件など、様々な異変が続いた。

またこれらの事件との関連は不明だが、昨年秋には千本稲荷神社近くで顔が焼けただれた不審な男が目撃されたり、神社の社の焼け跡から天堂龍介と思しき焼死体が発見されたりと、不可解な事件が相次いでいる。

物乞いの老婆が村境の峠にある祠の近くで撲殺された事件もある。そしてとうとう栃木県警の刑事らは、畑から男の死体が見つかった事件の容疑者として藤生夫婦を逮捕した。彼らはその他の一連の事件も藤生夫婦の犯行によるものと考えているようだ。

私は今、身の回りで起こったこれらの事件の真相を解明するという、一つの使命のようなものを感じていた。その理由の一つには、ここで近しくなった人達への恩返しのような気持ちが湧き起こっていた、ということがある。弟の行方が分からなくなっている桜子や、死体遺棄もしくは殺人の嫌疑がかかって幼い子供達を家に残したまま逮捕拘留されてしまった藤生夫妻。そして、天堂家の煙草乾燥所などを私に案内してくれた源蔵も、廃屋の風呂小屋という密室で不可解な死を遂げている。

事件解明に意欲を燃やしたもう一つの理由には、私が戦時中はご法度であった探偵小説の愛読者であり、また裁判化学という警察捜査の科学的側面を担う研究を行っていたことが挙げられる。こういった私の職業的あるいは本能的な一面が、事件の真相解明と真犯人逮捕への強い挑戦心をかき立てたことは間違いない。駐在所の巡査が頼りないことや、県警の刑事の捜査がすこぶるずさんで主観的であることなども、私の探偵心を呼び起こしたもう一つの理由かもしれない。

昨年暮れから今年春にかけて千本や烏山の周辺で起こった数々の事件は、相互につながりがあるのだろうか。それともこれらの事件は皆別々に起こったものであり、関連はないのか。その辺りから推理は始まる。

仮につながりがなく個々に起こったものであるとして、これまで凶悪な事件は殆どなかったこの地域の町や村で、わずか半年あまりの間にこれだけたくさんの重大な事件が集中して起こるものだろうか。偶然が重なったという考え方もあるが、それはやはり不自然である。つながりがあるからこそ、わずかな期間にこれらの事件が集中したのだ。

そうであれば、一連の事件の真犯人は一人である可能性が高まる。共犯者がいるかもしれないが、ともかくもこれらの事件の関連や共通点などを探って行けば、必ずやその裏に隠れている一人の人物の存在が浮き上がってくるはずである。

ところが改めて各事件同士の関連を考えてみると、これが意外にないのだ。

天堂龍介（と思われる人物）は後頭部を殴られて死亡したが、さらに死体を灯油で焼かれている。物乞いの老婆も石で頭を殴られて死んでいたが、こちらは正面から脳天を割られており、死体が焼かれた形跡などはなかった。

米兵と源蔵はいずれも拳銃で射殺されている。一方、藤生の畑の地中から見つかった身元不明の男の死体は、頭蓋骨の後頭部に陥没した痕があることから鈍器のようなもので撲殺されたことが後に明らかとなった。この手口は「天堂龍介殺害」の手口と似ているものの、死体の処理方法となると全く異なる。片や灯油で焼いているのに対し、一方は穴を掘って地中に埋めている。既述のように物乞いの老婆も撲殺されているが、こちらは遺体が峠の祠の中でむき出しのまま放置されていた。

次に、被害者同士のつながりを見てみると、天堂龍介と源蔵は天堂家の息子あるいは使用人というところに接点があるものの、関連はそれだけである。天堂龍介と行方不明になっている羽毛田正太郎は、年齢は一緒だが通っていた学校が異なる。また二人は煙草畑の雇用主の息子と使用人の息子という関係だが、それだけでは動機などを含めた一連の事件とのつながりがはっきりしない。

物乞いの老婆が天堂龍介や源蔵と何か関係があるかといえば、きっと何もないに違いない。また藤生家の畑に埋まっていた死体は、身元が割れていないため他の被害者との関連は分かっていない。

このように一連の事件同士の関係は、全く雲をつかむような状況であった。つまり同一犯による犯行とするには、あまりに根拠が足りないのだ。

私はその時、昨年暮れに千本を訪れた際藤生郁子が私と桜子に対して語っていた、顔が焼けただれた正体不明の男の存在を思い出していた。あの時の郁子の話によれば、千本稲荷神社でその男を見かけたおばさんは、男の顔を見て小さな悲鳴を上げた。それに気付いた男は、人目を避けるように神社の杜の物陰に消えて行ったということである。

その男は何者なのか？　そして今回の一連の事件とその男とのつながりは？

だがその関係を結びつける新たな事実は、その後何も出ていない。とどのつまり私は、伯父の家の離れの部屋で体を床に投げ出し、ため息をつきながら梁がむき出しの天上を仰いでいだ。頭は混とんとし、全く解決の糸口すらつかめない始末だ。

ところが私がそうして手をこまねいている間にも、事件はさらに不気味な展開を辿って行ったのである。

七

四月三十日の午前、私の元に衝撃的な知らせがもたらされた。そしてその知らせを持って来たのは、他でもない私の父であった。

父はその日の早朝いつものように烏山町を起点として周辺の村々を歩いていたが、散歩の道順の中にあの米兵と源蔵が死んでいた風呂小屋のある廃屋があった。その近くを通った時、父は何かの予感を覚えたという。暇な父の事である。まさかとは思いながらも、好奇心からまた離れの風呂小屋に近づき、今はどうなっているのかその戸を開けて中を見ようとしたらしい。

だがいくら引いても戸は開かなかった。中から閂錠が掛かっていたのだ。その戸に錠が掛かっているということは、中に人がいるということだ。驚いた父は、戸にはめ込まれた板と板の狭い隙間から目を凝らして中を覗き見た。

風呂小屋の内部は薄暗かったが、小屋の壁を構成する板の隙間から漏れ込んだ陽の光が中の様子をぼんやり映し出していた。すると小屋の右奥、風呂の脱衣所と思しき辺りに、娘が一人倒れている姿が目に入ったという。娘はうつぶせ気味に体を折り曲げるようにして倒れていた。だが戸板の隙間から中をざっと見渡してみても、娘の他には誰もいない。

父は戸や小屋の壁などを叩いて中で倒れている娘に声をかけたが、気が付く様子はない。てっきり娘が中で死んでいると思った父は、現場をそのままにして、その足で駐在所まで駆けつけたということである。

「そいでもって俺は駐在の桑原を引っ張り出すと、またあの風呂小屋まで走ったんだ」

父は黒縁の丸眼鏡が鼻の頭に落ちてくるのを、曲げた右手の人差し指でずいと上に押し上げ、そこで両の眼を見開いて私を睨んだ。

「父さん。もしやその娘は、お下げ髪でもんぺを穿いていませんでしたか」

はやる胸を抑えて訊ねると、父は答える前に口角泡飛ばしながら反問した。

「お前、その娘を知っているのか」

「ではやはりそうなんですね」

こちらも父の質問には答えずに訊ね返す。

「確かにその通りの格好をしていたが、一体あの娘は誰なんだ」

なぜ千本にいるはずの桜子が、烏山の村はずれの廃屋なんかに……。

「羽毛田家の長女の桜子さんです」

「羽毛田……桜子……。お前の所によく手紙を差し出す娘か」

父も私と桜子のことはうすうす気付いていたようだ。私は答えずにまた訊き返した。

「桜子さんはどうしたんです。まさか亡くなったんじゃ……」

「短刀のようなもので胸を突かれておったが、幸い急所は外れていたようだ。死んではおらん」

「短刀で胸を……」

「今度は駐在の桑原と一緒に風呂小屋の窓を塞いでいた板を石で叩き割り、そこから桑原に中に入ってもらって入り口戸の錠を外させた。そうして入り口から俺も中に入り、桑原と二人で娘を助け上げたんだ」

「桜子さんは生きていたのですね」

「だからそう言っただろう」

「で、あの人は今どこに？」

「俺と駐在が、荷車で烏山町の診療所に運んだ」

そんなやり取りをした直後、私は父をおいて伯父の家の離れを飛び出した。

「一体何がどうなっているんだ。なぜ桜子は……」

疑問を口にしながら、町の診療所への道をひた走りに走り続けた。

診療所は、烏山駅から北東の方角に半里ほど行った所にあった。町に一つしかない小さな診療所で、医師と看護婦がそれぞれ一人ずつ就いて診療に当たっていた。

小太りの中年の看護婦に案内され、私は診察室のすぐ隣にある病室に赴いた。

白いペンキが塗られた板張りの病室の窓際に寝台が一つ置かれ、そこに桜子が寝ていた。南側の木枠のガラス窓から、明るい日差しが部屋の半分を埋めるほどにまで入り込んでいた。

「桜子さん」

寝台のそばに歩み寄り遠慮がちに声をかけると、後ろで看護婦が囁いた。

「もうお話ししても大丈夫ですよ」

看護婦は気を利かせたのかそのまま退室して行った。桜子は白い掛布団にくるまれていたが、私の顔を見るとすまなそうな表情を作って起き上がろうとした。

「いいから、そのまま寝ていなさい」

なだめると彼女は素直に言うことを聞いて、またゆっくりと寝台に体を横たえた。

「先生様。どうしてここが……」

「私の父から聞きました。あの廃屋の風呂小屋の中で倒れている君を見つけたのは、私の父だったのですよ」

「お父様？」

私は頷く。

「父が駐在所の巡査に連絡し、その後巡査と二人でこの診療所に運んだということです」

「……そうでしたか。ご迷惑をおかけしてしまい、申し訳ありません」

再び起き上がろうとした桜子を布団の中に押し戻すと、私は彼女のぼんやりとした瞳を見つめた。すると桜子は急にせき込み出した。しばらく咳が止まないので、私は彼女の身体を横にし、その背をずっとさすり続けた。ふと寝間着の襟を合わせた胸元に目をやると、肩から脇にかけて巻かれた白い包帯が見えた。ようやく咳を治めた桜子は、再びあお向けになってゆっくりと枕に頭をあずけた。

「桜子さん。胸のその包帯は……」

指摘すると、桜子はおもむろに細い右手を布団から出し、その手で胸の辺りをそっと触った。

「突然正面から誰かに胸を突かれ、それから先は何も覚えていないのです」

虚ろな目で天井の方を見やりながら、桜子は呟いた。私はできるだけ優しく言った。

「何があったのか、覚えている所まで初めから話してみてください」

桜子は悲痛な表情をしていたが、やがてゆっくりと頷くといったん瞼を閉じた。が間もなくまた目を開けると、ややうるんだ瞳で私を見つめながら口を開いた。

「四月二十九日、陛下御生誕の記念日の朝の事でした。家の郵便受けを見ると、私宛に一つ手紙が届いていました。先生様からだと初めは思い、うれしくてすぐに開封しようとすると、宛名の字が先生様の字とは全然違っていました。裏を見ても何も書いてありません。私は少しがっかりしながら封筒を開けました。ところがそれはとても変な手紙だったのです。内容もまた気味が悪くて……」

「どんな手紙だったの？」

はやる気持ちを抑えて訊くと、桜子はもんぺのポケットの辺りをまさぐっていたが、やがて布団の中から二つ折りにしたその手紙を取り出して私に差し出した。

「これです……」

「見てもいいですか」

桜子はこっくりした。

まず受け取った封筒の宛名を見ると、千本の羽毛田家の住所とその左側に桜子の名が書いてあったが、裏には差出人の名も何も書かれていない。そして表の住所と宛名は、ミミズがのたくったような実に気味の悪い文字で記されていた。察するに、筆跡が知れぬ様、利き手とは反対側の手で書いたものと思われた。

そしてあることに気付いた私は、手紙を見る前にまず桜子に問うた。

「この封筒には検閲済の印がありませんね」

「はい」

前にも述べたように、郵便局員が届けてくる郵便物には通常検閲が入る。

「切手も貼られていない」

「はい」

「ということは……」

「誰かが直接、私の家の郵便受けに入れて行ったのだと思います」

「ふむ。そうとしか考えられませんね」

手紙を書いた人物は、桜子が言う様に恐らくこれを自分の手で羽毛田家の郵便受けに投函したのだろう。

次に封筒の中を見ると、はがきくらいの大きさの紙切れが一枚、真ん中で折られて入っていた。それを取り出してみると、次のような文章が読み取れた。むろん手紙文にも検閲の跡は見られなかった。ただしそこにつづられた文字は皆封筒の宛名と同じで、線が震えるようにひん曲がったおかしな形をしていた。


――羽毛田正太郎失踪の件で大事な話あり。四月二十九日の午後六時、烏山××村の権兵衛爺さんの風呂小屋に来られたし。入って右手の脱衣所奥に、真相を書いた手紙を置く。なおこの件は、決して他言無用のこと――

文面はそれだけで、差出人の名はここにも書かれていない。両手に広げたその紙切れの文面からやおら顔を上げた私は、再び桜子の瞳を見つめた。

「それであなたはこの手紙の通り、昨日の午後六時に権兵衛爺さんの廃屋の風呂小屋に行ってみたのですね」

「はい。いなくなった正太郎のことはずっと気がかりでしたので、その行方を教えてくれる人がいたら是非話を聞きたいと思ったのです」

「午後六時にもなるとこの辺りはもう薄暗くなっている。あなたはそんな時刻に呼び出されたことを、怪しいとは思わなかったのですか」

非難めいた言い方で訊ねると、桜子は少し顔を赤らめた。

「いいえ。その時は私、正太郎のことでいてもたってもいられない気持ちでしたから」

無理もない。何かの罠だと疑うより前に、愛しい弟のことが彼女の胸一杯に湧き上がったのだろう。

「それで、廃屋の風呂小屋にやって来てから何があったのですか」

桜子はまた、昨日のことを必死に思い出そうと苦悶の表情を見せた。が、やがて彼女は再びぽつりぽつりと語り出した。

「烏山周辺の村々のことを、私はあまりよく知りません。廃屋を探すのにも少し時間がかかりました。それでも辺りが暗くなりかけている六時をちょっと過ぎた頃に、ようやく探していた廃屋を見つけました。私はためらいながらもその敷地内に入って行って、離れのお風呂小屋の前に来ました。

周りを見てみましたが、人影は見当たりませんでした。そこで私は思い切って小屋の戸を引いてみました。

すると戸には鍵が掛かっておらず、わずかにきしむ音を立てて戸が開いたのです。外にはまだ夕日が放つ赤い光が差していましたが、小屋の中は殆ど真っ暗で何も見えません。

私は入り口に立ったまま、小屋の中に向かって『誰かいますか』と声をかけてみました。しかし返事は無く、中には人の気配もありませんでした。そこでこわごわ中に入り、もう一度『羽毛田桜子です。私に手紙をくださった方は、ここにいらっしゃいますか』と呼びかけてみました。しかし相変わらず中はしんと静まり返っています。暗がりをざっと見渡してみましたが、やはり人の気配はありませんでした」

桜子はそこでつばを飲み込み、一つ二つ咳ばらいをした。

「私は小屋の戸に内側から閂錠を掛けました。こうすれば、もし不意に誰かが小屋の外から私を襲ってきたとしても中には入れない。そう思ったからです。

戸が開かないことを確かめてから、その戸を背にしばらく暗い小屋の中を見渡していました。そうして暗闇の中にじっと立っていると、だんだんと目が慣れてくるものです。小屋の中にあるものが、おぼろげながらに形を成してきました。

それでも私は用心のために懐中電灯を持ってきていました。家ではとても大事な懐中電灯でしたから、父には黙って持ってきたのです。できるだけ電池を無駄遣いしないよう必要な時以外は点灯を控えていましたが、それを点灯させてざっと小屋の中に光を当ててました。しかしやはり小屋の中に人の姿は見えません。

そこで私は、家に届いていたあの謎の手紙の文面を頭の中で反芻しました。『……入って右手、脱衣所奥に、真相を書いた手紙を置く』とありましたので、私は恐る恐る右手奥の脱衣所の方へ入って行きました。そして脱衣所の奥の方に懐中電灯の光を当てると、そこに確かに手紙のようなものが見えました。なぜかその紙片は折り曲げられ、そして床の上に立たせてあるようにも見えました。もう一度よく見ようと懐中電灯の光をその辺りに集中させようとした時、突然電灯の明かりが消えてしまったのです。

故障か電池切れ、と舌打ちしながら私はそう思いました。しかしその時私が立っていた脱衣所の入り口と手紙が立てかけてある床との距離は一間（約一・八メートル）ほどだったので、手紙の位置はおおよそ見当がつきました。脱衣所の中はほぼ真っ暗になってしまいましたが、私はすり足でゆっくりと奥の方へ近づいて行きました。

するとその時でした。突然足元がぐらついたかと思うと、いきなり目の前に何者かが迫り寄る気配がしました。そして次の瞬間、胸の辺りにぐさりと何かが突き刺さったのです。

私はショックと痛みで声を上げる間もなく前のめりに倒れ、そのまま気を失ってしまったのです。そうして次に気が付いた時には、診療所の寝台の上に寝かされ先生様のお父様のお顔と病室の白い壁を見ていました」

何とも怪しい桜子の話に引き込まれ、私は言葉も発せずにじっと聞き入っていた。

「……君が殺されなくて良かった」

ややあって、ようやく呪縛から解かれたように私は声に出して呟いた。掌にはじわっと冷や汗がにじんでいた。

「風呂小屋の脱衣所の暗がりから現れ、君の胸に短刀を突き刺して君を殺そうとしたそいつの正体は一体何だったのか……。桜子さん。その暴漢は、君を襲う時何か声を発しなかったのですか。あるいはそいつが近づいた時に、何か特徴的な臭いや音を感じなかったでしょうか」

桜子は私から目をそらすと、しばし考えていたようであった。が、ややあってその色白の顔をさらに蒼白にしながら私を見つめ直すと答えた。

「分かりません。あまりに突然のことで、何も覚えていないのです。でも、私を刺した者が何か声を発したかというと、何もなかったように思います。特に臭いや音も感じませんでした」

「ふうむ……」

また言葉を失していると、唐突に桜子が訊いた。

「先生様。その人が私をあの小屋に呼んだのは、本当に私の殺害が目的だったのでしょうか」

「恐らくは」

私は首肯する。

「君には、そのことで何か心当たりはありませんか」

桜子は戸惑いながらしばし記憶をたどっているようであったが、ややあってゆっくりとかぶりを振った。

「私には分かりません」

彼女の表情には苦悩の色が現れていた。

「不思議な話だ……」

私は天を仰いだ。自分の言葉通り、桜子の話にはいくつかの不可解な点があった。

一つは、桜子が中に誰もいないことを確認してから小屋に入って入り口の戸を閂錠で施錠したのに、その後で桜子は突然暴漢に襲われ短刀で胸を一突きにされたこと……。その人物は一体いつどうやって小屋の中に入ったのか。そしてそいつは桜子に気づかれることなく、風呂小屋の中の一体どこに隠れていたのか。桜子の説明では、閂錠を掛けるまで小屋の中には人の気配がなかったということである。

それからもう一つ不思議なことがある。桜子を刺殺しようとした犯人は、脱衣所の床下収納に隠れていたという可能性もある。だがもしそうだとしても、桜子に気付かれることなくそこから出てきて桜子を刺してから、今度はどうやって閂錠が掛かった小屋から抜け出すことができたのか。翌早朝、私の父が付近を通りかかり小屋の中で倒れている桜子を発見した時、小屋の戸には内側から閂錠が掛けられていた。しかし中には、犯人と思しき者の姿など一切なかったのだ。

この状況は、米兵と源蔵の事件の時と同様、またしても密室の様相を呈している。そしてそのトリックはもとより、桜子を殺そうとした犯人の人物像やその動機が全く見えなかった。

混とんとした事件の予期せぬ展開に、私は言葉もなくただ溜息をついた。桜子の述懐もそこで途絶えた。私達はしばしお互いの息遣いを感じながら沈黙に沈んでいた。

そうしてふと、このまま長時間ここで桜子を拘束するのは彼女の体に障ると考え、ひとまず診療所を離れることにした。

「私の身体の事なら大丈夫です。先生様には、ずっとここにいてほしい」

そう言って私を引き留めようとしたが、その時ちょうど桜子の両親が見舞いにやって来た。

「ああ、いつぞやはたいそうお世話になりました」

二人の姿を見て私は、昨年秋に羽毛田家に泊めてもらったことに対する礼を述べた。すると、長吉と正子は私が見舞いに来ていたことにびっくりし、病室の入り口で腰を深く折ってひたすら頭を下げていた。

「先生様。烏山に疎開されていたということは桜子から聞いて存じておりましたが、これまでご挨拶にも伺わず大変失礼いたしました」

長吉が頭を上げずに謝罪の言葉を縷々述べた。禿げ上がった脳天がずっとこっちを向いていた。

「ほんに、申し訳ねえこってす」

正子もそれに倣って顔を上げない。

「いえ、そんなお気遣いは無用です。私どもも東京の大空襲で家を焼かれ、急きょこちらの伯父の家へ疎開することになったのですから。私の方こそ皆さんへの挨拶が遅れてすみません」

「とんでもねえこって」

そう言いながらようやく顔を上げた二人の目尻や頬には、初めて会った時よりさらにしわが深く目立っていた。

彼らは息子正太郎の失踪事件に続き桜子が殺されかけたという事件を知って、慌てて千本からやって来たのだろう。桜子が夕べから行方不明になっていたとすれば、長吉と正子は夜通し桜子を探していたのかもしれない。二人の服装は野良作業着であったり割烹着のままであったりと、とにかく取る物もとりあえずに駆けつけた様相であった。親子水入らずのところに長居は無用と、私は桜子の両親への挨拶もそこそこに病室を出た。

ところでこれは後程父から聞いたことであるが、父が風呂小屋で桜子を発見した時、彼女の胸には刃渡り六寸の短刀が突き刺さっていたという。もし急所を一突きにされていたなら、桜子は命がなかったかもしれない。なおこの短刀の柄は檜でできており、またなぜかその柄は端の方すなわち刃から遠い方が、やすりのようなもので削られて幾分細くなっていたようである。

そしてさらに奇妙なことに、桜子の胸と短刀との間には一枚の藁半紙が挟まっていたらしい。つまり犯人は、まず桜子の胸に藁半紙を押し付け、その上から短刀をぐさりと突き刺したという状況が推察された。これは、返り血を浴びるのを避けるためとも考えられる。だが実際には桜子の出血量は幸いにもさほど多くはなく、発見が翌朝となったにもかかわらず失血死することも免れていた。

先に述べたように、私の父の通報で風呂小屋に駆けつけた桑原は、まず小屋の窓を塞いでいた板を石で叩き割った。そしてそこから中に入り、入り口戸の錠を外した。続いて父も小屋の中に入り二人で桜子を助け上げたのだが、その時桜子は脱衣所の床の上に倒れていた。

そこはちょうど床下収納の蓋の上で、桜子の胸から流れた血痕があったが、収納の蓋はぴたりと閉まっていた。父は念のために収納庫の蓋を引き上げて、中を確認したという。しかし収納庫の中には誰もおらず、またそこに何者かが隠れていた形跡もなかったという。もちろん、収納庫から外部へ抜け出られるような秘密の地下道の類などが一切なかったことも、父は確認している。

桜子を短刀で突き刺して殺そうとした犯人の動機は何だったのか。そしてその犯人はどこから小屋に入り、また施錠された入り口と板で遮蔽された窓しかない風呂小屋から、一体どうやって消えたのか？

# 第四章　小屋の謎

## 一

戦前に出会った幾多の探偵小説に出て来る頭脳明晰な私立探偵の様にはいかないが、事件を推理し真相に行き着くためには、まず千本村と烏山町の周辺で発生した重大事件の数々を時系列的に整理してみる必要があろうと私は考えた。

そこでこれまで随時手帳に書き付けていたメモなどを元に、各事件が発生した時期と事件の概要を次のように列挙してみた。

昭和十九年十月末　私が羽毛田家に宿泊した晩未明、近所の千本稲荷神社の社が全焼。焼け跡から、若い男性のものとみられる焼死体が発見される。所持品や遺体の血液型から、警察は遺体を天堂龍介と断定する。その晩から、羽毛田正太郎の行方が分からなくなる。藤生郁子の話では、近所のおばさんが神社で顔が焼けただれた不審な男を見たという。その後、天堂家の当主やその妻も屋敷から姿を消す。

同年十二月　烏山と千本の村境の峠にある祠内で、物乞いの老婆が遺体で発見される。老婆は石のような鈍器で脳天を殴られ即死だった。老婆は私に向かって、「人殺しを見た」と言っていた。

昭和二十年四月初め　一機のB29が烏山に近い山中に墜落。機体は炎上し、脱出した搭乗員の一人は付近の住民らに殴り殺される。しかしもう一人は山の奥に逃げ、行方が分からなくなる。

同年四月半ば　墜落後に逃げたB29の搭乗員と思われる米兵と天堂家の使用人の源蔵が、烏山の村はずれにある廃屋の風呂小屋の中で、拳銃を撃ち合ったような状態で共に死亡しているのが発見される。小屋の出入り口には内側から閂錠が掛かっていた。その後間もなく伯父の家の納屋が何者かによって荒らされ、食料が盗み出される。

同年四月下旬　千本の藤生家の畑から身元不明の男の死体が発見される。県警は、この事件に携わり死体を遺棄したとして藤生夫婦を逮捕した。

同年四月末　米兵と源蔵の遺体が発見された廃屋の風呂小屋で、今度は桜子が何者かに短刀で胸を突かれて気を失う。翌朝私の父が、閂で施錠された小屋の中で桜子が倒れているのを発見。桑原巡査と共に桜子を診療所に運んだ。幸い桜子の傷は致命傷ではなかった。

前にも述べたように、これらの事件はそれまで全く平穏無事であった烏山や千本の周辺地域に、突如として発生した重大犯罪である。したがって各事件はそれぞれに関連がなく偶然が重なって起こったというより、同一犯による連続殺人あるいは殺人未遂事件と捉える方が自然である。ただB29の墜落だけは、誰もが予期せぬ事故だったであろうが……。

こうして私は、自分で作成した事件の時系列を何回も読み返してみた。だが相変わらずこれらの事件の間に何の関連も導き出すことはできず、謎は益々深まるばかりであった。

その後も敵艦載機の空襲におびえながら、私達一家三人は伯父の家の野良仕事を手伝った。診療所に入院中の桜子のことも気になったが、何もせずに伯父の家で飯だけ食いつぶしているわけにはいかない。父や母は力仕事には慣れておらず、年も年だけに腰痛がつらいであろうが文句は言わなかった。

　午前の仕事を終え、母が昼飯の芋を蒸しだすと、私と父は間借りする離れの板の間に同じような姿で胡坐をかき、手拭いで汗を拭いていた。するとやおら父が開口した。

「芳夫。権兵衛爺さんとこの風呂小屋の事件だがなあ」

「ええ、何か……？」私も何気なく応じる。

「まず、米兵と源蔵が相討ちとなった事件だ。警察では、源蔵が自分の命も失いながら、にっくき米兵を倒したという美談で収まっておるらしいが」

「そのようですね」

「やはり俺には、どうしても納得がいかん」

　汗を拭く手を止め父の顔を見やると、厚い眼鏡レンズの奥にあるその眼はじっと壁の辺りを見ている。

「俺が聞いた銃声。あれは確かに一発だけだった」

　父は、こうと決めたら一歩も揺るがぬ頑固な性格をしている。だが一度終わったことに対しては、再び蒸し返すことなどめったになかった。それだけに父の固執の裏には、主張を繰り返すに足る何か強い根拠があるはずだ。

　父が聞いた銃声が一発であったか二発であったか、私はその場に居合わせていなかったのだから分からない。だが警察が示したような事件の終息の仕方には、私も得心が行きかねた。

「その後に同じ現場で起きた、お前の知人の羽毛田桜子さんの事件もそうだ」

「何がそうなんですか」

父の真意が分からず訊ねたが、そのことについて父は憮然と黙ったままであった。恐らく、米兵と源蔵の事件も桜子の事件も、いずれも警察の見解には満足していないということなのだろう。

ふと私は、ついぞこの間事件現場の廃屋を調べに行った際に、風呂小屋の閂錠の錠枠から採取したおがくずの様な粉のことを思い出した。もしかしたら、父はあの粉について何か考えを聞かせてくれるかもしれない。

正直言って大して期待はしていなかったが、風呂小屋で起きた密室殺人事件と密室殺人未遂事件はいずれも父が第一発見者となっている。父から何かヒントが得られないかと、上着のポケットにしまってあったあの粉を取り出し、父に見せた。

「この粉が……？」

父は即席薬包紙に包まれた粒が不ぞろいのその粉を掌にのせ、しばらく眺めたり臭いをかいだりしていた。が、何を思ったか、やおら粉の一部を人差し指の腹にくっつけると、それを口に持って行ってぺろりとなめた。

「えっ……」

と声に出して驚き、父の表情を観察する。父はわずかに顔をしかめた後、すぐににやりと笑い、私の顔を見た。

「こりゃあ、凍み豆腐だ」

「凍み豆腐？」

「そう。高野豆腐ともいう」

「そりゃあ知ってますが……」

「お前こんなものを、あの小屋の閂錠の錠枠で見つけたのか」

「そうです。でも高野豆腐だなんて、思ってもみませんでした。なぜそのようなものが……。父さんはどう思われますか」

「ふうむ……」

だが父の返答はそこまでであった。父は薬包紙に残った粉を私に返すと、黙って梁がむき出た屋根裏の方向を仰ぎ見ながら両腕を組んだ。

ちょうどその時、蒸したさつまいもを三つ盆にのせて母がこちらにやって来た。私と父の探偵の真似事はそこでお開きになった。

二

五月初め。若葉の青さがまぶしい山野を車窓に収めながら、私が乗る汽車は烏山線を上って宇都宮に向かっていた。この度の宇都宮行きの目的は、行方が分からなくなっている天堂龍三郎の奥方である美根代夫人に会うためである。

天堂家の当主龍三郎の消息は、羽毛田正太郎の行方とともに杳として知れなかったが、先日私は美根代夫人が宇都宮の実家に戻っているという噂を千本の村人の一人から耳にした。そこで一度美根代夫人に会って、話を聞いてみようと思い立ったのである。

天堂龍三郎の消息、天堂龍介殺害事件の真相、そして羽毛田正太郎の行方。少なくともこれらの事件には、天堂家と羽毛田家を通じて何か関連がある。そう思った私は、所在先の情報が得られた美根代夫人を、一連の事件の唯一の手がかりと考えたのだ。

予期せず桜子が事件の被害者の一人となった今は、彼女のために何としてでもこの事件の犯人を見つけ出してやろうと思った。桜子は殺されかけたが、危うく一命をとりとめた。だが犯人は目的を達成させるために再び彼女を襲うかもしれない。その前に犯人を見つけ出し、逮捕せねばならない。そんな気概が私の中にはあった。

烏山線の気罐車は順調に線路を走っていた。いつものように客車の座席はほぼ埋まっていた。仁井田、下野花岡と進んで宇都宮が近づく頃になって、突然辺りに空襲警報が鳴った。

と思ったのもつかの間、

タタタタタッ……

と機関銃の音がしたかと思うと、バリバリバリッと客車の天井、座席の背もたれ板、板張りの床などが貫かれ、窓ガラスが砕けて飛んできた。窓際にいた私は、弾丸がすぐ顔の近くを走ったのにもひるまず窓を開けて空を睨んだ。

グラマンＦ６Ｆ三機が、ブーンン……と近くでプロペラの轟音を響かせながら、機体を左に傾け編隊で舞い上がって行くところであった。旋回して再度機銃掃射の攻撃を繰り返すと見るや、敵機はそのまま東の空へ去って行った。

太平洋側の日本近海にまで侵入してくる米機動部隊の空母からは、本土に向けてひっきりなしに艦載機が来襲し、地上で動くものにあたりかまわず機銃掃射を浴びせて行く。むろん友軍機も迎撃に飛び立つのだが、襲って来る敵の数やその頻度はとても友軍機の比ではなかった。

友軍機の性能は旧式だが精鋭のパイロットが搭乗しているので、一対一なら空中戦での勝利も望める。だがたった一機で三機、四機を相手となるとさすがにかなわず、返り討ちに遭うこともしばしばであった。

ふと気がつくと車内が騒がしい。どうやらけが人が出たようだ。私は医者ではないが、薬学専門学校の教授であり銃創の応急処置ぐらいはできる。

騒ぎの聞こえてくる車両側へ車内を進むと、一人の婦人が男性二人に上半身抱えられながら床に倒れていた。右肩に貫通銃創を負ったようだ。

「しっかりするんだ」

抱きかかえていた男性の一人が、しきりに婦人に声をかけていた。

婦人には意識があった。幸い急所は外れたらしい。

肩からは激しく出血していたが、銃創部位を手拭いでしっかり縛ってやると、何とか出血の勢いを弱めることができた。

「もうすぐ宇都宮だ。頑張るんだ」

励ましながら車窓から外を見ると、宇都宮の街並みが見えてきた。

駅には救急車両が待っていた。車掌が車内電話を使って宇都宮駅に事前連絡を取っていたようだ。婦人を救急班に任せると、私はようやく緊張から解けて、宇都宮駅の乗車廊にゆっくりと降り立った。空襲を受けた時は毅然と構えていたが、こうして危険が去ってみると、かえって危うかった自分のことが思い起こされて足が震えた。

それからぼうっとした意識の中で、ともかくも駅舎の東側に出た。駅前広場の向こうはずっと木造家屋が並んでいる。食堂や屋台なども点在していたが、大きな街の割に人影はまばらであった。のちの七月十二日深夜に、一三三機のB29の大編隊が、軍需工場の中島飛行機や関東工場などに加えて駅周辺のこの辺りも焼夷弾で焼き尽くすことになるのだが、むろんその時の私にはそのことを知る由もなかった。

千本村の天堂家にゆかりのある者から聞いた住所を書きつけた紙きれを持って、電信柱に貼ってある住所と突き合わせながら街の中を彷徨っていると、ある家の前でぴたりと住所番地が合った。そこは広い敷地を塀と庭木で囲まれた、いかにも立派な邸宅であった。

表札には「氏家《うじけ》」とあった。それが天堂美根代の旧姓であった。私は格子の引き戸を開けて、敷地内に入って行った。

突然の訪問であったが、天堂美根代旧姓氏家美根代は和服姿で応対に出て来た。奥まったひんやりとした六畳の和室に案内された私は、そこで美根代と二人だけで対面した。

室内にはほのかに香が漂っていた。障子の向こうは広い縁側で、さらにその先には苔の生えた庭があった。時折、ししおどしのコーンという小気味よい音が、静かな和室の中にも響いてきた。

美根代はやや太った中年夫人であったが、目は大きめで鼻の形も良く、若い頃は美形であったろうと推察された。髪を結い上げ、突然の来客にもまるで準備していたかのようにきちんと着物を着こみ、顔には化粧を施していた。しかしその声やしぐさには覇気がなく、私の来訪が迷惑であると訴えているようである。うつむき加減でこちらを見る目が、相手の訪問目的を訝しそうに探っていた。

いつか私は、千本村にある天堂家の敷地内の離れでこの婦人を見かけたことがあった。あの時は言葉を交わすことは無かったが、美根代の方でも部屋の中からガラス窓を透して、庭に佇んでいる私を見ていた。したがって彼女も私のことを見知っているはずであった。

「昨年秋には千本の煙草畑を視察し、天堂家でも源蔵さんの案内で煙草葉の乾燥作業場などを見せてもらいました。しかしあの時はご子息の龍介さんの件でご当家にご不幸があったため、天堂さんの奥様にはお会いできる機会がありませんでした。ご子息のことは、改めてお悔やみ申し上げます」

まずは挨拶代わりにそのことに触れると、美根代は毅然と背筋を伸ばして応じた。

「ご丁寧にありがとう存じます。今日こうしてわざわざ宇都宮までお越しいただいたのには、訳がおありのことと拝察いたします。ですが、せっかくいらしていただいても、わたくしから音川先生にお話しすることは何もございません」

いきなりの戒めにもひるむことなく、私は返す口で早々に訊ねた。

「それでは私の方から単刀直入にお訊ねします。天堂家ご当主の龍三郎さんは、今どちらにおいででしょうか」

美根代は私の質問にしばし瞼を伏せ、気持ちを整理しているようであった。が、やがて眼を開けると、静かに言った。

「あのお人は、わたくしを離縁いたしました」

「離縁?」

「……はい。訳は詳しく申しませんでしたが、龍介があんな無残な最期を遂げたのも、わたくしの目が行き届かなかったせいだと、あの人は申しておりました」

「そうでしたか……。それでは龍三郎さんの行方は……」

「あれ以来、わたくしの下には何の知らせもありません」

「千本の天堂家には、今はどなたもいらっしゃらないのですか」

分かってはいたが、一応訊ねてみた。

「作業場は閉めました。使用人にも暇を出しています。あの人もどこへ流れて行ったやら。わずかの示談金でわたくしを離縁し、残りの金をもってどこぞの女のもとへでも身を寄せているのではないかと、推察がつきます」

美根代は恨みがましい口調で吐き捨てるように言った。その様子を見て取った私は話題を変えた。

「ところで、ご長男は今戦地だと聞きましたが」

しかしその問いに、美根代は再び黙ってうつむいた。そしておもむろに着物の合わせ目から絹のハンカチを取り出すと、口元に当てた。

そのまま二十秒ほど、二人の動きはとまっていた。が、やがて美根代は、また上目遣いにちらと私を見た。

「昨年の九月、軍部から手紙で通知がありました。長男の壱郎は、フィリピンで戦死したということでした」

美根代の話に、私はしばし絶句した。

次男の龍介が亡くなる以前に、長男壱郎は既に戦死していた。そして相次ぐ次男の死……。

「勇ましく戦地へと出て行く息子を、母は止めることなどできません。それが今生の別れと分かっていても、出征の日はお互い決して涙を見せてはならないのです。息子もそれを知っています。それだけに不憫で……。わたくしは、あの子が天堂の家を出て行く時に見せた勇ましい態度とそれとは裏腹の寂しそうな瞳を、金輪際忘れたことなどありませんでした」

美根代はハンカチを目に当て、しばし声を詰まらせていた。だがそれから美根代は堰を切ったように胸に詰まっていたものを吐き出した。

「その泪が乾く間もなく、今度はたて続けに龍介の事件でした。龍介を殺した犯人はまだ捕まっていないということですが、それは羽毛田の息子に決まっています。羽毛田はうちの使用人でしたが、息子の正太郎はうちの龍介のことを良くは思っていなかったのでしょう。龍介にはそんな意識など一切なかったに違いないのですが、羽毛田の息子はきっと長い間龍介をねたみ、そして疎ましく思っていたのです。そうしてずっと鬱積していた逆恨みが、正太郎をあの晩の凶行に走らせたのでしょう。きっとそうに違いありません。正太郎は、卑怯にもあれ以来どこぞに姿をくらましているというではありませんか」

二人の息子の父親である天堂龍三郎の無念さもさることながら、腹を痛めて産んだ子がこうして二人までも自分より先に鬼籍に入ったこの婦人の心中はいかばかりかと、同情せざるを得なかった。そして、降って湧いたように息子達の不幸が続いた果てに、夫から言い渡された離縁通告。

「せっかくいらしていただいても、お話しすることは何もございません」という言葉の裏には、そういった恨みがましい内情があったのだ。

それ以上美根代を詮索することをあきらめ、私は丁寧に礼を言って氏家の屋敷を辞した。

三

「先生様。お見舞いに来てくださって、ありがとうございます。おかげ様で桜子はもう元気になりました。明日退院できるそうです」

桜子の襟の隙間から、胸にあてられた包帯の一端と白い肌が見えた。その痛々しさとなにがしかの恥じらいを感じた私は、思わず桜子の胸の辺りから目を逸らした。

「傷はもうよろしいのですか」

動揺を悟られまいとわざと明るい口調で訊ねると、桜子は微笑みながら返した。

「はい。まだ少し腫れていて時々咳も出ますが、腫れはゆっくり引いて行くだろうとお医者様は仰っておりました」

「そう、それは良かった」

大きく採られた窓から白い陽光が差し込んでいる。桜子はベッドの上で上半身起き上がり背もたれに身を預けて、見舞いに来た私と向き合っていた。

「君をこんな目に会わせた犯人ですが、実はまだ捕まっていないらしい。昨日駐在さんからちらと聞いた話ですが、県警の刑事は一連の事件の犯人が藤生夫婦だと考えているようです」

「まさか……そんなことあり得ません」

「ええ。私もそう思いますよ。少なくとも、君をこんな目に会わせたやつはあの夫婦ではない。あなたが事件に会われた時、二人は県警に拘留されていたのですからね」

なるほどという顔で桜子は頷く。

「早くあのお二人の疑いが晴れて、千本に戻ってこられるといいですね」

私の言葉に桜子は黙って目を閉じ、そのまましばらく二人に思いを馳せているようであった。

「ところで桜子さん」

私が急に改まると、桜子はびっくりしたようにまた両眼を開いた。

「は、はい」

「あなたが事件に遭われた時のことで改めていくつかお訊きしたいのですが、今それをお訊ねしても大丈夫でしょうか」

私の要請に桜子はややどぎまぎしながら頬を赤らめたが、やがてゆっくりと首を縦に下した。あの時のことを思い出すのは彼女にとってもつらいことであろう。しかし事件の真相を明らかにするうえでこれから訊ねることは核心に触れる内容であり、私としてはどうしても確認しておきたかった。

「あの日、君は何者かから誘いの手紙をもらい、烏山の村はずれにある廃屋の風呂小屋へ行った。そして小屋の中に入り、戸の閂錠を掛けた。その時小屋の中には、君の他に誰の気配もなかった。そこまでは確かですね」

「はい。間違いありません」

「閂錠は、しっかりと錠が動かなくなるまで、壁側の錠受けに差し込んで掛けたのですね」

その質問に、桜子はなぜそんなことを訊くのだろうと不思議そうに目を丸くしていた。がやがて彼女はその時のことを思い出したように、はっきりと一つ頷いて見せた。

以前に起きた米兵と源蔵の事件では、確かに小屋の内側から閂錠が掛かっていたが、錠は半分ほどしか壁側の錠受けにはまっていなかった。しかし今回の事件で桜子は、自身が閂錠をしっかり閉めたことを思い出してくれた。

私の父と桑原巡査は、小屋の壁板と壁板の隙間から中を覗いて桜子が倒れているのを確認し、入り口の戸を引いて開けようとしたが、内側から閂錠が掛かっていて戸は開かなかった。そこで入り口から見て小屋の左側に回り、そこの壁にある窓から中に入ろうとした。

風呂小屋の窓は、前回の米兵と源蔵の事件の際村の衆と父が外からガラスを割り、そこから手を入れてねじ込み式錠を外して中に侵入したため壊されていた。だがそのまま放っておくわけにもいかないので、その後は警察の手で、小屋の内側から板とくぎでしっかりと塞がれていた。仕方がないので父と桑原は、今度は付近にあった大きめの石で窓を塞いでいた板を割った。そうして再び解放された窓から桑原が中に入って、入り口の戸の施錠を解いたということである。

こうして桑原と父が小屋に入り、桜子を助け上げるとともに部屋の中を検分したが、現場に残されていた犯人の遺留品と思われるものは、桜子の胸に突き立っていた短刀と藁半紙一枚だけであった。そしてその藁半紙は、なぜか短刀と桜子の胸の間に挟まった形で発見されたのだ。私はそれらの証拠品を直接見たわけではないが、その藁半紙には何も書かれていなかったということである。ただ短刀で突かれた傷から流れ出た血が、藁半紙を真っ赤に染めていたという。

「桜子さん。まさかそんなことはないと私は思いますが、もしやあなたは自分の手で短刀をもって、それで自分の胸を突いたのではないでしょうね」

桜子が自殺を図った可能性についても一応考えた私は、そんなことまで桜子に訊ねてみた。だが思っていた通り、桜子は強く首を振ってそれを否定した。

「いいえ、決してそのようなことはありません」

安堵して頷くと、質問の矛先を変えた。

「それでは、あなたが受け取った手紙に書かれていた通り、あなたは正太郎さんの失踪の真相が書かれた文書が風呂小屋の奥の脱衣所にあると信じ、そちらへ入って行った。そしてあなたは確かに、脱衣所の奥の床に何か折りたたんだ紙片のようなものが立てて置いてあったのを見つけた。そうですね」

そのことは前に桜子から聞いていたのだが、確認を取る意味で再度訊ねると、桜子は
「はい。仰る通りです」と返した。私は続けた。

「そして、その手紙と思しき紙片を手に取って見ようと脱衣所の奥へと進んだ時に、懐中電灯が消えた」

「はい」

「その次に起こったことを、もう少し詳しく教えてくれませんか」

桜子はじっと私の目を見てからゆっくり頷くと、今度は虚ろな目を病室の天井へ向けながら一つ一つ思い出すような口調で語り出した。

「先日お話しした通りなのですが、懐中電灯の光が絶えた後は、脱衣所の中は殆ど真っ暗になってしまいました。しかしその時私が立っていた位置から見て、手紙が立てかけてあった床は目と鼻の先だったので、私は床の感触を探るようにすり足で一歩一歩そちらへ近づいていきました」

桜子がその時床の上に見た手紙と思しき折りたたみ紙片は、実は何も書かれていないただの藁半紙だったのだ。そこで私は口を挟んだ。

「その時、脱衣所の奥かもしくはあなたの背後に、誰かがいるような気配を感じませんでしたか」

桜子はしばし考えてから答える。

「いいえ、そんな気配は全く……」

「先を続けてください」

「脱衣所の入り口から一間ほど進んだ時だったと思います。私の見当では、手紙が置いてあった床とはさら

に一間の距離がありました。その時踏み出した右足が、不意に床を踏み外したような感覚を覚えました。驚いた私は咄嗟に体の均衡を取るべく、体重を左足に傾けて踏ん張ろうとしました。その瞬間です。何かがものすごい勢いで正面から襲いかかってきたのは。そしてあっと叫ぶ間もなく胸を何か尖ったもので突かれ、私はそのまま前に倒れこんだのです。激しい衝撃と痛みで、私はすぐにその場で気を失ってしまいました」

桜子は必死にその時の状況を頭の中に呼び起こそうとしていたようだが、それ以上のことは彼女の口から聞き出すことはできなかった。

翌早朝私の父が、窓が塞がれ入り口戸が施錠された風呂小屋の中に桜子が倒れているのを発見するまで、彼女はそこで気を失っていた。短刀が胸に突き刺さったままであったことがかえって出血を最小限にとどめさせ、彼女が失血死するのを防いでいたことは幸いであった。

以上縷縷述べて来たことが、この事件の不可解な点として未だ私の中では解決されずに残っていた。

「桜子さん、ありがとう。大変参考になりましたよ」

私が微笑むと桜子もそれに合わせて嬉しそうに笑顔を作ったが、眉間のしわは消えていなかった。

「先生様。何か分かりましたか」

訊かれて小さく頷いては見せたものの、その実頭の中は益々混とんとして来ていたのだ。桜子が証言した事実をつなぎ合わせて得られる結論とは、一体いかなるものか。その時の私にはまだ答えが見えていなかった。

…………

「先生様、先生様……」

不意に、桜子の呼ぶ声が耳に届いた。

「え……」

ようやく面を上げて見ると、そこに頬が薄紅色に染まった桜子の顔があった。虚ろな思考の底から正気に返った私を見て、桜子は微笑んでいた。

そこで私達はようやく事件の話から離れ、千本村の桜が見事だったこと、さらにはたらの芽、ふきのとう、山菜、筍などの収穫時期やそれらを使った村の郷土料理のことなどを話題に、しばし楽しく語り合った。

四

それから私は暇を見つけては、事件に関係する情報を整理して相互の客観的な関連付けを行いそこから真相を導き出す作業を、頭の中で繰り返した。

昼間は伯父の畑の農作業に没頭し、そして夜になると空いた時間を使って事件解決に向けた真相究明を推し進める。いつの間にか本業の論文執筆はおろそかになり、頭は学者としての仕事から離れて行った。

五月の風は心地よく、農作業にも精が出る。夜の悶々とした時間も忘却するほどに、日のある間は全てを離れ肉体労働に身を没した。

三月にこの村に疎開してきた当初は、鍬を叩きつけるへっぴり腰をさんざん伯父に揶揄されたものだ。だが今では鍬を土中深く一発で食い込ませ、それを難なくほっくり返すことができるようになった。

そうして夕顔、唐茄子、男爵芋、里芋などの種付けや苗植えが終わると、それから夏までは雑草との戦いとなる。伯父夫婦、従兄、私の両親、そして私と、六人で畑作業を進めればだいぶ効率がいいと、伯父は武骨そうな顔をほころばせた。そうして一日中畑に出て、やがて大地に沈んで行く大観の夕陽を見ていると、我が国が戦争で窮地に立たされているという不安も忘れられる。

一方、ラジオから入って来る戦況報告は、相変わらずどれも勇ましいものばかりであった。しかしそれらは、真珠湾攻撃から始まり南洋の島々で次々と勝利を収めて行った頃の戦況報告とはどこか調子が違っていた。後で知ったことだが、ラジオの放送は敵に与えた小さな損害を大勝利と報じ、逆に壊滅的打撃を受けた会戦では我が軍の損害の詳細を極力伏せていたのだ。当時の戦況を鑑みるに、三月二十六日に始まった沖縄戦は五月に入ると組織的抵抗がほぼ不可能な状態となり、六月二十三日には司令官の牛島中将が自決して敗戦のうちに終了している。国内では本土決戦が叫ばれ、男も女も竹やりで一人一人がそれぞれ米兵一人を倒すという厳命の下に、村ぐるみで戦闘訓練が行われるようになる。

この頃に至ってようやく国民の多くが、我が国の敗戦を意識するようになった。

いつもの様につましい夕飯が終わり、静かなろうそくの明かりの前にどっかりと座った父が、やおら私に話しかけてきた。「はい」と応じ、私も胡坐をかいて父を見る。

「芳夫。戦意高揚に水を差す発言は禁物だが……」

「この戦争は負ける。米軍の戦車やＢ29を竹やりで叩けると思うか」

「父さん……」

父は眼鏡の縁を右手で持ち上げてその位置を正すと、続いて何のつもりかバンッと音を立てて両手を左右の膝の上に据えた。

父は愛国者だ。日露戦争を戦い、そこで苦しいながらも勝利を収め、そしてこのたびの大東亜戦争を迎えた。決して対米英開戦に賛同的ではなかったが、いざ戦争が始まると老体にもかかわらず父は自分で兵役に行くことも辞さぬ構えで、軍部に協力的な姿勢を示していた。その父からそんな発言を聞いた私は、大きな衝撃を受けた。

日本は負ける。私も薄々感じてはいたが、日本男児なれば決してその思いを言葉にはできなかったはずだ。父は続けた。

「芳夫、犬死はするな。死ぬなら俺一人で沢山だ。お前は母さんを連れて逃げろ」

母は自分のことを言われているのに気づき、台所仕事の手を止めるとこちらにやって来て父の横に黙って座った。

「馬鹿なことを言っちゃあいけません。逃げるなら三人一緒ですよ」

あきれたように言うと、父はそれを一喝した。

「駄目だ。そんなことをしたら、俺はお国にも兄貴にも申し訳ない。兄貴は本気で占領軍に竹やりで立ち向かう気でいる」

「私が伯父さんを説得します」

「無駄だ」

頑固な父のことである。伯父も父と同様頑固だ。それこそ私がいくら言っても無駄というものだ。母に倣って私も黙る。すると父は私達を見やりながら急に笑顔になった。

「まあ、その時はその時だ」父はもう一つぽんと右の膝を叩くと、私の方を向き直った。

「ときに芳夫」

「は……」

「事件の捜査はどうなっておる。お前には何か分かったか」

奇襲のような話の転換に面食らう。すぐに言葉が出ず虚ろな返事をしていると、父はさらに訊ねた。

「お前、あの後また現場の風呂小屋に行っただろう」

「え? どうしてそれを」

確かに私はその後も何回か権兵衛爺さんの廃屋の風呂小屋を見に行った。米兵と源蔵の事件、そして桜子の刺殺未遂事件において、現場は密室の様相を呈していた。その謎を解こうと小屋に赴いたのだが、結局密室のカラクリはまだ自分の中では解決していなかった。

「おれはこの間、散歩の途中に、お前があの小屋から出て行くところを見かけたのだ」

父は私をじろりとにらんだ。

「そうでしたか……」

「憲兵や特高に怪しまれるような行動は控えよと、前に申したであろうに」

「何も怪しまれるようなことは……」

「甘い! 殺人事件や殺人未遂事件があった現場をうろつくやつは、特高から見れば皆怪しいやつということになるのだ」

父の一喝に私は黙った。父に見られたのは失敗だった。権兵衛爺さんの廃屋小屋の近辺は父の散歩の道順だ。姿を見られていてもおかしくはなかったのだ。

「で、お前はそこで何かまた見つけたか?」

唐突に父は厳しい表情を解いて私に問いかけた。

「そうですね……。いや、特には何も……」

実際、桜子が襲われた後の風呂小屋には、私にとって何のめぼしい物証も残っていなかった。頭をかいていると、父は視線を壁の方へ彷徨わせながら呟くように言った。

「桜子さんからは、何か証言が得られんかったのか」

父は、私がちょくちょく桜子の見舞いに行っていることも知っているらしい。私は診療所で桜子から聞いた話を、事細かに父にしてやった。それをじっと黙って聞いていた父は、私の話が終わると朴訥とした調子で言った。

「芳夫……。俺には分かったような気がする」

「え？ 何がですか」

驚いて訊ねると、父は黙って腕を組み、今度は天井の梁の辺りを見やった。その辺りには、ろうそくの光に映し出された私の大きな影が揺らいでいた。

「お父さんの癖ですね」

母はそう言って微笑み、腰を気遣いながらゆっくりと立ち上がると、また台所の方へ戻って行った。両腕を組みながら、虚ろな目であらぬ方向を黙って見やる父の癖。母が言う様にそれは、何かを閃いた時の父の奇妙な癖であった。だがそれきり父は黙った。

「……それでは私は論文の執筆を続けますので」

仕方なく父に背を向け、みかん箱の机に向かおうとした。それでも父は私の所作を全く気にかけぬ様子で、相変わらず先ほどの格好を崩さずに、ひびが入った土壁の方をぼんやり見ていた。

その夜私は寝付かれなかった。昼間の野良仕事で疲れているはずなのに、頭は完全に覚醒している。横で父母が寝息を立てている。外は風が強く、時折小枝か何かが戸に当たる甲高い音に驚かされたが、父母は相変わらず私の隣で寝入っていた。

日本は本当にこの戦争に負けるのだろうか。本土決戦が始まったら、こんな片田舎にも占領軍が進軍して来るのか。そうなったら父母は、伯父一家は、そして桜子は、一体どうなってしまうのだろう。

「俺には分かったような気がする」と父が呟いた言葉が、また私から眠気を拭い去る。

あの父の発言には一体どういった意味が含まれているのだろう。「分かった」とは、千本や烏山周辺の山野や村々で発生した数々の殺人事件や殺人未遂事件の真相のことを指しているのか。父がそれを解決したというのだろうか。

一方、さっき父に問われた時には黙っていたのだが、私は私なりに事件解決の一つの方向を捉えつつあった。そしてそれが納得の行くものではなかっただけに、私は今慎重にならざるを得なかった。自分で導いた結論を、自分で信じたくなかったのだ。

それ以外の解釈も成り立つのではないか？ 確証が得られるまで、一つの仮説に固執するのは危険ではないか？ そうも思っていろいろと手がかりを他に求めてみた。だが客観的データを基に積み上げた推理は、ある一つの動かぬ結論に帰結していた。それによって心に湧いてきた疑惑が大きく膨らんで行くのを、どうにも止めることができなかった。そしてよくよく考えた末に、その疑惑を思い切って吐露してみようと心に決めた。

父にではなく、桜子に……。

## 五

翌朝、私は桜子に電報を打った。桜子は胸の傷も癒えて診療所から退院し、今では自宅療養を続けていた。といってもずっと家の中にいては体がなまるからと、両親の野良仕事を手伝っているらしい。

「アスショウゴ、カラスヤマノアノオカニテマツ。オトカワ」

「あの丘」とは、いつか二人で会った、那珂川の渓流と桜並木を見下ろせる丘のことである。あの丘に桜子と初めて登った時には、烏山駅がグラマンの攻撃を受け、駅舎に被害が出た。だがその際私は自分と桜子が襲われているものと勘違いし、桜子を草むらに押し倒していた。桜子の息遣い。そして柔らかな身体のぬくもりと、春らしからぬ草いきれ。あの丘を、もちろん桜子も忘れてはいまい。

待ち合わせの時刻の少し前に丘に着いた私は、そこからいつか桜子と一緒に眺めた那珂川の澄んだ支流を見下ろした。その辺一帯を鮮やかな白に染めた土手の桜並木も、今はまぶしいばかりの黄緑色の若葉に変わっていた。そうしてしばらく待っていると、丘の中腹辺りから声がした。

「先生さまぁー」

見ると桜子が手を振ってこちらへ駆け上がって来る。お下げ髪を左右の肩にぶつけながら、一生懸命に走っている。私も小さく右手を振ってその姿に応えた。

「桜子さん」

「先生様」

そう言い合って、私達は再会を喜んだ。

「御覧なさい。ここから見る初夏の眺めのすばらしさ」

先ほど来見ていた、那珂川とその周囲に広がる樹々の緑の美しさに再び目を向けると、桜子も私の視線を追った。まぶしそうに瞳を細めながら、桜子は私の横に静かに佇んでいた。その息はまだ少し乱れていた。

(君の横顔の方が、ずっとずっと美しい)

心の中で呟く。だが思考はすぐに現実に帰った。

私達は以前のように草の上に腰を下ろすと、しばしひばりの鳴く空を黙って見つめていた。やがて私は静かに口を開いた。

「電報で呼び出したりしてすまなかった。びっくりしたでしょう」

左隣に座っていた桜子は、前を見たままかぶりを振る。

「うれしゅうございました」

「胸の傷の方はもうよろしいのですか」

「おかげ様で、もうすっかり良くなりました。傷が治った痕がまだちょっと残っていますけれど、何の問題もありません」

「それはよかった」

そこでしばし会話が途切れたが、私は機を窺っていた。やがて私は思い切って口を開いた。

「桜子さん」

「はい」

少し逡巡した後、私は低い声で語り出した。

「昨年秋に私が千本村を訪れて以来今日まで、この辺りに次々と起こった不可解な事件について、私は自分の中で一つの結論を出しました。それを君に聞いてもらいたいのです」

桜子は何も言わずに前を見ていた。

「君は、千本稲荷神社の火災で焼け出された遺体が天堂龍介ではなく、君の弟の正太郎さんではないかと言いましたね。だが如何せん、それを示す何の根拠もありません。警察の見解では、遺体は天堂龍介であった。そしてそれを、龍介さんの実の父親である龍三郎氏が認めている。遺体のズボンのポケットにあった懐中時計が、龍三郎さんが龍介さんにあげた高価な時計だったことと、焼死体の血液型が龍介さんの血液型と同じO型だったことが、身元確認の根拠になりました」

「正太郎の血液型もO型でした」

唐突に桜子が口を挟んだ。彼女は私をしばし見つめたが、やがてまたうなだれるようにして前を向いた。

「いずれにしても、本人を確定するまでには至っていません。仮にですよ。仮に警察の見解が正しいとして、もしそうなら正太郎さんは生きているのではないですか?」

桜子はまたゆっくりと首を横に振る。

「いいえ。私にはそうは思えません」

「桜子さん。聞いてください」

やや強い口調で桜子の発言を制すると、私はその白い横顔を見やった。

「正太郎さんが龍介さんを殺し、社に火をつけた。君も知っているように、事件の捜査はそういう方向で動いていています。その後に村境の峠で物乞いの老婆が殺された事件を思い出してください。老婆は当時、村のあちこちに出没していたといいます。千本稲荷神社が焼けた事件の時にも、老婆はその近辺をうろついていた。だとしたら、正太郎さんが龍介さんを殺したところをあの老婆が見ていても不思議ではありません。先ほども言いましたように、正太郎さんはまだ生きている可能性がある。そして自分が龍介さんを殺害したところを見られたと思い、口封じに老婆をも殺した」

桜子は険しい表情のまま黙っていた。こちらの話を聞くようにと、さっき私から強く言われたからであろうか。しかしうつむき加減に前を見ている彼女の眼差しからは、その心の中を読むことはできなかった。私は続けた。

「今年の春になって、藤生さんの畑の土中から見知らぬ男の遺体が見つかりました。遺体は県警が回収し、その身元についてはまだ私達の下に情報が回って来ておりません。しかし私はこう推察します。それは、今行方不明になっている天堂家の当主天堂龍三郎氏の遺体ではないかと」

「天堂様の……?」

桜子の驚きの表情は、果たして本物であろうか。その時の私の目には、それが演技であるとは思えなかった。

「天堂龍三郎氏は殺されていた。殺害された時期がいつであったのかは分かりません。しかし氏を殺害したのも君の弟正太郎さんであると、私は考えているのです」

桜子はまた口を噤み、草むらの上に目を落とす。

「一方、烏山町のはずれにある廃屋の風呂小屋で発見された米兵と源蔵さんの遺体についてですが、私はこの事件に関してもいろいろと考えてみました。確かに警察の見解には得心しがたい点もありました。しかしもろもろの可能性を考えた末に私は、二人が互いに拳銃で撃ち合って相討ちとなった、という解釈以外に正答はないという結論に達したのです。二人が発見された時、小屋の戸は内側から閂錠が掛かり窓も施錠されていた。この状況を説明するには、やはり米兵と源蔵以外事件に関わっている者はいなかったと考えるしかありません。つまり閂錠は米兵か源蔵のどちらかが掛け、その後に二人は拳銃で相討ちとなって死んだのです。

以前お話ししたように、事件が発覚する十日ほど前に、私の父がその廃屋の近くで一発の銃声を聞いたと言っています。しかし二人の拳銃がほぼ同時に弾丸を発射したとすれば、銃声が一発しか聞こえなかったのも頷けます。それは確かにめったにない偶然であったかもしれない。だが絶対にあり得ないことではありません。そう考えると、つまりその事件は米兵と源蔵さんの間に起こったことであり、正太郎さんは関係していなかったものと思われます」

「先生様。正太郎は……」

桜子は私の顔を見ずに何か言いかけた。しかしそれを遮るように勢い私は述懐を続けた。

「そしてもう一つ。今度は君の身に不可解な事件が起きました。同じ廃屋の風呂小屋の中で、桜子さん、君が短刀で胸を刺されて殺されそうになった事件です」

ちらと隣にいる桜子を見やると、彼女は黙ってうつむいたままだった。

「君が倒れているところを発見したのは私の父と烏山駐在所の桑原巡査ですが、その時も小屋の戸は内側から閂錠が掛かっていました。君を襲った犯人は、小屋から抜け出ることができなかったはず。にもかかわらず、小屋の中には君以外誰もいなかった」

私はおもむろに空を見上げた。そして桜子からは目を逸らしながら、大仰な口調で自説を論じ続けた。

「桜子さん。あれは君の狂言だったのではありませんか」

やおら桜子は私の顔を凝視した。

「狂言……とは、どういうことでしょうか」

「つまりあの事件は、君のお芝居だった」

「私の……お芝居……？」

「そう、君ならできた。小屋に入ると君は、まず風呂小屋の戸の閂錠を掛け、そして持ってきた短刀で自分の胸を突いた。その時なぜか一枚の半紙に短刀を突き立て貫いた後で、半紙から飛び出ている短刀の刃先を自分の胸に持っていって突いています。その後は、気を失っているように見せかけて、私の父が近くを通りかかるのを待った。父が朝晩の散歩の時などに小屋の前を通ることを、君は知っていました。

好奇心の強い父は、散歩の途中で事件のあった小屋をまた覗こうとしたのですが、もし父が小屋の前を通り過ぎるようだったら、例えば何か物音を立てるなどして、君は父の注意を引いたかもしれません」

「な、なぜ私がそのようなことを……。先生様。誓って申し上げます、私は……」

そこで桜子の続く言葉を押し止めると、毅然とした口調で告げた。

「桜子さん。私は君に同情しています。なぜ君がそんな狂言を演じなければならなかったのか。それは、殺人の疑いを掛けられている正太郎さんから、警察の疑惑を別に向けようとしたからではないですか。君は弟の正太郎さんを守るのに必死だった。正太郎さんは、天堂龍三郎と龍介の父子を殺害してしまった。天堂家にとって使用人の子だった正太郎さんは、天堂父子からさんざんこき使われたりなじられたりしていたのではないかと、私は推察します。そうしてとうとう正太郎さんは、恐らくまず龍介さんを殺害し、その後に龍三郎氏から龍介さん殺しの疑いを掛けられたため、氏をも殺害した」

しかし桜子はなおも私の考えに異を唱えた。

「正太郎はまだ十六才の少年です。そんな大それたことなど、できるはずがありません」

「桜子さん。私は君や正太郎さんを疑いたくはない。ですが、君は弟の正太郎さんをかばっただけでなく、その殺人にも手を貸したのではありませんか？　君が手を貸せば、十六歳の少年でもできないことではありません」

「め、滅相もございません。私は何も知りません」

桜子はこちらを凝視し、じっと私の視線の動きを探っていた。だが私は表情を変えず、桜子の目を避けるように前を見ながら言葉を継いだ。

「桜子さん。あなたは千本稲荷神社の社が火事になる前の晩、神社の境内で龍介さんの姿を見たと言いましたが、それは嘘だったのではありませんか。龍介さんがそれ以前に正太郎さんの手によって殺されていたことを隠すため、あなたはあの晩龍介さんを見たと虚偽の証言をした」

「先生様、それも違います。私はあの晩、確かに龍介さんを……」

桜子はなおも異を主張したが、私は聞く耳を持たなかった。

「君が正太郎さんの共犯ではなかったと、私は信じたい。しかしその可能性を、私はまだ拭い去れずにいるのです」

桜子は驚いたように私の方を向いたまま目を見張っている。

「もし君の弟さんが一連の殺人事件の犯人だとしても、仲の良かった姉を殺すようなことはしない。とすれば、君を襲ったのが正太郎さんであるはずはないし、他の事件の犯人も正太郎さんである可能性は薄れる。

そう警察をかく乱させることが、君達の狙いだったのではないですか」

「ですが、私は宛名不明の人から、烏山の権兵衛お爺さんの廃屋に来るようにと手紙で指示を受けたのです」

「桜子さん。それとて、君自身あるいは正太郎さんが書くこともできたと思います」

「先生様。私は……」

だが、言いかけてから桜子は、そこで口を噤んだ。そして抵抗をあきらめたかのように悲しそうな顔をすると、ゆっくりとまた正面を向き直った。

両手で膝小僧を抱き、その中に顔をうずめると、桜子は静かに肩を震わせていた。

おもむろに私は立ち上がった。苦しい胸の内は自分でも収拾がつかなくなり、いてもたってもいられず、桜子の姿から目を逸らしたかった。

「君の行動は全て愛する弟の正太郎さんのためであった。君の心の奥にあるものを、私は分かっているつもりです。私は君を責めたりはしない。ですが今は、私自身も動揺しています。君を慰められないくらいに……」

ようやくそれだけ言い残すと、私は桜子を振り返ることなく足早に丘を下って行った。

六

何をどのように桜子に言ったのかも覚えていない。私はかき乱された胸の内を外にぶちまけるように、しゃにむに街道を走った。そうしてどこをどう行ったのか、気がついた時にはあの事件があった権兵衛爺さんの風呂小屋に辿り着いていた。

時刻は昼下がり。実は午後に、ここで父と待ち合わせをしていたのだ。父から、「是非お前に伝えておきたいことがある」と今朝申し出があったからだ。午後なら時間ができると父に伝えると、なぜか父は待ち合わせ場所をこの風呂小屋に指定してきた。正午に丘で桜子と会う約束を電報で交わしていた私はそのことで頭がいっぱいであり、父がなぜ待ち合わせ場所をこの事件現場に指定したかの理由を考える余裕などなかった。

廃屋の風呂小屋に行ってみると、父はもう先に来て私を待っていた。骨太でやせた長身の体が、小屋に向かって立ったままじっと動かなかった。国民服の上には、右肩から左脇にかけて水筒の紐が走っている。その背中に声をかけた。

「父さん、すみません。待たせてしまいましたか」

「いや」父は背を向けたまま一言返すと、風呂小屋の戸を引き開けた。ギイィ……と、わずかにきしむ音がした。そこで父は初めてこちらを振り返り、「中で話そう」と私を誘った。頭の中ではさっき桜子を糾弾した自分の発言の数々がまだ飛び交っていたので、私は誘われるまま父の後について小屋の中に入った。それを見届けた父は戸に歩み寄り、そしてゆっくりと戸を閉めた。そうすると昼でも薄暗い小屋の中で、壁板の隙間から漏れ入ってくる細い陽光が室内を舞う埃に反射し、きらきらと渦を巻くように動いた。

「芳夫。俺は今からある実験をやってみようと思う。お前をわざわざこんな所まで呼んだのは他でもない。お前に、俺の実験の証人になってもらいたいからだ」

「実験の証人に?」

「そうだ。良いな。ではよく見ていてくれ」

言って父は、私の同意も待たずにさっそく着ていた国民服の上着のポケットから、何か小さな角棒のようなものを取り出した。それは長さ十センチ、幅と高さがそれぞれ二センチくらいの軽そうな直方体の物体で、黄土色をした菓子のようにも見えた。

「なんですか、それは？」思わず訊ねると、父は口元でにやりと笑った。

「何だと思う」

「さあ……」

「高野豆腐だ」

「高野豆腐？」

鸚鵡返しに訊く。そういえば、いつかこの錠受けの溝にたまっていた埃のような粉を、私は薬包紙に包んで家に持ち帰り、父に見せたことがあった。あの時父はその粉をなめ、粉が高野豆腐であることを見抜いたのだった。だがそれがこの小屋で起こった事件の中で一体何の役割を演じていたのか、私にはまだ皆目見当がついていなかった。

「高野豆腐にしちゃあ、ずいぶん小さいですね」

父が掌の上に示したものに目を近づけながら、私は問うた。

「この大きさになるように俺が切り出したのだ」

「ほう。しかしこんなもので、一体何の実験をするのです」

「まあ見ていろ」

それを持って入り口の戸の前に立つと、父はまず戸の閂錠を半分ほど右側にずらし、ちょうど閂錠が壁側の錠受けに入るぎりぎりの所で止めた。この状態で、今閂を支えている錠枠の左側には、十センチほどの隙間ができている。父はその隙間に、持っていた角棒状の高野豆腐を差し込んだ。大きさを計算して高野豆腐を成型したらしく、それはぴったりと錠枠にはまった（次頁上図）。こうすると、錠受けの上には左から閂止め、棒状の高野豆腐、そして閂錠が一直線上に並ぶ。しかしさっきも述べたように、閂錠の右側は戸からぎりぎりの所ではみ出ていないので、錠は掛かっていない（次頁上図）。

こうしておいてから、父はゆっくりと入り口の戸を押し開けると、振り返って私をぎろりとにらんだ。外光が入り口から一気に差し込み、小屋の中は明るくなった。

「いいか。この閂錠がこれからどうなるか、お前は中でよく見ているんだ」

何が何だか訳が分からず、ただ黙って頷くと言われた通り小屋の内部の戸の前に立って、閂錠の辺りを注視した。父は小屋の外に出て行くと、また戸をゆっくりと閉めた。

私は一人小屋の中に取り残された。小屋の内部は再び陽光が閉ざされて、薄暗くなった。だが閂錠の様子は、漏れ入って来る日の光によってしっかりと視野に収まっていた。

そうして二、三分ほどしただろうか。戸に設置された閂錠の十センチほど上にある戸板と戸板のわずかな隙間から、突如湯が板を伝って流れ降りて来た。そのちょうど真下には、先ほど父が錠枠の左側に挿入した高野豆腐があった。閂錠の辺りは湯気に包まれた。

湯はなおもちょろちょろと音を立てながら、高野豆腐を包み込むように流れ落ちて行く。すると乾燥していた高野豆腐は、見る見るうちに湿っていった。そうしている間にも湯はさらに板の隙間から流れ出て来て、高野豆腐を徐々にふやけさせた。

と、不思議なことに、閂錠が少しずつ右側へ動いて行く。湯の流れと共に高野豆腐は閂錠を押しのけて大

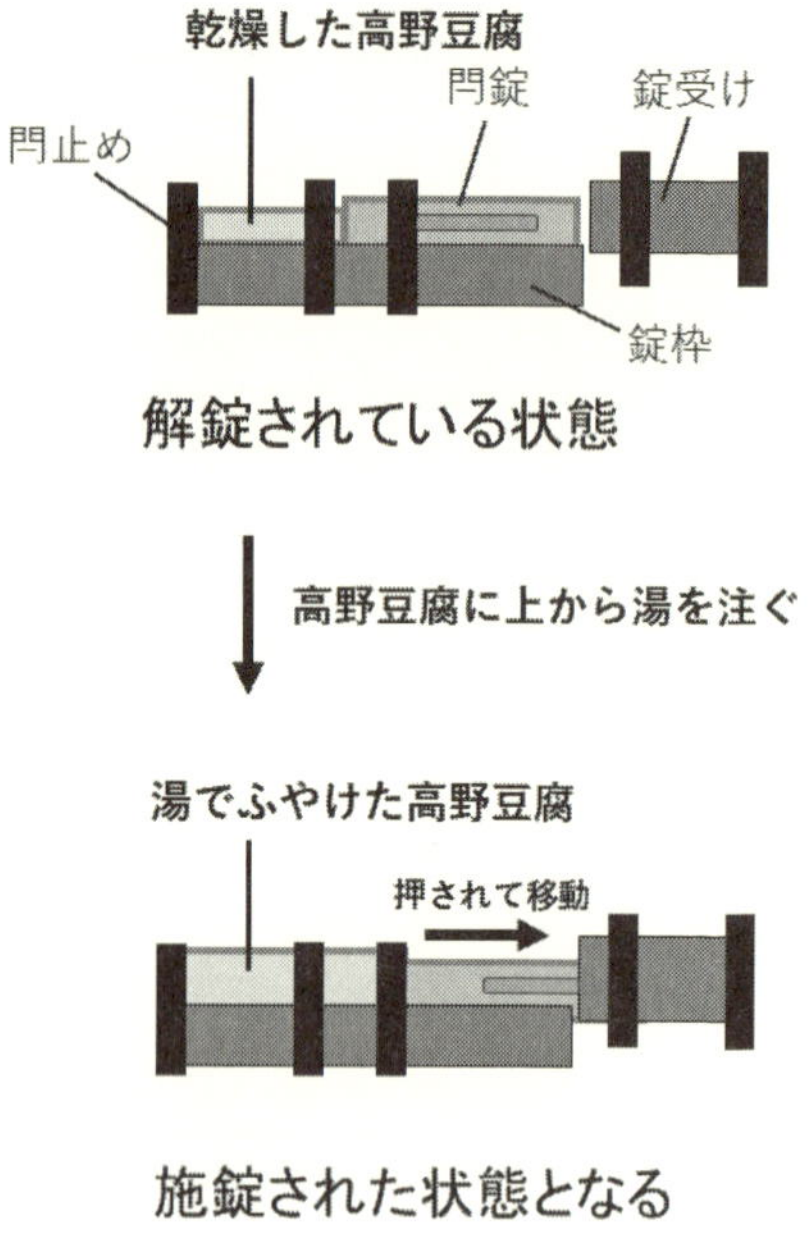


きさを増して行く。こうして閂錠はさらに右側へと移動し、ゆっくりと壁側の錠受けの中に入って行った（本頁下図）。だが、湯で高野豆腐がふやけ膨張して行くのもやがて収まり、もうそれ以上閂錠は動かなくなった。

　閂錠が錠受けに収まった部分は、完全に錠をはめ込んだ時の約半分ではあったが、戸は確かに施錠されていた。その時外から父の声がした。

「どうだ、芳夫。閂錠は閉まったか」

　戸を押してみるが開かない。

「父さん。錠が掛かっています。戸は開きません」

「ふむ。成功だ」

　あまりのことに、私は閂錠を見つめたまま茫然とそこに立っていた。すると今度は、父が外からドンドンッと戸を叩く。

「おい芳夫、鍵を開けろ。このままじゃあ俺は入れん」

　ようやくそれに気が付き、私は閂錠を左に移動させた。湯を吸って一・五倍くらいに膨れた高野豆腐の弾力が、錠を押し戻そうとする。それにあらがってなおも錠を左側に移し、それと同時に戸を押すと、ようやく戸は開いた。父は中に入って来ると言った。

「どうだ。こうすれば、この小屋の戸は外からでも施錠できる」

私は感心して父の顔を見た。

「湯はどうしたのですか」

「水筒に入れて持って来たのさ」

当時国民の多くは常時水筒を携帯していた。たとえ街なかと言えど、水はどこでも手に入るわけではない。父は家で湯を沸かし、それを今回の実験のために水筒に入れて持って来ていたのだ。

父は水筒に入れた湯を、小屋の外から入り口戸の隙間を介して小屋の中に流し込んでいた。それが高野豆腐を膨張させて、閂錠を半分ほど右の壁側方向へ押し込んだのだ。

「しかし父さん」

高野豆腐と湯を使う巧妙な密室の作り方は分かったが、そこで頭に一つ疑問が湧いた。

「父さん達が米兵と源蔵の死体を発見した時、閂錠の錠枠には高野豆腐などなかったのでしょう？」

その問いに父はにやりとして見せた。

「お前は忘れたか。この小屋の中にはネズミが出入りしていたのだぞ」

「ネズミ……？」

確かにネズミはいた。米兵と源蔵の遺体も、顔がネズミに食い荒らされていたのだ。

「ネズミがどうかしたのですか」

なおも訊ねると、父は右手の人差し指をこちらに向けながら言った。

「分からぬか。ふやけていい塩梅になった高野豆腐はうまそうな臭いを発して、みんなネズミに食われちまったのさ」

「あっ……」私は小さく感嘆の声を漏らした。そういえば、桑原巡査と最初にこの小屋を訪れた時、錠受けにはおがくずの様な粉がたくさん残っていた。そしてその翌日、私がこの小屋を一人で検分に訪れた際には、錠枠にたまっていた粉の量がさらに半減していた。あれを喰ったのはネズミだったのだ。後でその粉を父に見せたところ、それが高野豆腐の細かいかけらだと父は見破った。

「また、こうして板の隙間から高野豆腐に垂らした湯も、そのうちにすっかり乾いちまう」

父は説明を補足した。

「すると父さん。そうやってこの小屋を密室に仕立てたやつがいる、ということですね」

「ふん。こういうことには頭の鈍いお前でも、ようやくそれに気がついたようだな」

余計なお世話だ。ムッとしながらさらに問う。

「では、米兵と源蔵は相討ちだったのではなく、誰かに殺された後この小屋の中に放り込まれたのではないかと、父さんはそう思われるのですか」

「話を急くでない」

父はそこで私を一喝すると続けた。

「前にも言ったように、俺が聞いた銃声は一発だけだった。その時には既に米兵と源蔵のどちらか、恐らくは米兵の方が殺されていたのだ。すなわち、俺があの時聞いた銃声は、米兵以外の何者かが源蔵を撃った時のものだった」

しばし絶句し、父の推理の整合性を確かめる。咄嗟に頭を働かせ、もろもろのことをつなぎ合わせて考えてみたが、一応辻褄は合っているようだ。

「しかしそんな奇抜な方法で密室を作り上げた犯人は、一体なぜそうする必要があったのですか」

父の様子を窺う。するとその顔には皮肉な笑いが浮かんでいた。

「やはり相変わらず頭が働いとらんようだな。さっき褒めたのは帳消しだ。もう一度ようく考えてみろ。犯人は、米兵と源蔵が相討ちで死んだと見せかけるために事件を偽装したんだ。二つの遺体の死亡推定時間が正確に割り出され、しかもそれらが明らかにずれていたとしたら、偽装はすぐばれちまう」

「すると犯人の狙いは、死体発見をできるだけ遅らせ、二人の死亡推定時間を特定できないようにするためであったということですか」

「それが一つ。そしてもう一つは、この小屋が密室となっていれば、米兵と源蔵以外の第三者がこの小屋から出て行ったという可能性がうち消される。常識で考えれば、小屋の戸は外から施錠できんからな。つまり戸を施錠したのは中にいた源蔵か米兵であって、それ以外の人物はこの事件には関与していないと、事件の発見者に思わせるためだ」

戸の閂錠は、今父が言ったように小屋の内側からしか掛けられないと考えられていた。だが実はそこが盲点だったのだ。さっき父がやったように、高野豆腐と湯を使えば小屋の外からでも閂錠を掛けることができる。そして証拠の高野豆腐も、小屋に出入りしていたネズミが食い尽くしてしまうことを犯人は知っていたのだ。

私はそこのところを見誤っていた。米兵と源蔵は、警察の見解通り鍵を掛けた風呂小屋の中で相討ちになって果てたというのが、私の中での結論であった。

ようやく得心した私の顔を睨むと、父は黙ったままゆっくりと頷いて見せた。

だが米兵と源蔵の遺体はなぜ同じ廃屋の風呂小屋の中に転がっていたのか。さっきの父の説明によれば、犯人は先に米兵を殺し続いて源蔵を撃ったというが、では米兵と源蔵は何をしにこの小屋にやって来たのだろう。

このようにまだいくつか父に訊きたいことがあった。そこで続く質問を繰り出そうとしていると、それを制するように父の方が先に開口した。

「では次の実験に移る」

「えっ……次の実験？ まだ何かあるのですか」

面食らったような声で訊くと、父はいたずらっぽくまたニンマリと笑った。

七

「今度は、まずお前の方が外に出ていろ」

「私がですか？」

有無を言わさぬ父の表情を見て取ると、返事を待たずに私は外に出た。背後で戸が閉まる音がした。初夏の日差しが目を射る。廃屋の裏の鬱蒼と茂った森からは、様々な鳥の鳴き声が聞こえてきた。空を見上げると、真っ白い雲がゆっくり動いていた。

私は、つい先ほどあの丘の上で桜子を糾弾した際の自分の推理に自信が無くなって行くのを感じていた。

前述したように、米兵と源蔵の事件は二人の間で起こったものであって、第三者の介入はないと私は考えていたのだ。だがさっきの父の実験は、誰か米兵と源蔵以外の者が密室を偽装したことを強く示唆していた。

そうして三分ほど経ったろうか。小屋の戸が開いて、中から父が出てきた。

「準備ができた。ここでお前と入れ替わる」

「といいますと、今度はまた私が中に入る番ですか」

そう言っているではないかというように、父は黙って私の目を見て頷くと、中に入るようもう一度目で合図した。次は何が始まるのだろうといぶかしく思いながらも、指図されるがまま父が開けた入り口をくぐって小屋の中に入った。それを見届けると、父は私の後ろから入り口の戸を閉めた。私はまた一人、小屋の中に立った。

「芳夫。中から閂錠を掛けろ」

小屋の外で父の声がした。今度は私自身が戸を施錠しろという。また言われるがまま閂を錠受けに差し込む。高野豆腐は元通りそこにあったので、閂を右に移動させると高野豆腐もそちら側に伸びて錠枠の隙間を埋めた。

こうして小屋は、私が中に入ったまま今度は私の手で完全に閉じられた。

「鍵を掛けました」

外に向かって告げると、父がまた何か言った。戸の外から話しかけているので聞きづらい。私はそちらへ耳を傾けた。

「芳夫。小屋の右奥にある脱衣所の奥へ、ゆっくりと進むのだ。あの晩桜子さんがそうしたように」

何とか聞き取れたので、言われるがまま脱衣所にすり足で入って行く。すると脱衣所の奥の方の床に、折り曲げた藁半紙が置いてあるのが目に留まった。

「奥に藁半紙が立てかけてあるだろう」父の声だ。

「あります」

「それを手に取って見るのだ。ゆっくりと歩くのだぞ」

「分かりました」

そういえばあの晩桜子も、懐中電灯の明かりを頼りに脱衣所の板張りの床を見やると、そこに折った藁半紙があったと教えてくれた。その後桜子の懐中電灯は突然切れ、仕方なく桜子は藁半紙の残像を頼りにそちらへすり足で進んで行ったのだ。その時の桜子の様子を頭の中に思い浮かべながら、私はゆっくりと板張りの床を進んだ。あの晩の桜子とは違って、今の私には自分が進む方向の床の様子がぼんやりと見て取れた。小屋の壁の隙間から、外からの光がわずかに入り込んでいるせいだ。

脱衣所の床を構成する三枚の長方形の板の内、真ん中の一枚が少し歪んでいるように見える。その板は床下収納の蓋になっており、足元から脱衣所の奥に向かって伸びている。今その蓋板の向こう側がほんの少しだけ浮き出ており、反対に足元辺りは床の平面よりわずかに沈んでいる。何気なくそのわずかにへこんだ板の上を右足で踏んだ時であった。

突然右足がガタンと床下に落ち、床板の向こう側が私の胸と同じくらいの高さにまで立ち上がった。同時に床板の上にあった藁半紙が恐ろしい速さで胸元に飛び込んできた。

端を踏んだことによってその板は床下の支柱を支点としてシーソーのように半回転し、そして板の向こう半分が私を正面から叩きつけたのだ。その時藁半紙の中に隠されていた何か棒状のものにみぞおちを突かれ、驚いた私は床下に落ち込んだ右足を慌てて引き上げた。それと同時に私を襲った床板もバタンという音を立てて向こう側に戻った。

藁半紙は足元に落ち、また何か棒状のものがからんからんと音を立てて床板の上に転がった。よく見るとそれは二十センチほどの長さの木の枝であった。みぞおちに当たってきたのは、藁半紙を被ったその棒切れであった。その棒切れがもし短刀の刃だったらと思うと冷や汗が遅れて出てきた。間もなくして、入り口の戸を叩く音がした。

「芳夫。実験は全て終わった。ここを開けろ」

父が外で喚いている。慌ててそちらへ走り寄り、再び戸の閂錠を解錠した。

「どうだ。これで、桜子さんを殺そうとした犯人の手口が良く分かっただろう」

父は小屋の中に足を踏み入れると、開口一番そう言葉をかけてきた。

二つの密室の謎は解き明かされた！　それはあっけない幕切れであった。

こんな簡単な方法で、桜子は殺されかけたというのだろうか。しばし言葉を失っていた私は、父の言葉でようやく目が覚めたようにうつむいていた顔を上げた。

「桜子さんが胸に重傷を負った時、小屋の中に犯人はいなかったのですね。そこにあったのは、今私が見たような、犯人が仕掛けた巧妙な罠のみ」

木の棒で突かれたみぞおち辺りをさすりながら訊くと、父は深く頷いてから返す。

「桜子さんが犯人におびき出された晩、犯人はあらかじめ風呂小屋の脱衣所の床を構成する床下収納の蓋に細工をしておいた。あの蓋は、縦五尺（約一・五メートル）横三尺ほどの枠の中に縦長の板を合わせて作られている。ところが築後年月を経て板と枠との間に隙間ができ、板が割と簡単に外れるようになってしまっておった。その板の一端を踏みつけることによって、蓋を支える支柱の上で板がぎったんばっこん（シーソー）のように回転したのだ」

「さっきは、その板の一方を私が踏んでしまったのですね。で、短刀は……どうやってその回転板に固定されていたのですか」

「ふむ。さっきの実験ではお前を刺し殺すわけにもいかんから、短刀の代わりに同じくらいの長さの棒切れを使った。だが実際桜子さんの事件では、犯人は短刀の刃を上に向け、柄の方は床下収納蓋に彫られていた指をひっかける溝にはめ込んだものと思われる。桜子さんの胸に突き立っていた短刀は、柄の先端側がやすりのようなもので削られて細くなっていた。これは、床下収納の蓋に彫られた指をひっかける穴に短刀の柄をちょうどうまく差しこんで、刃の方が直立するように犯人が細工したからだ。さっきお前のみぞおちを突いた棒切れは、短刀の代わりに俺があらかじめ林の中で探したものだ。その棒がちょうど蓋の溝の大きさだったので、溝の中にうまくはまり込んだというわけだ。

しかし、刃先を上に向けて床に立っている短刀を桜子さんが見たら、当然それを警戒するだろう。だから犯人は直立している短刀の上から藁半紙をかぶせ、桜子さんには気づかれないようにしたのだ。さっきのお前もそれに気付かんかった。俺が、床板の蓋の取手となる溝に立てた棒切れに、藁半紙をかぶせておいたからだ」

感心した私は二度、三度と頷いた。父は続ける。

「桜子さんがこの仕掛けに出会った時、辺りはもう薄暗くなっていた。小屋の中に入って戸を閉め施錠すると、中は殆ど真っ暗だったに違いない。犯人からの手紙には、弟正太郎さんの行方を記した手紙を小屋の中に置いておくとあったそうだな。そのことが桜子さんの頭にあったものだから、脱衣所に入って行ってあの藁半紙に気づけば何としてでもそれを見たいと桜子さんは思うだろう。そして手紙を見ようと、床の上をそろりそろりとそちらへ近づいて行ったに違いない。やがて桜子さんは蓋板の手前を踏んだが、その結果向こう側が回転して立ち上がり、仕掛けられていた短刀で胸を突かれた。彼女の身長からして、足で踏んだ部分から蓋にある溝までの距離はちょうど彼女の足元から胸辺りまでの長さに相当したのだ。一方お前は桜子さんより心持ち身長が高いから、さっきの実験で棒切れが当たったのはみぞおち辺りだった」

私は絶句する。風呂小屋の入り口戸の錠は、桜子自身がきっちりと閉めたのである。その後に桜子は脱衣所の中であのシーソーの一端を踏んづけ、他端に忍ばせた短刀で突かれたのだ。こうして見かけ上の密室ができ上がったというわけだ。

「桜子さんはそうやって何者かに殺されかけた……」

しばしの沈黙ののち私が独り言のように呟くと、父は口をへの字に曲げたまま自信満々そうに骨太い顎を下した。もし父の推理が正しいとすると、間一髪で一命を拾った桜子に対し、さっきまで私は何という誤解をしていた事か。事件は桜子が仕組んだ狂言だったなどと、目の前で彼女に指摘していた自分が愚かしく恥ずかしい。全身の汗腺が一挙に開き、そこから脂汗がどっと吹き出て来た。

それでは、一連の事件に対する私の推理も皆間違っていたのだろうか……。

「父さん、実は……」

私は、先刻桜子に会って彼女に告げた自分の推理と彼女への糾弾の内容を、そこで洗いざらい父に話した。その述懐を黙ってじっと聞いていた父は、話が終わると私の正面に立ち、右手を振り上げた。そしてその手で私の頬に一発びんたを食らわせた。

「この大バカ者っ！」

八

私はよろけたが、父の鉄拳の痛みは感じなかった。

「お前は自分が大事に思っている人を信じられなかったというのか。たわけが」

父はなおも叱咤した。だがそれに対し私は何の反論もできなかった。ただ、父に言われるまでもなく、自分の間違った推理に気付けなかった情けなさと桜子への申し訳ない気持ちが入り混じって、私は顔を上げられずにいた。その時、唐突に父が叫んだ。

「桜子さんは今どこにおるのだ」

父の剣幕に驚き、やおら私は顔を上げた。

「千本村の家に帰る途中だと思いますが」

「し、しまった。もしや……」

それだけ独り言のように叫ぶと、父はこちらには見向きもせず鉄砲玉のように突然小屋を飛び出して行った。何が何やら分からぬまま、私も慌ててその後を追う。

途中でやっと追いつき、走りながら横に並んだ父に声をかける。

「父さん。桜子さんがどうかしたのですか」

しっかりした姿勢で前を見て走っていた父は、眉根を寄せた恐ろしい形相でこちらに顔を向けると、横に並ぶ私を睨んだ。

「桜子さんの千本への帰り道はどっちだ」

「突き当りを右に行けば、後は一本道です」

「よし、急ぐぞ。ついてこい」

言ったかと思うと、父はぐんぐん先に出る。(な、なんだこの爺さんは……)

そういえば父は、尋常中学校の頃、陸上の中距離走の選手だとか言っていた。私は必死に父の背を追った。そうして二十分ほど走ったろうか。父の姿は相変わらず私の前にあった。しかも距離は徐々に広がって行く。西の空が朱に染まりつつあった。

物乞いの老婆が殺されていた村境の祠のある峠を抜け、正体不明の男の死体が見つかった藤生家の畑を左手に見ながら、息を切らしつつ影が長くなった父の後ろ姿に必死に食らいついて行く。日ごろは研究や学問で実験室に入りびたりろくに運動もしていなかった私などに比べれば、毎朝の体操と散歩を欠かさない父は痩せてはいてもまだまだ健脚であった。

さっき父は桜子の居所を私に訊ねると、間髪を入れず廃屋の風呂小屋から飛び出て行った。そして私の問いかけには何も答えず父はひたすら先を急いだ。桜子に一体何があったというのだろう。あの時の父の剣幕は尋常ではなかった。もしや桜子の身に何か危険が迫っているというのだろうか。

走り続けたことで頭は酸欠状態となり、意識もややもうろうとしかけた時、十間(約十八メートル)ほど前方を走っていた父が突然姿を消した。すると次の瞬間、前方の切通し近く私から見て左手の藪の辺りから女性の悲鳴が聞こえてきた。桜子の声だ。

咄嗟にそう思った私は、最後の力を振り絞って藪の中に突進した。一本道の両側は深い森で、そこには西の空に落ちて行く夕日も届かず藪の中はほぼ真っ暗であった。

闇の中で何人かが争っているような緊迫した声が続いていた。ようやく目が慣れ、見ると父が何者かの右手をしっかりとつかんで喚いている。相手は男の様だ。その脇から突然桜子がこちらへ飛び出してきた。

「先生様」

私はその体をいったん抱き留め、そして今度は桜子を自分の後ろに押しやると、父に加担すべく正体不明の男に飛びついて行った。

「父さんっ」

「芳夫、こいつを押さえつけろ」

父が叫ぶ。私は自由になっていた男の左腕を取った。一方、父につかまれた男の右手を見ると、その先で刃渡り二十センチほどの刃がきらりと光った。

父に右手を、私に左手を押さえ込まれた男は、両足を使って必死にもがいていた。と思ったのもつかの間、父は見事に男の右腕を締め上げ、そしてその上から体重に任せて男の肩を地面にねじ伏せた。男の右手から刃物が落ちた。

痩身とはいえど、百八十センチ近い父の満身を右腕一本に受けてはたまったものではない。男は「ぎゅうっ」とつぶれるような声を上げて、藪の中に顔を沈めた。

父と私は二人して、父が持っていた水筒の下げ紐と手拭いを使って男の両手を縛りあげた。そうして男を道端に引っ張り上げると、男はもはや観念した様子で地面に座り込んだまま下を向いた。ほっかむりをしていたので男の顔は見えない。上下黒っぽい作業服のようなものを着ていたが、その姿は闇に溶け込んでいた。

「この人がいきなり藪の中から出て来て、私を刃物で刺そうとしたのです」

桜子が震える体を私の方に寄せ、男を睨みながら言った。私と桜子は男の横に立ち、父は正面から男を見下ろしていた。さすがにその両肩にはまだ荒い息が見て取れた。父の手には男から奪った刃物がしっかりと握られていた。

「危ないところだった。俺が千本村に向けて走って行ったら、前方に桜子さんが歩いて行く姿が見えてきたんだ。声をかけようと思った矢先、この男が藪から飛び出してきて桜子さんを藪の中に引っ張り込んだんだ」

私は、うなだれたように地べたに座っている男を見た。

「あんた、一体誰なんだ。なぜ桜子さんを」

だが男からは返事がない。するとやおら父が男に歩み寄り、そして男のほっかむりに手をかけると、私と桜子を見ながら言った。

「芳夫。こいつの正体を教えてやろう」

父はさっと男のほっかむりを取った。男の頬は、わずかに届いていた夕日に照らされ赤くほてっているようであった。男はもはや自分の顔を隠さず、黙って面を上げると私達の顔を代わるがわる睨み返した。

「あ、あなたは……」私は小さな叫び声を上げた。すると父が低い声で言った。

「烏山駐在所の桑原巡査。本当の名は、天堂家の当主、天堂龍三郎だ」

# 第五章　罪を憎まず戦争を憎め

一

情けないことに私は一体何がどうなっているのかさっぱり分からず、ただ黙って桜子に寄り添いながら烏山駐在所への道を歩いた。桑原巡査こと天堂龍三郎は、後ろ手に縛られたまま父に連れられるようにおとなしく同じ方向へと歩いていた。天堂の背中はがっくりとうなだれているようであった。父の右手には、天堂から奪った刃物が握られていた。

誰も何も言わなかった。天堂はなぜ桑原巡査に扮していたのだろう。それを今まで誰も気が付かなかったのはなぜか。父にはなぜ、桜子の身に危険が迫っていることが分かったのか。そしてこの村で起こった一連の事件は、全て天堂龍三郎の仕業だったのだろうか。

昨年の秋に千本村を初めて訪れた際、私は天堂龍三郎に会っている。むろん桜子も天堂を知っている。だが今まで私達が桑原を天堂と見破れなかったのは一体どうしたことか。

私が天堂に会ったのは、彼が二人の従者と共に息子の龍介を探して村中を走り回っていた時であり、ほんの一瞬の事であった。あの時天堂は鳥打帽を深く被り立派な口髭を生やしていた。巡査の桑原に化けた時には顎ひもの付いた警帽を被り口髭をきれいに剃っていたので、だいぶ印象が変わっている。桑原巡査は角ばった太枠の眼鏡を掛けている。一方の天堂龍三郎は丸縁眼鏡だったので、桑原巡査とは顔つきがガラッと変わって見えた。

天堂は普段あまり人前に姿を見せなかったという。桜子は天堂に会ったことが何回かあるだろうが、相手は立派な雇用人そして自分は使用人の子なのだから、近くで対面した時には恐れ多くて顔も上げられず、天堂の顔をまともに見たこともないに違いない。加えて千本村の貧乏農家の娘が、烏山町の駐在所に用があって出向いて行くことなどまずない。

以上のような状況が重なり、私と桜子は桑原巡査が実は天堂龍三郎であったことを全く見抜けなかったのだ。一方の天堂本人も、話し方や人との接し方を巧妙に変えて、自分が烏山駐在所の桑原巡査に成りすましていることを隠し通してきたのだろう。初めは慎重に、そして徐々に大胆に。

それでは、桑原の前に烏山駐在所の巡査だった中西というあの出っ歯で間の抜けたような長い顔の巡査は、桑原との引き継ぎをどのように行ったのだろう。もし桑原巡査すなわち天堂が中西を欺いていたとしても、中西は天堂と自分が交代したことを移動先の警察署で報告するであろうから、天堂の嘘はすぐに暴かれてしまうに違いない。

その辺の事情が分からぬまま、私達は烏山駐在所に行き着いた。父は天堂から手錠をしまってある場所を聞き出すと、それを取り出して天堂の手にはめた。

「こんなもので縛らなくとも、かくなる上は逃げも隠れもせん」

天堂は手首に手錠を掛けられることに抗議したが、父は「念のためだ」と譲らなかった。天堂を真ん中にして、私達は駐在所の机の周りに腰かけた。日はもうとっぷりと暮れ、机の上には裸電球が一つ灯された。

話の堰を切ったのは父であった。

「天堂さん。あんたの息子の龍介さんとやらは、今どこにおるんだね」

それが開口一番の父の言葉であった。その質問には私も桜子も驚いて父を見た。天堂龍介は既に、千本稲荷神社の社の焼け跡から焼死体で発見されているのだ。

だが手錠を掛けられた天堂は、自分が巡査に成りすましていつも着いていた椅子に座らされたまま、じっと黙って動かない。そこで私が口を挟んだ。

「父さん。龍介さんは、去年秋の千本稲荷神社の火災で亡くなられているのですよ」

するとと父はゆっくりと首を横に振り、それを否定した。

「そもそも、そこからが違っていたのだ」

「どういうことでしょう」

桜子が説明を促すと、父は改まって天堂を見つめた。

「千本稲荷神社の火災で焼け出された遺体は龍介さんのものではなく、羽毛田正太郎さんのものだね？」

天堂に向かって父が静かに訊ねた。天堂は無言で首を横に振る。その表情は変わらなかったが、それを聞いていた桜子は目を見開いた後小さく叫び声を上げ、両手で顔を覆った。

龍介の焼死体が実は正太郎の遺体であったとする疑惑は、以前から桜子が持っていた。だが彼女にはそれを信じるだけの確証がなかった。そして疑ってはいたものの、桜子の心の中には、弟が生きていてほしいという強い願いがあったことだろう。

しかし今、天堂に対して父が問いかけた言葉にその望みを打ち破られ、桜子は心がくずおれてしまったに違いない。私はそっと桜子の肩に触れ、無言で慰めの気持ちを伝えた。

天堂の返答を待たず、父は再び、今度は語気を強めて訊いた。

「あんたの息子の龍介さんは、今どこにおるんだ」

天堂にはしばし反応がなかった。だがやがてあきらめたように、彼はぽつんと呟いた。

「ここから三キロばかり山に入った洞窟の中だ」

父は頷く。私は心の中で呟いた。

（龍介が洞窟の中で生きている。ではなぜ天堂は、千本稲荷神社火災の現場にあった焼死体を龍介の死体だなどと偽って証言したのだろう）するとすると父が意外なことを言い出した。

「烏山近辺の村々で食糧倉庫や畑が荒らされたのは、あんたの仕業だね。洞窟で隠れた生活を送る龍介さんに食料を届けるためだ。あんたは自分の畑で羽毛田さんに作らせた良質の葉煙草を媒体とし、軍部とも関係があったからどこかで軍靴を入手していたのだろう。それを履いていかにも賊が軍関係者であるかのように村人達を欺き、そして我々を恐れさせて食料を入手していたのだ」

私と桜子はまた驚いた顔で同時に父を見た。

「父さん。初めからもう少し詳しく説明してください」

申し出ると、父は例の癖で腕を組み宙を見上げた。牛乳瓶の底のような厚い眼鏡レンズに裸電球の光が跳ね返り、まるで目から光線を放っているようだ。

ゆっくりとまた天堂の方を見やると、父は太い声で訥々と語り始めた。

二

「天堂さん。あんたがこの犯罪に手を染めた目的、つまり犯行の動機とは、ひとえに龍介さんを護るためだったのではないかね」

天堂は椅子に掛けたまま目を閉じ黙っている。（龍介を護るため？　一体どういうことだ）私は心の中で自問する。父は勝手に説明を続けた。

「俺はこう思う。あんたは龍介さんを兵役に取られる前に、龍介さんが死んだことにしてしまおうと思った。死亡者に対し軍部が赤紙つまり召集令状を出すことはない。そうして龍介さんをどこかに隠し、そのまま戦争が終わるのをじっと待とうとあんたは思った。戦争の終結がそう遠くないことは、ちょいとばかり時世に慧眼を持った輩なら皆気付いている。長男の壱郎さんは既に兵役に取られ、フィリッピンで戦死している。これは俺の息子の芳夫が、あんたが離縁した女房から宇都宮で聞いてきた話だ。そうして次男の龍介さんまで戦争に取られたら、二人しかいない息子をあんたは二人とも戦争で失うことになりかねない。龍介さんは十六才だったというが、十七才になれば兵役を志願できるし、また一昨年の学徒出陣よりこっち、少年の志願兵も増えている。赤紙は未成年者にもどんどん届くようになり、もはや十六だ十七だと言っておれん状況だ」

「では正太郎さんを殺し、その遺体を千本稲荷神社で焼いたのは、天堂さんだと……？」

私が横から質問を挟むと、父は腕を組んだまま頷いた。

「違う。俺は羽毛田の息子など殺してはいない」突然、天堂が反論した。

「今更言い逃れをしても無駄だ」

父がそれを戒める。天堂はさらに何か言いかけたが、父はすごい形相で天堂を睨み付け、その機先を制した。

私が初めて千本村を訪れた日、私は天堂とその二人の従者に出会った。あの時天堂は息子の龍介の行方を捜していたが、あれは天堂の芝居だったのだ。龍介が行方不明になってその後羽毛田正太郎に殺されるという筋書きを、村の者に信用させるための伏線であったのだと、私は改めて得心した。

「天堂様。それではあなたは……、あなたはただ龍介坊ちゃんの身代わりの焼死体を用意するために、何の罪もない正太郎を殺して焼いたというのですか」

桜子が天堂を睨みながら叫んだ。恐らく彼女が真っ向から天堂の顔を見たのはこれが初めてだったのではないか。頬は上気し赤みを帯びている。普段は怒りの感情など表に出さない桜子だが、この時ばかりは別人のように取り乱す姿をさらけ出していた。

「違う。それには訳が……」天堂は再び否定したが、そこですかさず父が話を継いだ。

「この辺り一帯、つまり烏山、千本そして茂木町にかけて、山中に深い洞窟群があることが良く知られている。茂木町を東に入って行った山の奥には、陸軍の戦車工場としての使用を計画している洞窟があるという。むろんその洞窟への民間人の立ち入りは厳重に禁止されておるそうだがな」

「では龍介さんは、烏山か千本の山中にある洞窟の中に今でも潜んでいるというのですか」

「それは、さっきこの人が自分で認めたとおりだ」

私の問いに応じると、父は視線を天堂へ戻した。

「羽毛田正太郎さんを千本稲荷神社の社に呼び出したのは、天堂さんあんただったのではないかね。正太郎さんにとってあんたの言うことは絶対だから、正太郎さんは言われた時間に千本稲荷神社までやって来たのだ。そこで恐らくあんたは、話しがあるとか何とか言って正太郎さんを社の中に入れ、隙を見て石か何かで正太郎さんを殴り倒した。一方の龍介さんは、正太郎さんの遺体を焼いてその正体を分からなくするために、あんたとの打ち合わせ通りあらかじめ用意しておいた灯油を神社に運び入れそれをあんたに渡したのだ」

「その時の龍介さんの姿を桜子さんが目撃したのですね」

父に説明を求めると、じっと話を聞いていた桜子が父に代わって頷いた。その様子を見て取ると、父は述懐を続けた。

「その後正太郎さんの死亡を見届けたあんたは、あらかじめ探しておいた洞窟に先に逃げるよう龍介さんに申し渡した。龍介さんが社を出て行くと、次にあんたは正太郎さんの遺体のポケットに龍介さんの懐中時計を突っ込んだ。そうしておいてから、遺体に灯油をかけ火を放つと、あんたもそこから姿を消したのだ。

ところがその日は、村境の峠にいた物乞いの老婆が千本稲荷神社辺りに出没していた。あんたは、正太郎さんと一緒に神社の社に入って行くところもしくは火をつけて社から出て行くところを、物乞いの老婆に見られたのではないかね。後になってその意味が分かってきた老婆は、正太郎さんを殺し社に火をつけた人物が誰かを悟ると、これは俺の勘繰りだが、見たことを黙っている代わりにあんたに金か食料を要求してきたのではないかね」

「老婆は天堂さんを強請っていたと？　それで口を塞ぐために、天堂さんは老婆を……」

父の代わりに私が返答を催促したが、天堂は特にそのことを否定しなかった。そこでしばしの間があった。が、天堂はすぐに、父や私に向かって繰り返し訴えた。

「俺は正太郎を殺してはいない」

しかし天堂の抗いにはもはや誰も取り合わなかった。桜子は両手の中に顔を伏せて泣いていた。そこで私は、もう一つ訊いておきたいことを口にした。

「龍介さんは、消息が途絶えてからもう半年以上になります。あれからは厳しい冬も過ごしたはず。こんな山奥の洞窟の中などで、果たして生きて行けるものなのでしょうか」

するとと私の疑問を聞いていた天堂が、そこで初めて自分から何かを語ろうとする仕草を見せた。顔は下の方に向けられていたが、両の眼が上目遣いに私を見たのだ。

やがて天堂は、静かに口を開いた。

「洞窟をうまく利用し、小さな物置小屋のようなものを作っておいたのだ。中には藁を敷き詰めた寝床もあった。もちろん誰も入って来ないように、入り口は枯れ木を束ねた遮蔽物などで覆って分かりにくくしてあった」

「それはあんた一人の手でできたことではなかろう」父が訊く。

「源蔵が手伝ったのだ」

「やはりな。源蔵さんは全て承知の上で、あんたらの計画に加担したのだな」

「全てと言うと語弊がある。だがあいつはいろいろなことを知り過ぎた」

「それで源蔵さんまで」父は眉間に皺寄せ、怒りをあらわにしていた。

「初めから源蔵さんも殺すつもりでいたのだな」

答えはない。父はもう一度天堂を一瞥すると、短く鼻から息を吐いた。

「おっと。その前にもう一つ事件があった」思い出したように父が呟いた。

「もう一つ事件……？」

私が訊き返すと父は頷き、また顔をしかめて天堂を見た。

「なぜあんたが桑原という名の巡査になって、烏山駐在所に勤務することになったか。そこに一つの事件があったはずだ。天堂さん、あんたは千本村から姿を消して間もなく、烏山駐在所にやって来た。当時駐在所には中西という純朴そうな巡査がいたそうだが、あんたはその中西巡査と顔見知りだったので、気軽に駐在所に入り中西巡査に話しかけたのだろう。そして巡査の隙を見て、彼を鈍器のようなもので殴り倒すことも可能だった」

私と桜子は、はっとして天堂を見やった。なおも父は続けた。

「あんたは中西巡査の遺体から衣類をはぎ取り、身元が分からないように裸にして、夜まで駐在所の中に隠しておいた。夜になって、近くの民家から拝借した荷車に遺体と円匙（ショベル）をのせ、その上に藁などを敷いて遺体を見えなくしてから駐在所を出発したのだ。街道を南に下り、千本村境の峠を越えて藤生の畑に行き着くと、そこを掘って遺体を埋めた。こうしてあんたは中西巡査に成り代わり、新しく赴任して来た桑原という架空の人物を作り上げて、自ら烏山駐在所の巡査として納まったというわけだ。むろん制服やその他警官が常時携行する物品は、中西から奪って自分で身に着けていたのだろう。

烏山駐在所の巡査が入れ替わったことは、もちろん中西巡査から県警に報告されることはなかった。中西は死んでおったのだからな。一方、その後に起こった事件の捜査のために県警から烏山署に何回か刑事がやってきたが、その際巡査が交代になったことについてはあんたの方から刑事にうまく言い訳をしたのだろう。中西は実家の母親の具合が悪くなったので、急遽母親の面倒見に宇都宮に戻ったとか何とか……。代わりに宇都宮の方から自分が回されて来たと刑事に言えば、悪化し続ける戦禍の下に奮闘する警察組織内での急な人員移動が多かったこともあり、こういったどさくさの渦中で刑事達は特にあんたのことを疑う余裕もなかったのだ。ではなぜこの男がそんなことをしたかって？」

そこで父は私と桜子を代わるがわる見てから

「巡査の立場であれば、村の中を巡回したり、住人の家に立ち寄ったり、あるいは山の中に入って行ったりしても怪しまれない。こうして駐在所を拠点として、洞窟で生活している龍介さんに物を届けたり、龍介さんの状態や付近の様子などを窺ったりしていたのだ。また村人が洞窟に近づこうとしても、『殺人犯が隠れているかもしれないから危険だ』などと言って、そちらには誰も立ち入らないよう気を配っていたのだ。しばらくはそれでうまくいっていた。だがそんな折、あのB29墜落事件が起きた」

「あの事件がどう絡んだというのです」

待ちきれずまた横から口を挟むと、「急くでない。今話そうとしておる」と一喝された。

三

父の説明は続いた。

「墜落の原因は、撃墜か故障か定かではない。だがともかく四月初めのあの風の強い晩にB29が落っこちて来て、十名いた搭乗米兵の殆どは丸焦げになって死んだが、二人の搭乗兵が生き残ってB29の残骸から出て来たという事件を、この辺りに住んでいる者なら皆忘れまい。一人の米兵は住民に向かって拳銃を発射したため、住民の怒りを買ってその場で叩き殺されてしまった。ところがもう一人は住民の手を逃れ、烏山の山奥へと逃げ去った。天堂さん。あんたはその事件にすこぶる慌てた事だろう。なぜなら、そっちの方角にあんたの息子がいる洞窟があったからだ。どうかね？　図星だろう」

父は得意満面に右手で鼻をこすった。

「あんたは山狩りを申し出た自警団や村人達に対して、米兵は拳銃を持っているから洞窟がある近辺にはうかつに近づかない方がいいと諭した。米兵捜索の手がもし息子のいる洞窟を探り当ててしまったら、それまでやって来たことが何もかも水の泡になる。だから村人達には恐怖心を植え付け、洞窟へは近づかないよう言い含めたのだ。そうしておいて、自分では密かに米兵の行方を捜した。山中の洞窟にある小屋に閉じこもっている龍介さんには、闇で手に入れた拳銃を護身用に渡していたかもしれない。こうして米兵の行方を追っていたある日、あんたは山の中のどこかで逃げた米兵に遭遇したのだ」

父は天堂の表情を窺うように顔を前に乗り出すと、相手の返答を待った。すると天堂もやおら面を上げ、細い目を輝かせながら応じた。

「俺はあの日、警察官の制服を着て腰には拳銃を下げ、山に向かったんだ。もう夕暮れ近かった。龍介がいる洞窟の周辺をくまなく捜索していた時、灌木の林の中でがさっと音がした。それは洞窟で生活していた龍介かもしれないので、俺は拳銃を取り出しながらゆっくりとそちらに近づいて相手の正体を確かめようとした。すると、用心しながらこっちに向かって歩いて来る一人の米兵の姿が目に留まったんだ。向こうは俺に気付いていないようだった。その米兵を野放しにしておくと、いずれ龍介と遭遇し龍介を襲うかもしれない。何としてでも今やっつけておかねばならない。手は震えていたが、そう思うとそこで俺は拳銃を構え、思い切って相手の前に立ち塞がるように藪から飛び出たのだ」

天堂の話を聞いていた私は、思わず膝の上で拳を固く握り締めた。

「米兵は慌てていた。そして腰に下げていた拳銃を取り出そうとしたんだ。俺は恐ろしくなって、持っていた拳銃を相手に向けて一発、二発と撃った。だが射撃の経験などない俺が撃った拳銃の弾が、そうそう当たるはずはない。米兵がやっと拳銃をこちらに向けた時、俺が放った三発目がようやく相手の胸を射た。しかも心の臓に命中。米兵はその場にくずおれたのだ。しばらくは恐ろしさのあまり足が震え、俺はその場に立ち尽くしていた。すると後ろで声がした。龍介だった。龍介は恐る恐る倒れている米兵に近づき、そしてそこに屈んで息を確かめていた。米兵が既にこと切れていると龍介から聞いて、ようやく我に返った。大手柄だと思った。何しろ、にっくきＢ29の敗残兵を俺一人で仕留めたのだから」

これまでの鬱積を晴らすかのように、天堂は一気にまくし立てた。自分が得た手柄の話になると、やはり饒舌になるらしい。

「だが俺は米兵の遺体を見ているうちに、そこである考えが浮かんだ。この遺体を利用して、源蔵をうまく葬ることができないか。源蔵は、俺以外に龍介の徴兵忌避を知っている唯一の人物だった。しかも源蔵は、そのことを他人に黙っている代わりに煙草畑の経営権を半分譲ってくれないかと俺に迫っていたのだ。源蔵を放っておいたら、龍介の件をネタに一生ゆすられるかもしれない。源蔵を消す必要がある。俺はそう考えた。

そこで俺はまず村から荷車を運んで来ると、龍介にも手伝わせて米兵の遺体を荷車にのせた。米兵に対して俺が発射した弾丸の薬莢を探し、近くの地面の上に落ちていたそのうちの一つを見つけると、それを拾っておくことも忘れなかった。後でその薬莢を利用するためだ。龍介は俺の言うことを良く聞いた。長男の壱郎が戦死した今、天堂家の跡取りは龍介しかいない。『お前は戦争に行くな』と龍介を押しとどめたのは俺だ。龍介には何としてでも生き残ってもらわねばならなかった。龍介の死亡届が役所に提出されれば、もはや龍介に召集令状が来ることはない。そしてこの戦争は間もなく終わる。そのことを龍介に言い聞かせ、あの子には俺の言うことに従わせたのだ」

「徴兵忌避は重罪に当たるのだぞ」

天堂の言い分を父が一喝した。天堂が黙ると、替わって父が述懐を継いだ。

「さて、その後あんたは米兵の死体を荷車で村はずれの権兵衛爺さんの廃屋まで運ぶと、いったんその廃屋にある風呂小屋の中に死体を隠した。その翌日か少なくとも翌々日に、あんたは天堂家に残っていた使用人の源蔵を烏山町まで電報か何かで呼び出したのだろう。源蔵は洞窟の小屋を作ったことであんたの計画を手伝っている。龍介さんがしばらくは洞窟の小屋に身を隠すことも知っていたのだろう。龍介さんが亡くなったことにして懲役を免れるという計画も、あんたは事前に源蔵に話していただろうな。ともかくも、主であるあんたから知らせを受けた源蔵は、龍介さんのことで何か問題が生じたのではないかと、求めに応じて烏山の村はずれの廃屋まで出向いて来たのだ」

口角泡飛ばしながらそこまで早口にしゃべった父は、いったん言葉を切って唇を舌でぺろりとなめた。と思いきや、また話し出す。

「そうしてあんたは源蔵さんを廃屋の風呂小屋の中に招じ入れた。そこで突然源蔵を振り返ると、あんたは至近距離から源蔵を撃った。ただしその時使った拳銃は日本陸軍公用の九十四式銃ではなく、山で撃ち殺したB29の搭乗兵が持っていたアメリカ軍公用のM一九一一拳銃だったのだ。それで源蔵を撃ち殺すと、米兵の手には今発射したばかりのM一九一一拳銃を、一方源蔵の手にはあんたが米兵を撃った時に使った九十四式銃を、それぞれ握らせたのだ。

ところで、なぜあんたが九十四式拳銃を持っていたかと言えば、俺はこう考える。前にも述べたように、あんたは軍関係者とも接触があった。特に上質の煙草は軍関係者に好まれたから、それを闇で拳銃と物々交換したと考えれば、あんたが九十四式拳銃を入手した経路も大体推察が付く。ちなみに、あんたが中西巡査から分捕った警察関係の物品の中に、恐らく拳銃はなかったんじゃないか。ヒラの巡査は拳銃を携行できず、通常は警棒かサーベルだからな。サーベルを持っている巡査も近頃はあまり見かけんが」

天堂の沈黙は、大方父の考えを肯定したことを示していた。

「源蔵に放った弾丸の薬莢は米兵の遺体の近くに、一方山で米兵を撃った後で拾った薬莢は源蔵の遺体の近くに、それぞれ落としておくこともあんたは忘れなかった。俺はいつか現場の小屋の近くを通った際、源蔵が撃たれた時の一発の銃声を聞いている。だが米兵が撃たれた時の銃声は聞いていない。それもそのはず。米兵は源蔵が死ぬ前にあんたに山で撃たれたのだ。ともかくもこれであんたが思い描いた相討ちの筋書きと場面はでき上がった。その後は、源蔵と米兵の二人以外何者もこの舞台に足を踏み入れていないことを示す、現場の状況を作り上げたのだ。すなわちあんたは高野豆腐という小道具を使って小屋の戸の閂錠を操作し、現場を施錠して密室とした。こうしておけば、二人の遺体の発見を遅らせることにより両遺体の死亡時刻が大幅にずれていることも隠せるため一石二鳥だ」

私と桜子は父の説明を感心して聞いていたが、天堂は相変わらず無表情であった。父は構わずさらに先へと話を進めた。

「さて、最後に桜子さんの事件が起こった。昨年の秋に発生した千本稲荷神社焼失事件の晩、桜子さんはいなくなった正太郎さんの行方を捜していた。その時桜子さんは千本稲荷神社にも赴いていた。そして、灯油を社に運んでいる龍介さんの姿を見かけることになる。龍介さんがそこで何をしていたのかを桜子さんが知るすべはなかったが、後になってみると事件における龍介さんの関わりが桜子さんにも見えて来ていた。そうですね桜子さん」

父に名指しされ、桜子は怯えたように肩を震わせると、同意を示すべくこくりと一つ首を下した。

「その後桜子さんは芳夫に会いに何回か烏山を訪れている。まあそのことはいいとして」

父は冷笑を浮かべて私の顔をちらと見やってから、

「桜子さんはその姿を、駐在の桑原すなわち天堂さんあんたに見られることになる。あんたは、もしかしたら桜子さんが龍介さんの消息やあんたのことなどを薄々感づいて、烏山まで探りに来たのではないかと疑った。そうして疑いはあんたの中で徐々に膨れ上がり、とうとう桜子さんまで亡き者にしようという新たな殺害計画が生まれた」

父は机の上に両手をのせて眉を吊り上げると、被疑者を取り調べる警察官よろしくうつむき加減の天堂の顔を覗き込んだ。そうして相手から反応のないことを見て取った父は、勢い続けた。

「そこであんたは、既に殺されてしまっている正太郎さんの行方を知っているような内容の妙な手紙を匿名で桜子さんに送り付け、桜子さんの興味をそそった。その手紙は、検閲に遭わぬようわざわざ桜子さんの家にまで持って行って、羽毛田家の郵便受けに直接投かんした。そして四月二十九日の午後六時、烏山の村はずれにある権兵衛爺さんの廃屋の風呂小屋に来るよう桜子さんを呼びつけたんだ。だがそれから再び密室の風呂小屋で桜子さんの口を封じようとしたあんたの試みは、みんなこの俺の目がお見通しってぇわけだ」

父は興が乗ると江戸っ子気質の口調に変わる。まさに今がそれであった。

「あんたは、あの風呂小屋の脱衣所にある床下収納の蓋の一端に短刀を仕掛けた。何も知らぬ桜子さんがそこへやってきて蓋板の他端を踏んだ時、ぎったんばっこん（シーソー）のように板が立ち上がって短刀が彼女の胸を突いたんだ。この仕掛がうまく働いたので、桜子さんは死んだものとあんたは思っていた。だがこの人は生きていた。幸い短刀が急所を外れていたのだ。俺が最初にこの人が倒れているのを見つけて駐在所にいるあんたに報告に行った時、あんたはまるでびっくりしたような顔をしていたが、あの表情は演技だったのだな。だがその後現場の小屋に入り桜子さんが生きていることを知った時、今度は本当にあんたがびっくりする番だった。さよう、あんたはそこで桜子さん殺害をしくじったことを知ったのだ。あの時俺が一緒じゃあなかったら、あんたは桜子さんにとどめを刺していたかもしれん」

父は桜子を気遣うように、今度は表情を和らげて彼女を見やった。だが再びキッとした顔つきになると、天堂に素早く目線を戻した。

「俺は芳夫にその小屋で発生した密室事件のからくりを教えてやった後で、芳夫が桜子さんを犯人と勘違いしこの人を糾弾したことを聞いた。自分を好いてくれた娘さんを殺人犯人もしくはその共犯にしてしまうとは何事かと、俺は芳夫にびんたを喰らわせたんだ」

父の暴言に私はどぎまぎし、全身から汗がどっと噴き出て来た。隣りの桜子を見ると、こちらは真っ赤になってうつむいている。

「父さん。余計なことは飛ばして早く説明を完結させてください」

気恥ずかしさを隠蔽するように父をけしかけると、無骨な父は鼻息を一つ飛ばした。

「分かっておる。話は途中だったのに、お前が口を挟むから、そうれ何を話していたか忘れてしもうたわ。ええとどっからだったか……。おう、そうそう。芳夫の話を聞いているうちに、桜子さんで俺は思い出したのだ。桜子さんは風呂小屋という密室で殺されかけたのに、一命を取り止めた。だが犯人にしてみれば目的は達せられていない。犯人は、桜子さんが千本村へと一人で帰って行く二時間余の工程を、もう一度彼女を襲う良い機会と捉えて見逃さないだろう。桜子さんの命が危ない。俺は咄嗟にそう思ったのだ。

俺は芳夫と一緒にいた殺人現場の小屋を飛び出した。芳夫も後を必死についてきた。俺と芳夫は足が折れんばかりに走った。藤生の畑を過ぎ、千本村に入る手前の切通しの辺りに来て、俺はようやく桜子さんの後姿を捉えたんだ。桜子さんに声をかけようとした時、あんたが突然道脇の藪の中から飛び出して来たというわけだ。あんたは、今回も桜子さんが芳夫に会いに烏山まで来た時にその姿をどこかで見かけたのだろう。そこで桜子さんが千本村に帰るのを待ち伏せして殺すため、人気の少ない切通しに先回りしていたんだな」

天堂は返事をしなかった。その様子を見やりながら、父は最後に一つ付け加えた。

「長男を戦争で失い次男もいつ召集されるか分からん状況にあって、あんたの切羽詰まった心境も理解できんではない。徴兵忌避や殺人という大罪を犯し、奥さんを偽って離縁にまでして一人残った息子の龍介さんを守ろうとしたあんたの胸中も、息子や娘のいる俺にはむしろ痛いほどよく分かる。がしかしだ。今度のことは絶対許されん。正太郎さん、中西巡査、それに源蔵さんには何の罪も無かったのだ。もちろん桜子さんもそうだ。それを自分一人の都合であんたは……」

父はこぶしを握り締め、それで机をどんと一つ叩いた。

四

その晩、駐在所の電話を使って県警に真犯人の身柄拘束の連絡を入れると、先方は初め私の言うことを信用せず、こちらを怒鳴りつけんばかりの無礼な口の利き方をしていた。だが父の推理を丁寧に説明し、また真犯人の天堂龍三郎も大方罪状を認めて自白していることを伝えると、電話口の向こうでは担当官がしばらく上司と相談をしているようであった。やがて私の電話を受けた担当官は、そのまま天堂を駐在所で明日まで拘留しておくようにと、こちらに指示を返してきた。

まずは手錠の片方を天堂の右手に、もう一方を室内に走る水道管にはめて天堂を動けないようにすると、父に監視してもらって私は桜子を千本の家まで送った。千本村の羽毛田家では、桜子の両親と桜子が家に泊まって行くようにと再三私に要請した。しかし駐在所で父が待っているからと私はそれを断り、急ぎまた烏山に戻った。往復すると四時間余の行程であったが、さほど苦にはならなかった。

翌朝、県警から警察車両に乗って刑事が三人やって来た。結局私と父は駐在所で徹夜で天堂を監視することになったのだが、刑事達の姿を見て、犯人を県警に引き渡せると思うとようやく緊張が解けた。刑事達は身長が低、中、高の三人の男達で、年齢もこの順に高齢となっていた。一番背が低く年配の警部らしい男は、鼻の下に正方形に整えた髭を生やし、丸眼鏡を掛けて黒い山高帽子をかぶっていた。

昨日父が天堂から確認を取った一連の事件の真相を、今日は私が刑事達に説明した。私の説明を聞き終えると、彼らはしばらく顔を見合わせながらぼそぼそと相談している様子であった。が、ほどなく年配の小太りでちょび髭の警部がひとこと「ご苦労でありました。後は我々に任せてください」と言い残し、若い方の二人の刑事が天堂龍三郎の両脇を抱えながら、一同警察車両へと戻った。

刑事達は車両の後部座席の真ん中に天堂を押し込めると、年配の刑事が天堂の右脇を、中肉中背の中年刑事が左脇をそれぞれ固めるようにして車に乗り込んだ。一番若い刑事が運転席に着きエンジンをかける。やがて警察車両は、駐在所からゆっくりと宇都宮の方角に向かって去って行った。父と私は駐在所の休憩室から出ると、ほっと一息つきながら二人でそれを見送った。

と、その時であった。突然、空の彼方から爆音が聞こえた。

「あっ」と思った瞬間には、既に一機のグラマンの機影が正面の低空に見えた。

「危ない」

父を抱えて道の端にまでぶっ飛ぶのとグラマンの機銃掃射が届くのとが、ほぼ同時であった。

タタタタタッ……。足元の地面を無数の弾丸が一直線に走り抜けて行く。父と私は重なって駐在所の前の道端に倒れ込んだ。

次の瞬間、道路の彼方で「ボンッ」と爆発音が一つ聞こえた。

咄嗟に振り返ると、さっき駐在所を出たばかりの警察車両から火の手が上がっている。車両は猛烈な勢いの炎と黒煙を噴きながら、そのまま道路を右に逸れて畑の中に突っ込んで行った。車両は畑の中でひっくり返り、たちまち轟炎に包まれた。

私は父を抱き起し、駐在所の中に逃げ込もうとして空を見上げた。米海軍濃紺色（ネイビーブルー）に塗られたグラマンの機影が、低空から旋回して戻って来る。

「また来た」

再び地面に伏せたが、父は背中に置いた私の手をするりと抜けて、駐在所の中に飛び込んで行った。

「危ないっ」

叫んだ時、二回目の機銃掃射が襲った。

タタタタタタタッ……。弾丸は土ぼこりを上げながら、今度も倒れている私のすれすれの所を走り抜けて行った。

「とうさ〜ん」

突然何者かがそう叫びながら、道端から飛び出て来た。若い男だ。猛煙を上げている車両の方へ走って行く。

敵機は再度旋回し、こちらに迫って来ていた。「やられる……」

男の後ろ姿を見やりながら、私は大声で叫んだ。

「危ない。伏せるんだっ」

叫んだ瞬間、男の背後から機銃掃射が浴びせられた。ほぼそれと同時に、男が道の真ん中にうつぶせに倒れた。

「ああ……」倒れた男を助けようにも、グラマンはまた旋回して執拗に私達に攻撃を加えようとしている。

炎上する車の黒煙を翼で切りながら引き返して来た敵機が、再び眼前に現れた。今度はこちらに少し余裕があったので、私は地面から立ち上がり駐在所の中に逃げ込もうとした。

すると入れ違いに父が手に何かを持って、迫り来るグラマンに立ち向かおうとしている。見るとそれは、駐在所に保管されていた九十四式拳銃であった。米兵と共に風呂小屋で倒れていた源蔵が右手に握っていたものだ。

執拗にもグラマンは今度も機銃掃射で地面をはじきながら飛んで来た。と思う間もなく、濃紺の機影は爆音を立てて目の前を飛び去って行く。操縦士の顔がちらと見えた。

パン、パンッ……。

何かがはじけるような音が耳もとで二発聞こえた。

音の方向を見ると、あろうことか父が仁王立ちになって拳銃を撃っている。

「父さん、やめてください。当たるわけがない」

「お前は引っ込んでろ。畜生、グラマンめ」

父がもう一度拳銃の引き金を引いたが、既に拳銃の中の弾は空だった。

ところが眼前を飛び去ったグラマンがまたも旋回して戻って来ると思った矢先、グラマンはふらりと機体を左に傾け、何とそのまま急降下して近隣の山の中腹辺りに落ちて行ったのだ。ドーンというものすごい音がして、山から火の手が上がった。続いて真っ黒な煙がみるみる空を覆って行った。

「やったぞ」

黒煙を睨みながら父が呟いた。

「まさか……」

父の放った拳銃の弾丸が、万が一つの確率で操縦士に当たったか。あるいは敵機にたまたま何か故障があったのか。とにかくこれで危機は去った……。

後続機があるかと慌てて空を眺め渡したが、空襲は一機だけであった。

振り返ると、私は道路に倒れている男に走り寄った。

うつぶせに横たわっている男の顔はまだあどけなかった。十代だ。軍人が履くような靴を履いている。その靴は、いつか伯父の家の庭から食料が盗まれた時、庭に付いていた足跡と同じような靴底をしていた。「天堂が与えた靴だ」と思った。

青年は背中から急所の胸を射抜かれていた。弾が当たったと思われる背中の傷は意外に小さかったが、屈んで息を確かめてみると既にこと切れていた。後ろから父もこちらへ寄って来ると、悲痛な声で言った。

「これは……まだ子供じゃないか」

「父さん。この青年は、炎上する車に走り寄って行ったのです。『とうさーん』と叫びながら……」

「ではこの青年は……」

「ええ。天堂龍介君じゃないかと」

髪はぼさぼさでみすぼらしい服を着ていたが、突き出した右手は炎上する車両を手繰り寄せるかのようにそちらへしっかりと伸ばされていた。天堂龍介は、近隣の山中にある洞窟の中で、父親の龍三郎から援助を受けながら身を隠していたはずであった。ところが龍三郎が警察に逮捕されたので、一目父に会おうと山から出て来たのであろう。

そして龍介が警察車両を追おうとした時、車両がグラマンの機銃掃射にやられたのだ。爆発炎上した警察車両から父龍三郎を助け出そうとしたのか、龍介は必死で車両に駆け寄ろうとした。そこをまたグラマンが背後から襲ったのだ。

そう言えばこの青年の顔や容姿は、どことなく桑原巡査すなわち天堂龍三郎に似ている。それもそのはず、二人は父子だったのだ。

「お前の仇は私の父が討ったぞ」

倒れている青年に向かって私は呟いた。

続いて父と私は炎上している警察車両を向き直ると、そちらへ走った。

火の勢いは衰えず、付近の雑草をも巻き込みながら炎は車両を灰にして行った。こちらも、中にいる人間を助けることはもはや不可能であった。そこから少し離れた所で燃え盛る車両の熱を顔面に受けながら、父と私は茫然と立ち尽くしていた。

# 第六章　反戦者への挽歌

## 一

芳賀郡茂木町千本村界隈から始まり、烏山町近隣の村へと展開していった今回の一連の事件も、天堂龍三郎とその子龍介の死によって突然の終幕となった。県警から来た三人の刑事達も皆グラマンの空襲の犠牲になったことから、県警へ事件の顛末を報告する役は私が担わされることになった。

私は宇都宮にある栃木県警に直接赴き、刑事課長と会見した。刑事課長は、帝大出身の薬学専門学校教授という私の役職に驚き、続いて事件の真相に再度ど肝を抜かれていた。

会見の詳細は省くが、私がわざわざ県警まで出向いて行って自ら事件の詳細を説明した理由は、ひとえに藤生夫婦の冤罪を晴らすためであった。その甲斐あって、夫婦は六月半ばには宇都宮にある拘置所から釈放され、千本村の子供達の下に帰ることができた。

後から考えてみれば、もしこの時夫婦を救い出せていなかったら彼らの命は保証できなかった。というのも既に述べたように、藤生夫婦が千本村に帰ってからひと月と経たぬ七月十二日の深夜、一三三機のB29が宇都宮の市街地に大空襲を敢行したからだ。

この空襲では市街地の六十五パーセントが被災し、六百二十八人という多くの犠牲者が出た。藤生夫婦がその中に含まれていたとしても不思議ではなかった。

一方で私は、宇都宮の中心街に大きな居を構えていた氏家美根代すなわち天堂美根代の身を案じていた。

烏山に伝わって来た情報によれば、氏家の邸宅があった辺りは宇都宮大空襲によりほぼ焼き尽くされたということである。息子を失い、天堂から離縁された美根代は、戦火を潜り抜けて生き延びることができたであろうか。あの時気丈な姿を見せていた美根代のもの哀しい瞳が、今重く私の胸をよぎる。

天堂龍三郎は美根代を離縁したが、その背景には龍介の徴兵忌避をもし特高に知られたら自分や龍介本人のみならず美根代まで特高に狙われる、という危惧があったからだ。天堂は妻を冷たく突き放したかに思えたが、その実は彼女の身を深く案じていたのだろう。

だが美根代はその真相を知らない。そして天堂龍三郎もその愛息龍介も、もはや世を去ってしまった。後にはやるせない思いだけが、私の胸中に残った。

ところで、千本、烏山の周辺で起きた連続殺人事件が解決して以来、私は桜子と会っていなかった。手紙で何回かやり取りはしたが、私としては事件の犯人として桜子を疑っていた気まずさもあって、彼女に直接会えずにいた。また村にグラマンの空襲があり犠牲者が出てから、村人達はとみに外出を避けるようになった。私は桜子に対しても、むやみに外出せず警報が鳴ったり敵機の爆音が聞こえたりしたらすぐに防空壕に避難するよう、手紙の文面で強く申し渡してあった。

それから地方中核都市への空襲はさらに激しさを増し、日本各地が焦土と化した。やがて八月六日には広島、九日には長崎に、相次いで新型爆弾（原子爆弾）が投下された。

こうして我が国は昭和二十年八月十四日にポツダム宣言を受諾して無条件降伏し、翌十五日の玉音放送によって大東亜戦争はようやく終わった。

終戦後間もなく、私と両親は混乱の東京下町に戻った。伯父からは、住処さえままならぬ東京に帰るよりもう少し烏山で様子を見たらどうか、というありがたい申し出をもらった。だが私としては、いつまでも薬学専門学校での研究や教育を放っておくわけにはいかなかった。研究論文の執筆もあれ以来滞ったままだ。父母も慣れない田舎暮らしを続けるより、今は焼け野原となってしまってもやはり住み慣れた東京に帰りたいと言った。

私達はとりあえず本郷周辺に焼け残ったアパートの一室を借り、そこで生活を始めながら鶯谷の家の再興に取りかかった。物資は相変わらず不足していたが、戦時下の頃に比べればまだ何とかやりくりできるようになった。

上野にある勤め先の薬学専門学校に行ってみると、校舎は見る影もなく破壊され焼け落ちていた。だが同僚の教授や私の学生は、その殆どが母校に戻って来ていた。敷地内の一角にバラック校舎を即席で建て、そこで少しずつ授業が再開された。

その後混乱の世の中はしばらく続いたが、こうして私の日常は取り戻されて行った。滞っていた論文も執筆を再開し、次年度の春ごろにはようやく書き上げるめども立ってきた。

昭和二十二年四月。私が勤務する東都薬学専門学校は東都薬科大学へと名を改め、我が国初の私立薬科大学として新たな第一歩を踏み出した。私は本学薬学部の初代部長となり、ますます多忙な日々を送ることになった。新校舎建設に全て携わるとともに、製薬会社や卒業生を対象とした寄付金集め、新たな教室の設立や教授人事など、もろもろの仕事が一度に降って湧いた。そんな多忙な毎日を送りながらも、桜子のことは心の中で常にくすぶり続けていた。

その年の晩秋、父宗夫が肺炎のため亡くなった。六十五才であった。

国を愛し、戦後も国の復興のために何かできないかと意欲を燃やしていた父であったのに、終戦間際の食糧難と疲労や緊張がその体を深く蝕んでいたに違いない。戦時中、千本と烏山周辺の村落で起こった不可解な連続殺人事件を見事解決に導いたのは、誰あろう私の父であった。私の浅はかな推理を戒め、そして事件の真相を事実に立脚して紐解いていった父の名探偵ぶりには、息子の私も舌を巻いたものだ。あの時の私の推理は、あろうことか桜子を事件の中心人物の一人に据えていた。

「好いた人を殺人事件の共犯者として名指すとは何事か」

と言って飛んできた父のびんたは、今でも忘れられない。私は今一度桜子に会って、どうしてもあの時の詫びを言いたかった。

だがそんな私の気持ちが通じたのか、同じ昭和二十二年の暮れ、桜子から一通の手紙が届いた。特高による手紙の検閲は、終戦を機に既に無くなっていた。

手紙の文面は長く、訥々とこちらの近況を訊ねたり自分の日常を語ったりしていた。そして最後に、是非私に会って話したいことがあるので時間がある時で結構だからまた千本を訪ねてくれないか、と結ばれていた。

ちょうど少しの正月休みを得ることができた私は、桜子の誘いに応じ、また千本村に行ってみようと思い立った。桜子はどうしているだろう。桜子に会いたい。それは確かに、私が千本を訪問する一つの大きな目的であった。だが私が千本行きを決心した一番の理由は、実は手紙の中にあった桜子の次の一言であった。

「先生様。私は、戦中に千本と烏山で起こった連続殺人事件のもう一つの真相を知りました。そのことを是非先生様に直接お伝え申し上げねばならぬと存じ、このたび筆を執った次第でございます」

事件のもう一つの真相……？　桜子は一体何を知ったというのか。あの事件の真相は、既に亡くなった私の父が全て解き明かしたではないか。

私はさっそく桜子に返事の手紙を書いた。千本でいろいろと世話になったこと、東京に落ち着いてからの私達の生活、私の仕事の近況、そして父が肺炎で亡くなったこと、等々。

すると、桜子からすぐにまた返事が来た。返信には、父の死を心から悼むこと、私の千本訪問に際しては烏山駅まで迎えに行くこと、そして以前にも述べた通り是非申し伝えたいことがある旨などが、あの美しい字で丁寧に綴られていた。

こうして翌年明け早々、私は逸る心を抑え、本郷のアパートに母を一人残したまま東京を発った。

二

懐かしい烏山駅の木造駅舎前で、あの時と同じように桜子は待っていた。

だが今日はお下げ髪ではなく、つややかな長い髪を腰まで伸ばしていた。ピンク色のセーターに若草色の長いスカートをはき、顔には薄化粧を施している。まぶしいばかりに美しく成熟した桜子の姿に、私は時を失うがごとくしばしそこに立ち止まった。

すると桜子は、ゆっくりと歩を進めて私に近づき、あの鈴が鳴るような声で言った。

「先生様。お懐かしゅうございます」

私はややどぎまぎしながら応じた。

「桜子さん。……お手紙ありがとう。また会えてうれしく思います」

「私もです。先生様がまた千本に来られる日を桜子はずっとお待ち申し上げておりました」

このような美しい娘を、この村の男達はなぜ放っておくのだろう。だがその答えは容易に想像された。村には若い男がいないのだ。日本男児は皆戦争で死んだ。それなのに私は生き残っている。なぜかにわかに罪悪感のごときものが胸の中に湧き起こり、私は何かを逡巡したようにおし黙った。

「さあ、歩きましょう」

だが桜子はそんな私の様子を少しも気にすることなく、明るく私を誘った。

私達はまた、いつかのあの時のように、二時間余の道のりを千本村に向けて歩いた。

「先生様。お父様は、本当にお気の毒な事でございました。心よりお悔やみ申し上げます」

道すがら桜子は唐突に神妙な顔になると、横を歩く私を見つめながら言った。

「昨年の十一月でした。いろいろと無理がたたったのでしょう」

そう返すと桜子は視線を落とし、また正面に向き直って黙って歩を進めた。

私達はそのまま無言で歩いた。

「山羊はどうしました」

しばらく行ってから、私は何気なく訊ねてみた。桜子は無理に笑顔を作って見せた。

「食べてしまいました」

「え、食べた?」

「ええ」

「二頭とも?」

羽毛田家にはつがいの山羊と子山羊がいた。そのうち子山羊の方はあの晩私が食べ、そしてつがいの二匹はその後羽毛田の家の者が食べたということだろう。

「はい。でも山羊のお陰で、私達一家は戦後の食糧難の時代を生き延びることができました。家では葉煙草による収入も少しずつ回復し、何とか食べるものと着る物には不自由しなくなりました」

「そうでしたか……。終戦からもう二年以上が経ちますが、東京ではまだ物資が十分ではありません」

「野菜やお米などでよろしければ、少しはお送りできます」

「それは助かります」

そんな会話を続けているうちに、私達は村境の峠の辺りにまでやって来た。そこに以前と変わらずにある小さな祠を見て、私は呟いた。

「物乞いの老婆が殺されていた所ですね」

桜子も頷き、そちらを見やった。

「もし、旅の人……」

物乞いの老婆のあのしゃがれた声が、祠の陰から今にも聞こえて来そうである。あの事件のことはもう思い出したくもないのだが、祠を見ているうちにふと、ここで桜子に謝っておこうと決心がついた。

「桜子さん」

「はい」

「いつぞやは、君を疑ったりしてすまなかった。この通りだ」

私は桜子の前で腰を折り、深く頭を下げた。

「先生様……」

私の姿を見つめながら、桜子はしばし絶句していた。が、やがて彼女は慌てたように背をかがめ、私の肩に手を触れながら言った。

「先生様。どうぞおかしらをお上げください」

なおもそのままの姿勢でいると、桜子は私の両肩を持って体を抱くように優しく私の上体を起こした。

「私は、何も先生様に悪いことをされたとは思っておりません」

「桜子さん……」

「もうそのことは終わりにしましょう。ね……」

桜子はそう言って微笑んだ。

「それより……」彼女は続けた。

「お手紙にも書かせていただきましたように、私は突然あるお方から、戦中千本と烏山に起こったあの事件の真相を告げられたのです」

事件の真相……。だがそれは先だって私の父が明らかにしたこと。今更どんな真相があるというのか。言葉を返せずにいると、桜子は不意に訊ねた。

「先生様。今夜は千本の私の家に泊まってくださいますね」

「え……？　は、はい」

「良かったわ。父母も先生様との再会を楽しみにしております。それから……」

「それから？」

訊ね返すと、桜子はそれには答えずやおら後ろ手に両手を組んで、また千本村の方角へ歩き出した。私もその後に続く。

「千本村を少し越えた、茂木町に近い所に診療所があります」

唐突な話題に首を傾げ、隣りを歩く桜子の横顔を窺う。桜子は前を見たまま歩き続けていたが、しばらくして言葉を継いだ。

「そこに今、私の弟が入院しています」

「えっ、正太郎さんが……」

驚いて立ち止まると、桜子もやおら私を振り返った。

「先生様。これから弟に会っていただけますか」

私は桜子を見つめながら、なおもその場に茫然と立ち尽くしていた。

「正太郎さんは、生きていたのですか」

桜子は私の問いにゆっくりと頷くと、口元に小さな笑みを浮かべた。

三

茂木町診療所は、烏山方面から行くと千本村を通り過ぎてさらに南下し、茂木町まで後十町（約一・一キロメートル）ほどの所にあった。戦後建てられた診療所で、当時としてはモダンな白い壁とリノリウム張りの床が清潔で明るかった。

看護婦に案内されて二階の病室に赴くと、入り口脇に「羽毛田正太郎殿」と書かれた木製の名札が下がっているのが目に留まった。ドアをノックし、桜子と一緒に中に入ると、そこは個室であった。

正面に大きく取られた木枠の窓があり、そこから陽光が室内深く差し込んでいた。右手奥の方のベッドに、窓側を頭に一方部屋の入り口の方向に足を向けて病人が一人横たわっている。病人はまだ顔に幼さの残る青年であったが、頭には包帯が巻かれ、顔には数か所紫色の痣のようなものが見られた。掛け布団から出ている右手にも、手首から先包帯が巻かれていた。桜子から聞いていた話を元に数えると、正太郎は生きていれば確か今年で十九才になるはずだ。

「やあ、姉さん」

病人の方が、先に声をかけてきた。

「どう、具合は？」

桜子が訊ねる。

「うん。ここに来たらだいぶいいよ」

言いながら病床の青年は、ゆっくりと私の方に視線を移した。それに気が付いた桜子が私を紹介した。

「音川先生よ。今では東京の薬科大学の学部長をなさっているのよ」

青年の目がわずかに輝いた。

「羽毛田正太郎です」

頬に残っている紫色の痣が痛々しく動いた。

「君とはいつか、ちょっとだけお会いしましたね」

今から三年少し前の、昭和十九年十月末。私が千本村を初めて訪れた際、村の入り口で物陰から声をかけてきたのが正太郎であった。あの時正太郎は、私が村に入ることを歓迎していない様子であった。

「その節は失礼しました」

正太郎は、言って少し顔を赤らめた。

「私の方こそ。君の事情を知っていたら、君が可愛がっていた子山羊をつぶして肉を取るなど、私は所望しなかった」

弁解めいた言い方をしたが、それに対する正太郎からの返事はなかった。

ぎくしゃくした挨拶がすむと、私と桜子はベッドの脇に置いてあった二脚の椅子にそれぞれかけて正太郎と向かい合った。

「その傷は？」

椅子に落ち着いたところで、正太郎の頭や右手の包帯に目をやりながら私が訊ねた。正太郎はしばらく答えなかった。桜子の方がそれを気にして何か言いかけた時、正太郎がようやく口を開いた。

「特高と憲兵にやられました」

私はしばし口を噤む。正太郎の傷は痛々しかった。外傷はほぼ治っていたが、目の周りや頬の辺りには紫色の内出血の痕が深く残り、また包帯を巻いた右手の指も何本か欠けているようだった。

「まだ何か所か手術する必要があるとのことです」

正太郎は付け足した。

「命があっただけでもありがたいことでした」

そばで桜子が呟いた。すると唐突に正太郎が言った。

「先生。僕はこの度の敗戦を喜んでいますよ。国は負けて混乱が続きましたが、日本国民はようやく戦争から自由になった」

戦中であったら口が裂けても言えないことだ。

「一体何があったのですか」

正太郎の言葉を重く受け止めた私は、桜子とベッドに横たわる正太郎を代わるがわる見ながら訊ねた。姉弟はしばし黙っていた。が、やがて正太郎が訥々と述懐を始めた。

「敗戦まで国民は、戦意高揚の旗印のもとに贅沢は敵だ、撃ちてし止まむ、一億総玉砕などと、軍や政府が掲げた数々のスローガンの呪縛下にありました。そこで僕や壱郎さんのように戦争に懐疑的な者達は特高に目をつけられ、彼らから執拗に追い回されることになったのです」

「壱郎さんとは……もしかして、天堂家の長男の……？」

「ええ、その通りです」

「しかし、壱郎さんは出征してフィリピンで戦死したと、私は天堂さんの奥さんの美根代さんから聞いたのだが……」

終戦の年の五月、私は美根代に会いに宇都宮を訪れた。その時美根代は、天堂に離縁されたことや、軍から長男の壱郎が戦死したとの知らせを受けたことなどを私に語っていた。

「先生。そんな報告など全くあてになりませんよ。フィリピン辺りではたくさんの兵士が飢えや病気で亡くなりました。たびたびの米軍との会戦で部隊とはぐれ、行方不明になった人も多数いたと聞きます。軍は、行方不明になった兵士の家族に対し、ろくに生死の確認もせず『戦死』の報を告げていました」

「では、天堂壱郎さんはそうして実際は生き残っていたと、君は言うのですか」

「はい。なにより僕は昭和十九年の秋、壱郎さんとお会いしているのです」

「昭和十九年の秋と言えば、私が初めて千本を訪問した頃ですが……」

「そうです。まさにその日、フィリピンで死んだはずの壱郎さんは千本にいたのです」

驚いて言葉を失う。病床の正太郎は、一呼吸おいてからまた説明を始めた。

「壱郎さんは、戦地のジャングルで米軍と一戦まみえた時に敵の火炎放射を浴び、上半身大やけどを負って気を失ったそうです。その後ジャングルに住む現地の人が壱郎さんを助け出し、必死の介護を施してくれたのだそうです。そうして九死に一生を得、何とか歩けるようになった壱郎さんは、自分を介護してくれた人々に心から礼を言ってそこを去ると、日本軍の部隊を探しました。しかしそれもかなわずジャングルを彷徨っていたところ、たまたま海岸で内地に向かおうとしていた日本の病院船に遭遇したそうです。そこで病院船の船員に自分の氏名や病状、所属していた部隊名などを告げると、何とかその船に乗せて貰えたということです。それというのも、壱郎さんが所属していた部隊は米軍の攻撃を受けて既に全滅しており、また壱郎さんの顔はあまりにも醜く焼けただれていたため、そのまま別の部隊に入って戦闘を続けるのは不可能と判断されたからでした」

「よく無事に帰れたものだ」

「全くです。しかしその時の壱郎さんの心は帝国にも政府にもましてや軍にもあらず、戦争の悲惨さと自分を見捨てた部隊や上官に対する懐疑心に支配されていました。生きて日本に戻れれば、非国民と言われようが例え特高に逮捕されようが、この戦争の現状を血気に逸る帝国の若者達に伝え、早く戦争を終結させなくてはならない。壱郎さんはそう考えていたのです。実際、壱郎さんが日本に帰れたのは奇跡に近かったと思います。帰国後も、その醜い顔を人前に晒せばあまりに目立ちすぎますから、壱郎さんは必然的に人目を避けた生活をするようになりました。千本の天堂家に戻りたいのはやまやまなれど、特高が先回りしている恐れもある。そうなったら父母や弟の龍介さんにも迷惑がかかる。いったんはそう思ったそうです。だが、自分が戦地で遭遇した敵国の圧倒的軍事力や食料、物資の多さなどを鑑みるに、一方で食べ物も鉄砲の弾もない帝国陸軍部隊が精神論だけで強大な米国に立ち向かう姿に、壱郎さんは絶望したと言います。壱郎さんは、我が軍のその悲惨な現状を何とかして千本の青年達にも伝える義務があると考え、人目を忍んで帰郷したと言っていました」

そう言えばあの時、藤生郁子が語っていた。あれは、私がちょうど千本を初めて訪れた頃だった。郁子は、近所に住むおばさんが千本稲荷神社で顔が焼けただれた正体不明の男を見たと言っていたことを、私に話してくれた。その顔が焼けただれた男とは、天堂壱郎だったのだ……。

## 四

「僕と壱郎さんとは——」正太郎の述懐は続いた。

「何回か手紙でやり取りをしました。壱郎さんが内地に戻って来ているという手紙を最初にもらった時の僕の驚きようは、想像していただければお分かりになると思います。僕はそのことをすぐに天堂様にもお伝えしようと咄嗟に思ったのですが、しかしさらに手紙を読み進めて行くと、自分の怪我の回復を待つまで、家の者には自分が内地に引き上げて来たことを知らせないでほしい、と綴られていました」

自分の顔が見るも無残に焼かれたうえ、特高に目を付けられていると知った壱郎は、家族との直接の接触を避けた。自分の恐ろしい顔を父母に見せるのは忍びない。さらには、自分の行動によって家族まで特高に疑われてしまったら、取り返しのつかない事態にまで陥りかねない。

壱郎の逡巡も無理からぬことである。だが、内地の人々には戦況をありのまま伝え、そしてまずは千本に残っている若者達だけでも、血気に逸り出征して死に急がぬよう何とか口説かなければならない。壱郎の心の中にはそんな葛藤があったのだろうと推察された。

「先生もご存知のように、当時僕達の手紙は全て特高の検閲を受けました。手紙の中に非戦的な文章があったり、背後に秘密組織の存在をにおわせるような内容が含まれていたりした場合には、勝手にその部分が消されあるいは書き換えられます。さらに恐ろしいことには、手紙を差し出した当人のみならず手紙の宛名にあった者までが、特高の要注意人物としてリストアップされてしまうのです」

私は黙って頷いた。

「そこで僕達は、子供の頃に使っていた簡単な暗号を手紙の中で用いることにしたのです」

「暗号？」

「はい。壱郎さん、龍介君、それに僕の三人は、子供の頃千本の山々でよく一緒に遊んでいました。とても仲の良い友達同士だったんです」

「そうだったのですか」

その点私は誤解していたと言わざるを得ない。天堂家と羽毛田家は主従関係にあり、羽毛田正太郎は天堂兄弟の子分か使いっ走りでしかなかったのだろうと、勝手に考えていたからだ。

「暗号自体は簡単なものでしたが、解く鍵を知っていないと絶対に分かりません。その鍵とは、僕達の間で使っていた他愛もない語彙でした。それだけに、僕ら三人以外は、そこに暗号が隠れていることすら気付かないのです。例えばこうです」

そこで正太郎は寝台横の置物机の上にあった紙と鉛筆を取ると、それに不自由な手で何か書いてから私に見せた。それには次のごとき詩のようなものが記されてあった。

秋も来たりしこの国の澄んだ空にはあかね雲
西に輝く夕日にもじつと心を通わせよ
来る決戦仇敵を倒すは我が熱き血潮
やるぞ今こそその時ぞまほろば国を護るため（八）

正太郎は説明を継ぐ。

「このままだったらただの詩としかとれない文章ですが、この最後にある（八）という所に注目してください。僕達の間では、この（八）は「全体を平仮名にして八行に変えよ」との意味です。現在この詩は四行ですが、仮名にして八行に変えてみます」

正太郎は私から紙を手元に戻させると、この詩の左側に次のような文面を書き加えた。

あきもきたりしこのくにの
すんだそらにはあかねぐも
にしにかがやくゆうひにも
じつとこころをかよわせよ
きたるけつせんあだてきを
たおすはわがあつきちしお
やるぞいまこそそのときぞ
まほろばくにをまもるため

加筆した紙面をもう一度私の方に向けると、「何かお気づきのことはありませんか」と問うた。しばらくその文面を見つめていた私は、あることに気づいてそれを読み上げた。

「あすにじきたやま……明日二時北山！」

正太郎はにこりとして私を見ると、解説を加える。

「発見しましたね。その通り、各行の頭の文字を繋げるだけでもう一つ意味ある文章が現れるのです。検閲が原文を見ても、よほど疑わない限りただの詩で通してしまいます。しかし原文を仮名にして八行に変換すると現れるのが僕達の暗号でした。なおこの規則ですと、最後の行が今回の様に他の行とちょうど同じ文字数になるか、もしくはそれより短くなりますが、それはどちらでも構いません。とにかく各行の頭の文字を繋げるのです。

こうして僕達の手紙は特高にも悟られず、検閲を通過しました。壱郎さんは手紙の中に暗号を忍ばせ、それによって壱郎さんがいつどこに赴くかを僕に知らせて来ました。そしてあの日の夕方、僕達は千本稲荷神社で再会を果たしたのです」

正太郎の話にはいろいろと得心するところがあった。ちょうどその頃私は、二匹の山羊を連れた桜子と千本村に入るところだったのだ。私達がその時正太郎に出会ったのは、まさに正太郎が天堂壱郎と神社で待ち合わせていた時刻の少し前だったに違いない。

「神社の社の中で壱郎さんの焼けただれた顔を見た時、僕も初めはびっくりしました。しかしいろいろと話を聞いて行くうちに、ほどなくその人が昔の通り僕と一緒に遊んでくれた兄のような壱郎さんであることを知りました。ところが……」

そこで正太郎はためらう様子を見せた。

「どうしたのですか」

正太郎はしばし目を伏せ、考えている様子であった。がやがてまた意を決したように、説明を継いだ。

「その時既に、壱郎さんの動きを特高が捉えていたのです。三人の特高警察官が、壱郎さんを追って千本に忍び込んでいました。特高も自分達の動きを壱郎さんに悟られないよう、二手に分かれて千本入りしていたようです。最初に二人の若い警察官が、そしてもう一人は恐らく、音川先生がこちらに初めていらした時に乗っていた汽車と同じ車両で」

「な、何ですって……」

訊き返しながら、私はあの時の客車に乗り込んでいた乗客達のことを必死に思い浮かべていた。確か私の前の席には、ほっかむりをした二人の老婆が座っていた。まさかあの老婆達が特高？

いやいや、そんなことはあり得ない。ではそれ以外の乗客で怪しい者は……。

そういえば、私はあの客車の中で、誰かに見られているような視線を何回か感じていた。さらには、汽車が烏山駅に到着しそこで桜子と会って二匹の山羊と一緒に千本村に歩いて行った時にも、後ろから誰かがつけてくるような、そんな不安を覚えたものだ。

「宇都宮発烏山行きの汽車は、当時午前と午後の二本しかありませんでしたから、あの日の夕方、東京方面から来た特高が千本稲荷神社に姿を現すとしたら、先生が乗って来た汽車が最終ということになるわけです」

桜子は黙ってうつむいている。私は正太郎の声を遠くに聞きながら、しばし言葉を失っていた。

「僕と壱郎さんが、薄暗い神社の社の中で声を潜めて話をしていた時でした」

病床の正太郎は私の様子をちらと見てから、再び天井の方に視線を向けて話し出した。

「突然、社の戸が開いて、三人の男達が乱入して来たのです。そのうちの一人が僕達に向かって、『特高だ。おとなしくしろ』と叫びました。次の瞬間、若い方の二人が僕に襲いかかって来ました。一方壱郎さんは背の高いやや年を取った男に羽交い絞めにされ、動きを拘束されていました。『何をするんだ』というように、壱郎さんは喚き散らしながら抗議していましたが、やがて相手ともみ合いになっていました。

僕は壱郎さんと背の高い年配の男の格闘を目の当たりにしながら、二人の特高警察官に両脇を押さえられてどうにも抵抗できずに社から引っ張り出されました。その時、壱郎さんと組み合っていた男が、僕を取り押さえていた警察官達に向かってこう言ったのです。『その青年には罪がない。放してやるんだ』と。だがそう言っている間にも、またその男と壱郎さんは格闘を続け出しました。

僕は抵抗を止めました。もとより特高警察に拘束される覚えはありません。年配の男が言うように、すぐに釈放されると思っていたのです。だが若い二人の警察官は、僕を釈放するどころか、神社の境内に駐めてあった特殊警察車両の後部座席に僕を押し込め、そこで僕の手に手錠を掛けたのです。もう僕は何が何だか分からずに、壱郎さんの名を呼びました。しかし警察官の一人が、僕の手に片方はめていた手錠のもう一方を自分の手にはめ、『おとなしくするんだ』と言って後部座席に乗り込んで来ました。

それからすぐにもう一人の警察官が、壱郎さんともみ合っている年配の男の援助に向かったようです。間もなく警察官と年配の男が警察車両の方に戻って来ました。ところが壱郎さんの姿が見当たりません。するとと、僕の手と自分の手に手錠をはめ横で僕を押さえつけていた警察官が、戻って来た二人に訊ねました。『天堂壱郎はどうした』と。それに年配の男が応じました。『死んでいる。社の柱に頭を打ちつけたようだ』と。僕はびっくりし、なぜ壱郎さんを殺したのか、なぜ自分を拘束するのか、車両内にいる三人の特高達に抗議の叫び声を上げました。すると僕の隣にいた特高警官が、『貴様、反抗する気か』と言って僕のみぞおち辺りを思い切り拳で突いたのです。僕はそれきり気を失いました」

恐ろしい話であった。正太郎もそこまで言い終わると、精根尽き果てたのか静かに目を閉じた。桜子は相変わらずうつむいたままハンカチで涙を拭っていた。

おもむろに私は、上着のポケットの中から一枚の写真を取り出した。葉書の半分くらいの大きさで、そこには四人の人物が映っていた。それは私の大事な写真であった。いつも肌身離さず持っていた。その写真を正太郎に差し出しながら、私は訊ねた。

「この中に、その時の特高の仲間だった人がいますね」

正太郎は薄く目を開け、差し出された写真を包帯をしていない方の手で受け取った。そしてじっとそれに見入っていた。が、次の瞬間、正太郎は大きく両目を見開くと、もう一度写真をよく見た。続いて彼は、ゆっくりと私の顔に目を移しながら断言した。

「この人です。間違いありません。壱郎さんを殺したのはこの男です」

五

私には予感があった。それは推理から導き出された結論ではなく、あくまで予感に過ぎなかったのだが……。そうして正太郎が指し示す写真の中の人物を確認すると、私は正太郎の目に視線を据えてから告げた。

「これは私の父です」

正太郎は驚愕の表情で私を見た。しかし一方の桜子は既にそのことを知っているようであった。正太郎は私の父に会ったことがない。だが特高の仲間の一人が写真に写っている人物であることは、彼の目からも明らかであったのだ。

私が正太郎に見せた写真には、私の家族四人が写っていた。私、名古屋に嫁に行った妹、母、そして父……。

父は特高の片棒を担いでいた！

正太郎によって明らかとなったこの衝撃的な事実は、その後に起こった諸々のでき事と符号が良く合った。桜子の命を救うため、藪の中での格闘の末天堂龍三郎を押さえつけた技。年には思えぬくらい体力があった走り。拳銃の慣れた使い方。そして、密室殺人事件の真相を突き止め天堂の罪状を暴いた推理。やはり父は普通の人間ではなかったのだ……。

会社役員を引退してからも、父はひと所に落ち着かずあちこちと精力的に動いていた。特高警察組織にいる人間は、一般人にはおろか家族にも自分が特高だということを容易に明かさない。特高と知れれば、皆用心して何も話してくれなくなるからだ。

父が正規の特高警察官として活動していた可能性は低いが、しかし少なくとも特高と何らかの関わりを持っていたことは否めない。日露戦争以降、中尉にまでなった人だ。国への忠誠心や愛国心はひたすら強かった。

私達がいる病室を長い沈黙が支配していた。

父は肺炎で既に亡くなっていたが、多くのことを私に残して行ってくれた。そして、終戦間際に私に語っていた父の言葉が思い起こされる。

「芳夫、犬死はするな。死ぬなら俺一人で沢山だ。お前は母さんを連れて逃げろ」

あの時の父の心に宿っていたのは冷徹無比な特高の魂ではなく、息子への真の愛にあふれた父親の姿そのものであったのだ。

正太郎から返された私達四人家族が揃った唯一の写真を私が無言で見つめていた時、桜子が持っていた手提げ袋の中からやおら何かを取り出した。

「先生様。これをお読みください」

ふと顔を上げると、桜子は一通の封筒を私の方に差し出していた。

それは千本村の桜子宛になっている。そしてその字には見覚えがあった。父の字だ。封筒を受け取り、裏を返すと、差出人の欄には確かに「音川宗夫」と記されてあった。

「これは、父から桜子さんへの手紙……」

「はい」

「私が見てもよろしいのですか」

「はい。是非先生様にも読んでいただきたいのです」

頷くと、封筒から手紙を取り出し、私はむさぼるようにそれを読んだ。

手紙は便せん十枚ほどから成っていた。

羽毛田 桜子 様

拝 啓
千本の秋は山野の紅葉が美しいと、息子の芳夫がいつも申しておりました。今頃は鰯雲が漂う空を背景に、無数の赤とんぼが群れ飛んでいることでしょうね。そういえばいつか私もその頃の季節の千本村を訪れたことがあったなと、今一人感慨に耽っております。私の方では、妻と芳夫と三人で、大空襲で焼失した鶯谷の家の再建に向け、毎日を頑張っております。あなたやご両親も、戦後の煙草畑の復興に日夜励まれているものとお察し申し上げます。
さて、この度あなた宛に筆を執りましたのは他でもございません。昭和十九年の秋から翌年にわたりまして、千本と烏山の周辺の村落で起きました忌まわしき事件の数々について、是非あなたに知っていただきたいことがあったからです。

私は引退した身でありながら、強敵米英に勝機もない戦争を挑んだ帝国の行く末を心より案じていた国民の一人であります。表向きは引退じじいでありましたが、日露戦争以来軍部とのつながりは特高警察を通じて切れずにおりました。

ご存知のように特高すなわち特別高等警察は内務省直轄の組織であり、無政府主義者、共産主義者、社会主義者、あるいはそのような思想を論じたり、書物に著したり、国民に訴えたりする者に対し、これを摘発して処罰するための機関であります。

大東亜戦争のさなかにありまして特高より私に下知された命令は、特高が目を付けた要注意人物達を密かに監視し、その動向を上に伝えることでした。特高警察官は、私どもからの報告を基に前述の様な「非国民」を逮捕・拘留し、そこから芋づる式に同類を検挙して行ったのです。私のような引退じじいは一般庶民の中に溶け込んでいたので、誰も私には注意を払わなかったものですから、特高としての任務はむしろやりやすかったと言えるでしょう。戦後になった今に思えば実に嫌な仕事でありました。特高に目を付けられ逮捕された連中は拷問を受け、殴るけるの暴力を振るわれ、生涯回復せぬ傷を負う者も少なくありません。そのまま獄死した者も多数いました。そんな現状でありましたから、私はあなたの弟さん、つまり羽毛田正太郎さんの身がすこぶる心配なのであります。

話が前後してしまいますが、あなたが行方不明になったと考えているあなたの弟の正太郎さんは生きています。生きて、小山市内にある特高管轄の刑務所内に拘束されているはずです。

さて、昭和十九年の秋ごろに私がマークしていたのは、フィリッピンに出征した後行方が分からなくなっていた天堂壱郎でした。天堂壱郎が危険な思想を持って内地に潜伏し、反政府主義者の仲間を増やそうとしているとの情報が、上から伝わって来たのです。『天堂壱郎を逮捕しその仲間の情報を引き出せ』という下知を受け、私は同年十月末に天堂を追って栃木県芳賀郡茂木町千本村にやって来ました。

だがあろうことか、その時息子の芳夫も煙草畑の豪農である天堂家の煙草栽培と出荷作業工程を視察せよとの政府の命を受け、千本村に赴いていたのです。私は午後の汽車で芳夫と一緒になりました。むろん芳夫に顔を見られるわけにはいかないので、隣の車両に乗って、芳夫の様子を窺いながら烏山に到着した次第です。その時駅であなたと芳夫が話している姿を見て、二人の後を追って行けば千本村に着くと思いました。芳夫がその日千本に行くことは、私も知っておりましたので。

あなたと芳夫が千本村に入りあなたの家へと向かう頃、私はそこから別の道を通り、千本稲荷神社へと急ぎました。そこで特高の若い二人の警官と合流するためです。戦地から千本村に密に戻って来た天堂壱郎が、千本稲荷神社で誰かと会う約束をしているようだ、という情報が上から私達に伝わっていたからです。

二人の特高警察官と私は、しばらく千本稲荷神社の社内の様子を窺っていました。すると、天堂壱郎が村の青年 —その時はそれが誰だか知りませんでしたが— と思われる人物相手に、中で何やら話をしている声が聞こえて来ました。そこで私達は意を決すると、天堂壱郎を逮捕するため一斉に社内に飛び込んだのです。

天堂は顔にやけどの痕があったためすぐにそれと知れましたが、もう一人の青年が誰であるか私達には分かりませんでした。したがって、まだ幼いその青年まで身柄を拘束する必要はないと私は判断し、二人の特高警官に対してその青年、つまり正太郎さんを釈放するように頼んだのです。しかし彼らは私の申し出を聞き入れませんでした。

その間にも天堂壱郎は私達の手から逃れようと、私に向かって襲いかかって来ました。頬を一発殴られましたが、続いて壱郎が二発目を繰り出した時、私は咄嗟にそれをかわすと彼の身体を社の隅に押し倒しました。ところが間が悪いことにその時彼の後頭部が室内の角ばった柱に激突し、彼はそのまま絶命してしまったのです。

特高警官の一人が私の助太刀に戻って来たのですが、その特攻は倒れている天堂壱郎の息を確かめると私の方に首を振って見せました。それから二人の特高警官達は私をその場に残し、特別警察車両に正太郎さんを乗せたまままいずこへと去って行ったのです。私は彼らが去る前にもう一度、拘束した青年を釈放するよう要求したのですが、彼らは拒絶しました。彼らとしても手ぶらで帰るわけにはいかなかったのでしょう。正太郎さんを反政府論者に仕立て上げ、特高の手柄にしようと考えていたに相違ありません。その後私は何回か宇都宮の警察署に赴き、その挙句に千本で特高に身柄を拘束された青年の正体を突き止めました。その時初めて彼があなたの弟さんであることを知ったのです。

さて話の時系列を元に戻しますが、二人の特高警官が正太郎さんを連れ去った後、私は神社の境内に一人取り残されました。社の中には天堂壱郎の遺体が横たわったままです。このまま村人に見つかると、殺人犯の疑いをかけられかねません。とりあえず付近に証拠の品などを落としていないか確かめてから、私はその場を立ち去ろうとしました。

ふと社の扉の隙間から外を見ると、誰かが神社の境内に人目を忍ぶようにして入って来ます。私は慌てて社を出ると、扉を閉め、社の裏側に隠れました。やがて社の方にやって来たのは、中年の男で立派な口髭を生やしていました。そしてなぜかその男は、そのまま神社の社の中にまで入って行きました。

その男の名は天堂龍三郎。これは後で私がお縄に掛けた天堂龍三郎本人から、烏山駐在所で私と天堂が二人きりになった際に天堂から直接聞いたことです。天堂はその時、羽毛田正太郎さんを神社の社に呼び出していたらしいのです。あなたの弟の正太郎さんは、その少し前に神社の社内で天堂壱郎と会い、そしてその後同じ場所で壱郎の父親である龍三郎と会う約束を、それぞれ取り交わしていたようです。

壱郎のことを龍三郎に話すことは、恐らく壱郎自身から止められていたので、正太郎さんはそのことは伏せて龍三郎と会うつもりでいたと思います。しかし実際は先ほど述べましたように、正太郎さんは天堂龍三郎と会う前に壱郎と会見しているところを私や特高警官らに見つかってしまいました。そして特高によって警察車両に乗せられ、いずこかへ連れ去られてしまったのです。

さて、天堂龍三郎が正太郎さんを神社に呼び出した目的は、とんでもないものでした。龍三郎は正太郎さんを殺害し、遺体に火をつけて焼死体を一つ作ろうと考えていたのです。それは、焼死体を自分の次男の龍介と偽って、龍介を死亡したことにするのが目的でした。そのことは、後にあなたと芳夫の前で私が龍三郎の罪を暴いた際に申し上げた通りです。

天堂龍三郎は、正太郎さんを呼び出した時刻より少し前に社に着いたので、社の中で待つことにした。ところが社内には、奇しくも自分の長男である壱郎の遺体が横たわっていたというわけです。

遺体を見て天堂が仰天したのは言うまでもないことですが、彼はその遺体がまさか自分の息子の壱郎であるとは夢にも思わなかった。なぜなら、遺体の顔は見るも無残に焼けただれた傷痕だらけで、顔からではそれが何者であるかの判別など到底つかなかったからです。また龍三郎は、壱郎が既にフィリッピンで戦死したという知らせを軍から受けていましたから、まさかその遺体が自分の息子の亡骸だったなどとは全く思ってもいなかったのです。

ただ天堂は、その遺体をよく見ているうちにその体形が自分の次男の龍介に似ていることに気付きました。それもそのはずです。二人は兄弟でしたから。そして遺体の血液型も龍介と同じO型だったのです。むろんそのことまで龍三郎が知る由はありませんでしたが。

そうして天堂は一計を案じました。正太郎さんを殺して龍介の身代わりにしなくとも、目の前に横たわる顔が焼けただれたその遺体を使えるのではないか。遺体の所持品（といっても壱郎さんは身分が分かるようなものは所持していなかったでしょうが）などを取り去り、代わりに龍介の懐中時計を遺体のポケットに入れておく。そうして遺体に灯油をかけ火をつければ、後に残るのは正体不明の焼死体のみである。

天堂が気にしていたのは、正太郎さんが時間通りに神社にやってくることでしたが、その後いくら待っても正太郎さんは現れませんでした。それもそのはず、その時正太郎さんは既に特高の二人の刑事に連れて行かれた後でしたから。もし正太郎さんが神社に現れたら、天堂は急遽予定を変更し、適当な言い訳を付けて正太郎さんを社に入れず即刻家に帰したと思います。社内にはまだ死体が横たわっていたのですから。

それから正太郎さんが行方不明になったので、天堂は正太郎さんが龍介を殺して焼き、姿をくらましたという作り話を周囲に言いふらしました。しかし正太郎さんがなぜ行方知れずになったのかの真の理由は、天堂にも分からなかったでしょう。

さてそうこうしているうちに、今度は天堂の次男の龍介があらかじめ打ち合わせておいた時間に灯油を持って現れました。龍介が社にやってくる時間までに、天堂は正太郎さんを殺して社の中に転がし、焼く準備を整えておく手はずだったのです。

社で龍介と合流した天堂は、龍介に事情を説明しました。龍介も驚いたと思いますが、正太郎さんを殺して遺体を焼くより、どこの馬の骨ともわからぬ遺体がちょうど転がり込んできたので結局それを龍介の身代わりにするというアイデアに喜んで同意したものと思われます。その後天堂は、龍介を先に烏山近くの山中の洞窟に逃すと、社に転がっていた遺体のポケットに懐中時計を忍ばせました。そして龍介が持ってきた灯油を遺体や社の床などに入念にかけてから、火を放ったのです。

前にも述べましたように、私は桜子さんを襲った天堂を捕らえ、そして彼が行った犯行を暴きました。しかし天堂が羽毛田正太郎さんを殺害し、その遺体もろとも社を焼いたというくだりだけは私の脚色でした。先ほども述べましたように、壱郎を誤って殺してしまったのは私です。しかし、私は特高補助員としての自分の身分を明かすことはできなかったので、そのことは徹して伏せておかねばならなかったのです。

天堂を駐在所で拘束してから、息子芳夫が桜子さんを千本の家まで送り届けに行っている間、私と天堂は駐在所で二人きりになりました。その折私は天堂から、千本稲荷神社で起こったでき事の全てを改めて聴きました。天堂は、社にあった遺体が誰のものであったかなど少しも考えていなかったと供述しています。しかしまさか自分が灯油をかけて焼いた遺体が自分の息子の壱郎の遺体であったなどと、天堂は夢にも思わなかったようです。実は私もそのことだけは彼に伏せておきました。その真相を天堂に伝えることは、彼にとってあまりにもむごい仕打ちであったからです。

ご承知のように天堂龍三郎は栃木県警の刑事達に逮捕されましたが、本部に身柄を送られる途中で警察車両もろとも敵機の襲撃を受け死亡しました。桜子さん。あなたはご存知でしょうか。その時、燃え盛る車両から父を助け出そうと姿を現した、天堂龍介のことを。そしてその龍介を射殺したのが、何を隠そうこの私であることを。

　その時龍介は道の真ん中に飛び出し、父である龍三郎が乗った炎上する車両に向かって走って行きました。その背後からグラマンが機銃掃射を浴びせたのですが、それをチャンスと見て、私は駐在所から持ち出した九十四式拳銃を一発龍介の背中に発射したのです。グラマンの機銃掃射は龍介には当たりませんでしたが、私の発射した弾丸が彼の背中を射抜いたのです。その時、私のすぐ前には息子の芳夫がいました。しかし芳夫はグラマンに狙われている龍介の姿に気をとられ、また機銃掃射の音が私の拳銃の音を消したので、私が龍介を撃ったなどと芳夫は全く思っていなかったでしょう。

　なぜ私が龍介を撃ったのか。当然出てくる疑問だと思います。私は正太郎さんが特高に拘束された事件で、過失とはいえ主犯格だった天堂壱郎を逮捕できずに殺してしまった。さらに私は正太郎さんを庇って二人の特高警官の業務を邪魔しようとした。そんな私の行動が、今度は逆に特高から不審に思われるきっかけを作ってしまったのです。

　天堂龍三郎と龍介の父子は、兵役逃れのために焼死体を作り上げて偽装し、当局を欺こうとした。これは当時の特高から見れば重大な犯罪です。当局は天堂壱郎の行動ばかりでなく、天堂父子のこうした不穏な動きにも気付いていました。そして、何としてでも天堂龍三郎父子を検挙する必要が生じました。そこで私に対し特高上層部は、私が国に忠誠を誓っていることを証明する良い機会を与えるから、天堂父子の身柄を拘束せよ。もしそれが不可能な場合は殺害しても構わぬと、私に圧力をかけて来ました。ただし殺害する場合は、特攻の仕業と周囲に悟られぬよう密かに殺れとの命令でした。

　それを私が拒否すれば、息子の芳夫や名古屋に嫁いでいる娘家族、それに私の妻の命までもが危うくなりかねない。私は否応もなく当局からの下知を受け入れ、天堂父子を逮捕するかもしくは殺害する機会を窺っていたのです。

天堂龍三郎は連続殺人事件の真犯人でありましたが、一方の息子天堂龍介には徴兵忌避ということ以外に何の罪もありませんでした。だが再三申し上げるように、特高が危険人物として目を付けた龍介を逮捕もしくは殺害することが私の使命でした。そして、戦時中の非常時であったからこそ、私が龍介を殺害しても政府から咎められることは無かったのです。しかしながら終戦後の今では、私のやったことには立派な殺人罪が適応される。そのことを、どうしてもあなたに知ってもらいたかったのです。

私は、この手紙の中であなたに伝えたことをまだ息子の芳夫には話していません。話す時期ではないとも思っています。当時の私はそれを正義と思ってやってきた。しかし終戦後の今となっては、その正義も犯罪となってしまった。ご存知のように戦前、戦中の私達日本人の正義観や価値観は、戦後には百八十度ひっくり返ってしまったのですから。私には未だ自分の生きざまの整理がついていないのです。

何が本当の正義なのか。私はなぜ天堂兄弟という、二人もの罪なき若者達を殺してしまったのか。いつかそれを自分の中で説明できるようになったら、その時は全てを息子に話そうと思っています。

そして最後に是非あなたにお願いしたいのは、今すぐにでも正太郎さんを探し出し、千本に連れ戻してほしいということです。先にも触れましたように、私が調べたところでは正太郎さんは小山市内の刑務所にいます。戦中、その罪状を特高に適当に決めつけられ拘束されていたものと思われますが、現在では身元を引き受ける方がいれば無罪放免となるに相違ありません。終戦前にはひどい拷問を受けていた可能性があるので、どうか一日も早く正太郎さんの身柄を確保し、必要であれば治療を施してやってください。

桜子さん。これで私があなたにお伝えしたい事の全てを述べたつもりです。なぜこんなことをあなたに告白するのかと、あなたは思うかもしれませんね。それは、できますれば将来、あなたが芳夫の伴侶になってほしいからです。ですあなた方のことは親の私とてとやかく申すべきことではないと、私自身も分かっておりますが息子可愛さの親ばかの願いとして、ずっとあなたのような方に息子のそばにいてほしいのです。そのためには、私もあなたに重大な隠し事をしたままではいられなかったのです。

以上、長々と大変失礼なことを申し上げてまいりましたが、この年寄りの世迷言と目をつむっていただければ幸甚です。末筆ながら、あなた様およびあなた様のご家族のご健康とご多幸を、心より祈念申し上げております。

敬　具

昭和二十二年　十月末日　　　　　　　　　　　　　　　　　　　　音川 宗夫

六

手紙を読み終えると、いつしか両の目からは涙が流れ落ちていた。それを拭うことなく、私は十枚つづりの便せんを元通り丁寧に三つ折りにしてたたみ、封筒の中に戻して桜子に返した。

昭和十九年十月末、私が千本を初めて訪問した時、父も別の目的で私と同じ汽車に乗り千本に向かっていた。あの汽車の中で私が感じた誰かの視線。あれはまごうかたなき父の視線だったのだ。烏山駅から桜子と一緒に千本へ向かう途中にも、私は誰かにつけられているような錯覚をおぼえた。だがあれは錯覚ではなく、私のずっと後ろに父がいたからだ。

あの晩私は千本の羽毛田家に一泊した。そして翌日予定を切り上げて帰京したが、父は恐らく私より一本早い午前中の汽車で先に東京の家に帰ったのだろう。私が鶯谷の自宅に戻った時、父は既に家にいた。そして私の一日早い帰宅を迎えることができたのだ。

深夜に帰った私を出迎えた父の頬には、絆創膏が貼られていた。今思い返してみると、あの絆創膏の真の訳を理解することができる。父はあの前の晩、千本稲荷神社の社の中で天堂壱郎と格闘し、その時壱郎に頬を殴られたのだ。父はその傷を、上野で的屋と殴り合ってできたものだと言ってごまかしていた。

思い当たることはまだあった。鶯谷の自宅に帰ってから二日後、父に千本村出張中のでき事を話してやると、父は「千本村には、将来お前の嫁になってくれそうないい娘はいなかったか」などと軽口を叩いていた。だがあの時父は既に知っていたのだ。私がそこで桜子という素晴らしい女性と出会っていたことを。

ところで、いつかあの峠で物乞いの老婆が私にこんなことを言っていた。

「わしは人殺しを見たのじゃ。そして用心するがいい。その人殺しは、どうやらお前のことをつけ狙うておる」

老婆は私の父を人殺しと考えた。父は千本村に入ってから自分の存在を息子の私に悟られまいと注意していたから、その姿を見た老婆は父が私のことを密かにつけ狙っていると勘違いしたのだろう。老婆が人殺しを見たと吹聴したことはやがて天堂の耳にも入り、その老婆が見たという人殺しが自分のことと考えた天堂は、老婆をも亡き者にした。天堂は実際には、神社にて殺人を犯したわけではなかった。ただ神社の社の中で壱郎の死体を焼いただけだったが、その時現場で天堂の姿を見かけた老婆は天堂も殺人に関与したと勘違いし、それをネタに天堂を強請ろうとした。

一方の天堂にしてみれば、社で遭遇した死体は自分が殺《や》ったのではないと老婆に言いたかったのだろうが、それよりも何よりも彼が恐れたのは、その死体が息子の龍介ではなく別の人物であったと老婆に吹聴されることであった。その危険を回避するために、天堂は老婆を殺したのだ。きっと真相はそんなところだろう。

父から桜子に宛てた手紙は少なからず私を動揺させていた。父は桜子にこの手紙を出してから間もなく肺炎で亡くなったのだ。桜子がそれを私に見せた胸の内を、私は思案した。

父が存命のうちは、きっと桜子もそれを私に開示することは無かったであろう。だが父亡き後、桜子は迷った末にそれを私に読んでもらうことを所望した。そして私はその桜子の思いを真摯に受け入れた。天国の父も、恐らく今はそれを許容しているに違いない。

「これで全てを理解することができました」

沈黙が続いていた病室内にようやく言葉が戻った。それは私自身の言葉であった。

「正太郎さんには、父が大変申し訳ないことをしました」

私が深く頭を下げると、正太郎は平然と述べた。

「僕は先生のお父さんのことを恨んではいません。お父さんはむしろ僕を庇おうとして、特高の反感を買ってしまったのです。それより、気の毒だったのは天堂壱郎さんと龍介君」

「そうでしたね。二人の兄弟には何の落ち度もなかった。父が述べていたように、戦後であったなら罪状は全く違っていたはずです」

「先生様のお父様も、戦争の犠牲者なのかもしれません」

桜子がうつむいたまま神妙な口調で呟いた。

その時私はなぜかふと、父が最後に使った九十四式拳銃のことを思い出していた。父はグラマンを狙って、あろうことか拳銃を発射した。あの時発射した銃弾は間違いなく二発であった。それがグラマンの操縦士に当たったかどうかはいずれにしても、私の前で父が拳銃を撃ったのはその二発だけだったはずだ。その後も父はグラマンに向けて引き金を引いたが、その時拳銃の弾は既に尽きていた。

天堂が持っていた九十四式拳銃からは、天堂が山中でB29の搭乗員である米兵と出会った際に彼の手によって三発弾丸が発射されている。その後父がグラマンに向けて撃った二発を合わせると、その拳銃から発射された弾は合計五発となる。九十四式拳銃には最大六発の弾丸を装填できる。とすれば弾丸は後一発残っていたはずだ。その一発は、グラマンの機銃掃射と共に私の背後から父が天堂龍介の後姿をめがけて撃った一発だったのだ。

天堂龍介の背中にあった弾痕は意外に小さかった。あれは、グラマンヘルキャットが両翼に装備している口径十二・七ミリ機銃から発射された弾丸の痕にしては小さすぎた。私はいつか天堂美根代夫人を訪ねて宇都宮へ行った際、往路途中の汽車の中でグラマンの空襲に出会った。そしてその時、敵機に肩を撃ち抜かれた婦人の傷を見た。あの傷は龍介の傷よりずっと大きかった。それもそのはず、龍介の背中の傷は口径八ミリの九十四式拳銃から発射された南部弾の弾痕だったのだ。なぜあの時私はそれに気付かなかったのだろう。

父は戦時中、特高そのものとして活動していたわけではなかった。しかし父が大日本帝国や時の政府の考え方を支持していたことは確かだ。父は日露戦争における奉天会戦での功績により、その後中尉にまでなっている。帝国への忠誠心はその頃からずっとゆるぎなかった。引退後も父はよく方々に出かけていた。物資調達のためと理由を述べていたが、あれは言い訳だ。宇都宮に出かけて行ったのも、特高と情報交換するためだったのだ。

いつか伯父の家の離れに間借りした父の元へ特高が二人やって来て、人目を避けるように父と何やら言葉を交わしていた。あの時特高は、天堂父子が危険思想を持っているものと勝手に決めつけ、その逮捕もしくは抹殺を父に依頼したのであろう。

烏山の伯父の家に疎開する段取りは父が決めてきたものだが、その背景には伯父の呼びかけもさることながら、それ以上に父には烏山に来る目的があった。天堂父子の動静を探り、彼らを逮捕することだ。父がよく烏山近隣の山野や集落を歩き回っていたのは、趣味の散歩と称して実は天堂龍三郎、龍介父子の行方を追っていたに違いない。そうして父は、天堂龍三郎が桑原巡査に成り代わっていることを知った。

父は、天堂龍介の顔を良くは知らぬはずだが、あの時特高が父に渡していた紙片は、龍介の写真だったのではないか……。一方父は、天堂龍三郎とも対面したことがなかった。千本稲荷神社でその姿を見たとはいえ、そこは暗がりであったし、それだけでは天堂の顔をはっきり覚えられなかったに相違ない。だが龍三郎と龍介の父子は顔や容姿がよく似ている。特高から渡された龍介の写真から、父は烏山派出所の桑原巡査が龍介の父天堂龍三郎であるとの疑いを持ったのかもしれない。

ともかくも、こうして父は龍介の姿を写真で目に焼き付けていた。もし龍介と思しき青年が自分の前に現れたら、即座に拘束するか殺害すると決めていたのだろう。そしてグラマンの空襲の際、山から現れた龍介をそれと認識して彼に向け拳銃を発射したのだ。

「これは……まだ子供じゃないか」

あの時自分が射殺した天堂龍介の顔を見て、父は悲痛な表情で呟いていた。前述のように、父は特高から渡された写真によって既に龍介の顔を知っていたはずだ。その写真を見た時点で、「まだ子供じゃないか」

と父は思ったのだろう。特攻の手先としてその子供を拘束あるいは殺害せねばならなかった悔恨の念は、龍介を射殺する前からずっと父の中にあった。私は今、そう思っている。

「先生様、先生様……」

ふと我に返った私は、桜子の声を耳元で聞いた。

「どうかなさいましたか」

「あ、いや……」

桜子は私に優しく微笑みかけると、すっくと立ち上がった。

「お疲れでしょう。家にご案内いたします」

私もゆっくりと腰を上げた。

「正太郎。早く傷を癒してね。また来るわ」

桜子が声をかけると、正太郎は黙って指が二本ない右手を布団から出してこちらにかざした。私達は言葉少なに正太郎の病室を出た。

二人はそのまましばらく無言で並び歩いた。何を話していいのか分からなかった。桜子はあの時と少しも変わっていない。それだけにあまりに色々な思い出が胸に湧き上がり、それらが反って私を無口にさせた。私の心中を察したのか桜子も口を閉ざしたままだった。

戦時中に父が行ってきたことは、当時としては合法だったのだろう。一般庶民の生活の中で毎日のように空襲があり、人が殺された。今朝会った人が夕方にはもう死んでいる。そんなことが日常であった。そしてやがて人の死が当たり前のものとなり、人の命を奪うことに何の抵抗も感じなくなってしまう。人が言う様に、戦争とは本当にそういうものなのだろうか。その一言で片づけられるものなのか。むろん私にも答えはなかった。

そうして徐々に羽毛田家が近づくにつれ、急にあの囲炉裏端の懐かしい部屋が胸に浮かんできた。千本村と烏山町の周辺で起こった諸々の事件は、戦争と共に私の日常を脅かし、そして人生を大きく変えたと言っても過言ではなかろう。だがその絶望的な負のスパイラルの中で脳裏に浮かんで来たのは、梁がむき出しのあの羽毛田家の天井、畳に頭をつけんばかりにして正座で挨拶していた桜子の両親、満天の星を眺めながら入った酒樽の風呂、そしてろくに食いつなぐ物もないのに桜子一家がもてなしてくれた料理の数々だった。

ふと気が付くと、私と桜子は羽毛田家の入り口に近い庭先に立っていた。いつの間にか私達は、桜子の家に着いていた。

全てがここから始まったのだ。千本の羽毛田家の、この小さな農家から……

「先生様、どうかなさいました」

しばし呆然と立ち尽くしていると、耳元で桜子の声がした。

「ああ、いや。何でもありません」

少しどぎまぎしながら答えると、桜子は嬉しそうに微笑みながらその愛らしい薔薇のつぼみのような唇で囁いた。

「先生様。お疲れでしょう。さあ、どうぞ家にお入りくださいまし。父も母も、先生様がご来訪くださるのを心待ちにしております」

桜子がそっと背中を押した。促されるまま開かれた小さな引き戸をくぐろうとしてふと庭先に目をやると、そこに控えめな黄色の菊の花が群れながら風に揺れていた。

明朝、桜子にこの菊を摘んでもらおう。そしてそれを持って、この近隣にあるという天堂龍三郎、壱郎、龍介が眠る墓に父の名代として参り、一つ一つ花を手向けて彼らの霊をねんごろに弔おう。

それが今の私にできることの全てなのだから……


参考書籍

一．樫出　勇　B29撃墜記　光人社NF文庫　二〇一一年　十二月十九日　新装版第四刷

二．白石　光　米兵たちの硫黄島　歴史群像　二〇〇六年　十二月十二日　第八〇号

三．古峰　文三　本土防空の切り札　歴史群像　二〇一九年　二月二日　第一五三号

四．半藤　一利　昭和史　１９２６・１９４５　平凡社ライブラリー　二〇一八年　二月十五日　初版第二十四刷

五．半藤　一利　B面昭和史　１９２６・１９４５　平凡社ライブラリー　二〇一九年　二月八日　初版第一刷

著者
平野俊彦（ひらの としひこ）
一九五六年生まれ、足利市出身。東京薬科大学名誉教授。薬学博士。
「報復の密室」で島田荘司選第十三回ばらのまち福山ミステリー文学新人賞を受賞し、文壇デビュー。他に、「幸福の密室」等の著作を出版。

奇計の村
2025年4月28日　　第1刷発行

著　者――――平野俊彦
発　行――――日本橋出版
〒103-0023　東京都中央区日本橋本町2-3-15
https://nihonbashi-pub.co.jp/
電話／03-6273-2638
発　売――――星雲社（共同出版社・流通責任出版社）
〒112-0005　東京都文京区水道1-3-30
電話／03-3868-3275

ISBN 978-4-434-35710-7